致时光中的你

ZHI SHIGUANG ZHOGN DE NI

罗红玫 著

广西人民出版社

图书在版编目（CIP）数据

致时光中的你／罗红玫著.—南宁：广西人民出版社，2014.4

ISBN 978-7-219-08733-6

Ⅰ.①致… Ⅱ.①罗… Ⅲ.①长篇小说–中国–当代 Ⅳ.①I247.5

中国版本图书馆CIP数据核字（2013）第313592号

监　　制　白竹林
策划编辑　周月华
责任编辑　周月华
责任校对　梁小琪
印前制作　麦林书装

出版发行　广西人民出版社
社　　址　广西南宁市桂春路6号
邮　　编　530028
印　　刷　广西大一迪美印刷有限公司
开　　本　875mm×1230mm　1/32
印　　张　9.5
字　　数　180千字
版　　次　2014年4月　第1版
印　　次　2014年4月　第1次印刷
书　　号　ISBN 978-7-219-08733-6/I·1714
定　　价　26.80元

目录 Contents

开 篇

李哲的人生，用波澜不惊四个字来形容，准确而妥帖。他上学、工作、恋爱乃至准备结婚，全都按部就班，没有任何起伏和波澜。就像一只钟表，每天一圈一圈地遵循着他既定的轨迹。

可是没想到，他也有如此不按常理出牌的时候。

——而且是在他人生最关键的一个路口。

那天是他和未婚妻江微一同约好去首饰店挑选戒指的日子。

电话响起的时候，他仍伏在办公室成堆的卷宗里。他接起电话，江微的声音响在耳畔："李哲，你什么时候到?"

"哦，"他这才停下手中的工作说道，"我马上出门。"

走出门，已是深秋，云层低低地浮在天空中，风吹起一阵寂寥，阳光透过道路两旁的枫树在他脸上落下深浅交错的光影，脚底下是缤纷散落的枫叶，踩在上面沙沙作响。

他拾起一片火红的枫叶，沉吟许久，眼里幻化出复杂莫测的光芒。漫长的时光里，他已经很努力地将她的影像封锁，却总有些不甘心的片断会不合时宜地干扰他的心神。

"你看，我保存得很好呢!"

"莫失莫忘，不离不弃，结果还是会成为谎言。"

“你来，我们一起走；你不来，我一个人走。”

枫叶做成的玫瑰，再极致的绚烂终究也会黯然失色。如今，事业有成的他会选择用闪亮的戒指代替他的承诺，而不是选择一束质朴简陋的枫叶玫瑰。只是，他再也找不到曾经为了在一堆枫叶中寻觅那一片完美红色的兴奋、激动，以及炽热的心跳了。

永远不会。

思考中，约定的地方已近在咫尺。既然已经选择遗忘，又何必让往事扰乱自己的心神？他未来的人生，终将和另一个女子牵手。他深呼吸，稳定心神，大踏步朝前走去。

一个身影从他身边经过，撩动他的眼波。

待他回过神来，才发现那个身影是如此熟悉。熟悉得让他的心跳加快，心几乎快要跳出胸膛。他的平静在这一刻瓦解，飞奔上前想要看个究竟。那个身影走得很快，完全不知身后的追逐。她疾步走到车站，正好一辆出租车停在她面前，她上了车绝尘而去。

李哲脑中一片空白，除了想要追到她之外，其他事情都被他抛在脑后。他顾不得他刚才所想的承诺，也顾不得另一个等待的她。

幸好这个时段出租车较多，李哲坐上一辆车紧跟其后。

红色的丝绒布上，几只璀璨的戒指晶光闪烁，耀花江微的眼。她再一次端起店员送过来的咖啡，尴尬地笑笑说：“有点堵车，他快来了。”这解释与其说是说给别人听，不如说是说给自己听。

而李哲这时却与她越行越远。

飞驰的出租车穿过流光溢彩的城市，经过畅通无阻的高速路，停在机场大厅门口。

机场是李哲这几年里最不愿意来的地方，他在这里见证着离别，也在这里感受着失落。今日却在冥冥的引导中来到这里，记忆的黑洞由此洞开。他在暗处，在拥挤的人群里，看着她的身影远行。也许是知道他会躲在某一处看她，她偏不回头，挺直脊背孤独朝前。

直至消失不见。

看到那个身影下车的瞬间，李哲快速跑到她的面前，神出鬼没得吓了女孩一跳。他喉咙干涩，那个在心中呼唤了千百遍的名字终究化为一声叹息："常……"

女孩看到面前这个男人，眼神一片茫然。李哲眼里希望的火苗转瞬成为黯然无光的灰烬。

面前的她，除了身形与时光中的她有些类似之外，其他均迥然不同，不同的脸，不同的眼，呈现在李哲面前的，是陌生的一张脸。

她杳无音信已经六年了，六年来，他没有她半点消息。李哲第一次明白，一个人要从另一个人生命中离开是很容易的事。只要，她没有这个心。如今，他李哲还是她的谁？凭什么她会记得他？他自嘲地扯扯嘴角。

"你，"女孩迟疑地开口，"有什么事吗？"

"对不起，"李哲说，"我认错人了。"

"哦，那就好。"女孩松一口气，"没什么事，那我进去了。"

李哲看着那个相似的身影在他眼里越行越远，直至消失不见。他颓然地坐在机场大厅里的休息椅上，原以为是惊喜的重逢，却仍然只是他无端的猜想罢了。

手机的震动再一次提醒他另一个她的等待，刚才手机已经反复提醒过他很多遍，只是每一次都是被他摁掉。

第一章　不是每一个相同的名字背后都是她

“小姐对不起，我们这里要打烊了。”店员再一次告知仍在翘首以待的江微。

“能……再等等吗?”江微声音颤抖地说，“他……快来了。”然后她再一次拨出那个熟悉的电话号码，这一次接通了。

“你在哪里?”江微保持一贯的温和语气。

“我现在……在……机场。”李哲支支吾吾地说，“那个……章凡有事，所以我赶过来帮忙……”说到后面他的声音越来越小，不知道江微有没有听清楚。此时此刻，他也只有拿章凡当挡箭牌了。

章凡是他的大学同学，两人同一学校同一班级同一个宿舍而且还是上铺下铺，这样的友谊到了社会就显得更加弥足珍贵。毕业多年了，他们在各自的领域打下一片江山，他成了精英律师，而章凡白手起家开了一家文化传媒公司，代理本市最大的C报房地产广告，经过几年起起伏伏，现在也是在行业内做得风生水起，颇有成绩。

只是在对待感情上，二人思想却大相径庭。章凡信奉“牡丹花下死，做鬼也风流”，谁叫他天生一副好皮囊又挥金如土呢！不用他刻意讨好，女人也是趋之若鹜。李哲和他正好相反，妻贤家睦才是他所向往的幸福。

他和女友江微相恋三年，从来没有书上和电视剧里那种“山无棱，天地合，乃敢与君绝”的轰烈，平平淡淡好似一杯开水。开水味道平淡，生活中却缺它不可，所以李哲认定，就是她了。所以今日他才会选择跟她前去挑选结婚戒指，却不想中途发生这等搅局事件，他让江微白白等待了那么久。

在店员同情的目光里，江微缓缓起身。来之前的百般期待，如今却只有失望离开。

李哲现在只想找到章凡，让章凡帮他圆这一个谎言。

世事的逻辑总是这样让人摸不着头脑。当你不想看到一个人的时候，他一天到晚都在你面前晃悠；而当你想找一个人的时候，他却像滴入大海的水，毫无踪迹可寻。比如现在，李哲想要找到章凡，却惊觉打他电话不是被转接就是关机，就连网络上也是无迹可寻。

在经过三天焦灼等待之后，李哲终于等来了章凡的电话。如果不是他的主动来电，李哲恐怕要请警方协助帮忙了。

“大律师，”电话里章凡的声音听起来很轻快，丝毫没有被绑架遭威胁的痕迹，李哲几起几落的一颗心终于落入胸膛里。

“上哪儿去了，我还以为你失踪了。”李哲说，“幸好你小子主动现身，不然我都要去公安局报案了。”

“出来七天了，旅游景区信号不好。”章凡说。

“不是听你说最近很忙吗？怎么还有时间出去旅游？”李哲打趣道。

“介绍一个模特来拍广告短片。”章凡简短解释两句，“怎么，你找我有事？”

“我有一个事情要请你帮忙。”李哲将那天的事情简短说了一遍。

“哈哈，想不到你老兄还没结婚便开始学我了!”章凡嘲笑着他。

“谁学你了！这不是特殊情况吗?”李哲争辩道。

“是，是特殊情况。”章凡的声音混合着暧昧的笑意，“对了，我明天回来，后天我们在寒阳路彼岸花咖啡厅见面吧，我也准备让你见见……”他话还没有说完，刺刺的电流声又开始不合时宜地干扰，李哲再也听不清章凡说的话。

到了约定时间，李哲在咖啡厅里等候多时也不见章凡出现，面前的一杯蓝山咖啡已经从热气腾腾变得冰凉。他不自觉地蹙了下眉头，习惯性地抬起手腕。

突然有一双手盖在他的手表上，有人笑着说:“等老朋友而已，不用这么认真吧!”话音刚落，章凡已经坐在他对面的沙发上，很响亮地打个响指，“给我一杯爱尔兰咖啡。”

“我等你三十分钟了，还而已。”李哲的时间观念很强，这跟他的职业有关，较起真来那可是一板一眼的。

“好了，我的大律师，不就是跟客户多喝了两杯耽搁了时间吗?”章凡打一个嗝说，“你也知道我出去了好几天，回来总得陪客户喝上两杯吧!”

“哪个模特让你这么上心，拍个短片还得让章总亲自陪着?”李哲打趣道。

“记不记得以前我跟你提过那个女人?”章凡向李哲凑近一些，眯着一双醉眼问道。

“哪个女人？编号ABC还是123?”李哲也故作神秘地问道。他这么问绝非故意揶揄章凡，章凡对女人的态度，今天奉若神明，明天弃如敝屣，他哪里记得住章凡曾经说过哪个女人。

“你老兄这记性恐怕只对大大小小的案子有用!”章凡长吁一口气，“男人的脸都叫你丢光了!”

“吾未见好德如好色者也。”李哲慢悠悠地用孔子最经典的话还击。

“不愧是我们学校的高材生加常胜大律师。”章凡一掌击在李哲肩头，“论嘴皮子我可说不过你。但是今天就让你见识见识，孔圣人都不能抵挡的女人，她晚上会来这间咖啡厅拉小提琴……”

李哲突然想起来了，章凡是曾经跟他提过在这间咖啡厅拉小提琴的女人，一个美丽的女人，充满魅力的女人，她沉醉在小提琴音乐中的模样，如同出水芙蓉般纤尘不染、清丽无双。

她和章凡的相遇相识也颇具戏剧性，用章凡的话说，是女子蓄谋已久，早就看上他了。本来他只是坐在咖啡厅里等客户，烦琐的业务让他根本无暇倾听这里的音乐以及注视台上的佳人。当他沉思之际，她已站在他的面前，递给他一杯他最喜欢的爱尔兰咖啡。

章凡愕然地看着眼前这个女人，她怎么知道他最喜欢的咖啡口味，是凑巧还是有心?

“她问我的初恋。”章凡深邃的眼里全是嘲讽的笑意，“这是我多少年前就用过的戏码?我章凡有初恋吗?我天天都在恋爱!”

章凡的初恋，如同每一对少男少女的恋爱故事一样。青涩的对白、甜蜜的接触、倔强的争执，只是他没有想到，没有想到在最后，他真心的付出只得到一个决绝的背影和一段黑色的记忆。

“你知不知道飘飘然是什么滋味?”说到兴致处，章凡一巴掌拍在李哲身上，“就是一个美女在你想搞定她之前先看上你，哦，这种搭讪的美妙滋味……”

“你说的模特也是她吧?”李哲打断章凡的自夸，如果让他继续说下去，估计说上三天三夜也说不完。

“是啊！这女人好像什么工作都干，缺钱缺得厉害。其实像她这么漂亮的女人……”章凡欲言又止。

“看来你在她身上颇费了一些心思，怎么还没有搞定?”李哲问。

“女人，”章凡轻蔑地说，“上床只是时间长短而已。不怕她要什么，就怕她什么都不要。只要她不拒绝，还怕她飞出我的手掌心？对了，她还说有一个秘密想要告诉我，到底是什么呢？不会说她十五岁便开始暗恋我了吧?！哈哈——”说到最后，章凡抑制不住地大笑起来。

李哲未置可否，端起桌上的咖啡呷一口。这样的章凡，与他在学校里认识的章凡，相差甚远，有时候李哲都不知道是章凡的本性如此，还是被时光改变成现在的模样?

“还有十分钟她就来了。”章凡神神秘秘地笑。

李哲静静等待着十分钟的流逝，章凡的话还是或多或少地勾起了他的好奇心。他今天就是要看清楚，让章凡如此着迷的女人到底长得什么样。清纯佳人还是性感小猫？抑或是双面佳人?

正在他遐想不已的时候，电话铃声响了，他拿过手机一看，是母亲打来的。

“妈，什么事啊?”李哲接起电话。

“你在哪里?”没有寒暄，李哲的母亲方文静说话直入主题，如平常一样淡淡的，没有一点儿情绪起伏。

李哲想到母亲不喜欢章凡，说他轻浮、不务正业、老是和不三不四的女人牵扯不清，每次提起章凡都是一副鄙夷的神色，他想了想然后说：“我在公司。”

“江微的哥哥来了。”说完，方文静挂断电话，她对他说话，一直都是言简意赅。

看来今天是无缘一见那个她了。李哲起身，章凡已经会意地说：“快去快去，你老妈的声音大得我都听到了。”李哲丝毫不敢再有任何耽搁，径直回家。

江微的哥哥江淮来商量李哲和江微结婚的一些琐事，他的到来使李哲家里呈现出一派其乐融融的景象。饭桌上，方文静将两只鸡腿往江微和江淮一人碗里放一只，还不时吩咐李哲：“给小微和你哥夹菜。”又对江微关怀备至，“多喝点汤，我放了红枣枸杞，养气补血。”平常的夜，平常的一顿饭，在他们走进婚姻殿堂之后，以后每天的日子都是前一天的重复。

都说寡妇儿子是老鼠钻风箱——两头受气，寡妇儿媳更是难当。李哲很庆幸在家庭问题上从来没有发生让他伤脑筋的大问题。在他十二岁那一年，父亲就因一次意外丧生了，而当时还颇有些姿色的母亲拒绝了一拨又一拨的提亲者，苦熬十多年愣是将他培养成了事业有成的律师。

也许是长期压抑困苦的生活令她的性格变得有些极端，她从来不说李哲好，也从来不说李哲不好。她的眼睛里，好像从来都看不到他。他成绩优异，她不会夸奖；他调皮捣蛋刻意打架，她也不会责骂。她照顾他的饮食起居，负担他的生活开支及学费，可是，她却舍不得拥抱他一下。当他走上工作岗位，在工作中遇到颇多失落，她并不感同身受。如今他已事业有成，她也没流露出多大惊喜。

这么多年以来，母亲对他虽然平淡，但日子这样一天天过下来，也成为他的习惯。而李哲每每觉得委屈之时只要想到母亲这么多年来的辛苦，抱怨就会化成胸口的一声叹息，随风而逝。他找到江微也许是今生的福分，江微待人处世甚为温柔和婉，母亲很喜欢她。

三个人相处得很和睦。李哲觉得现在的生活谈不上幸福满溢，但也好像挑不出来什么毛病，他也觉得江微很适合他。

就在他快要忘记章凡和他口中那个天仙般女人的时候，他又接到章凡的电话，这次，既不是调侃，也不是炫耀，而是气急败坏的怒骂和控诉。

“赶紧帮我准备打官司，”章凡在电话那头抑制不住愤怒，“我要起诉她！”

被这莫名其妙一句话搅得不明所以的李哲问：“谁？”

“那个女人！”听筒传来章凡气急败坏的吼声，“礼物要收，钱照拿，牵扯到实质的时候竟然变成了贞节烈女，你说这口气我怎么咽得下？！”

李哲有些啼笑皆非，章凡费尽心机，到头来竹篮打水一场空。除了在学校的青涩表白被掷以白眼以外，现在已经多年没有尝到失败滋味的他面对如此拒绝怎能不恼羞成怒？不过，即使被拒绝也不应生这么大的气吧！

章凡感觉到李哲的沉默，便以更重的语气说道：“我要告她诈骗和故意伤人罪！”

“你受伤了？”李哲吃惊不小，看吧，早就规劝过这家伙，可惜每次他都当耳边风，这下玩出火来了。“伤在哪里，严不严重？”

“有一点……也不算……”章凡显然不愿在这个问题上多谈，支支吾吾起来。

既然已经知道他受伤，李哲当然不会坐视不管，“既然是受伤有什么见不得人的，这样吧，明天下班我去看你。”

“算了，你不用来了。”章凡匆匆挂断电话，拒绝了李哲的好意。

第二天下了班，李哲还是提着水果去了章凡家。来开门的章凡耷拉着脸，脸上贴着两块创可贴，下巴长满青色的胡楂，左臂打着白色石膏，与平日里英俊潇洒的他相去甚远。

李哲指指章凡的胳膊，张大嘴巴：“几日没见，你怎么成这副德行了?”

“女人，惹恼了就是野兽!”提起前几日的事，章凡的怒火又蹿至胸口，燃烧得他整个人斗志昂扬。

“说说，到底是怎么一回事?”李哲问。

镜头回放到几日之前：章凡约她出来喝酒，她欣然前往。本来是一件美事，章凡岂能不会意？借着醉酒之后，接下来有些事也是顺理成章吧！谁知她却态度强硬，一直不停地告诫章凡她是为其他事而来。

女人，能够赴你的酒约，嘴里还这样振振有词，不是欲擒故纵是什么？章凡也没有在言语上作过多纠缠，但他的手却开始不安分起来，谁知她死活不愿意，生拉硬扯之下竟然用指甲划破他的脸。章凡也是被酒精烧红了眼睛，抓住她的头发准备还以颜色，没想到却被她反踢一脚，力度之大，让他不止摔倒在地，弄折了手臂，还差点毁掉了下半生的幸福。

听到最后，李哲终于明白章凡生气愤怒是为什么，幸好只是暂时性的障碍，否则绝不是一场官司那么简单，章凡有本事连她的家都给掀翻了。

李哲想笑，却又拼命忍住，“我说怎么那么严重，原来有关你的……”

“你还笑！”章凡气急败坏地制止。

“好吧，好吧！”李哲看到老友如此生气，忍住笑意说道，“我不笑你，总成了吧！”

“你说这口气叫我怎么咽得下去！”章凡一掌拍在桌子上，痛得他龇牙咧嘴，“给我拟一份律师信，打这场官司需要多少费用，我加倍给！”

看到章凡恨极的模样，李哲觉得这个世界太充满戏剧性了。以前只有章凡让别人椎心泣血，现在偶尔看见他情场受挫的模样，好像也不是一件特别坏的事情。

“别……别太激动。”他安慰章凡，“钱倒用不着加倍给，总之我尽全力帮你打赢这场官司。”

“那可全靠你了。”章凡打开烟盒，从中抽出一支递给李哲。李哲摆摆手表示不要，“都受伤了还抽那么多烟干吗？”

章凡利索地点燃香烟，他哀叹：“想我章某人半生风流，这会儿受伤却连一个倒茶的人都没有！”

“还不是你自己种的因。”李哲一针见血。

章凡意外地没有反驳，而是若有所思地昂头看着烟圈一个个在他面前消散。这一刻，只有个多年好友在他身边，那些曾经在他生命里来来往往的女子，似乎一个个都成了灰暗的剪影，莫名的空虚如藤，缠绕着他。

“我拟好律师信就去找她，告诉我，那个女人的名字。”李哲问。

“她叫常笑。”

很普通的两个字组合而成的名字，却令李哲的心跳加快了几拍。他追问：“你说她叫什么名字？”

“平常的常，笑容的笑，常笑。怎么，你认识她？”章凡疑惑地问，“我怎么不知道你有一个朋友也叫这名字?”

“不是朋友，才合作的一个客户而已。”李哲故意轻描淡写地说，但这平淡于他也只是假装，下一刻他还是忍不住问章凡，“她的左眼角有没有一颗泪痣?”

“没有。”章凡肯定地回答。

李哲呼出一口气，他难以分辨听到完全否定的答案后自己的心情是什么样的。六年之后，他再次听到这个名字，原来世界上有很多“常笑”，但不是每一个都是她。

第二章　以这样的方式重逢

从私人角度来说，李哲现在确实很想亲眼看一下章凡口中“笑起来像天使，凶起来是野兽”的女人到底是何方神圣，能够令章公子曾经魂牵梦萦、穷追不舍，现在却又恨之入骨；从公事角度来说，他也得见她一面，以章凡代理律师的身份。

所以他又来到了这间咖啡厅，挑一个易于观察她的位置，在绵绵咖啡香中等待她的出现。直到他腕表的指针缓缓从 6 爬到 9 的位置，她，还是没有出现。

难道她已经从这里辞职了吗？李哲只好拨电话给章凡：“她不在咖啡厅，是不是知道自己闯祸了就辞职了？”

章凡想了一下然后说：“她只有二、四、六才在咖啡厅上班。今天周三，她应该在 mazzo 酒吧。”

“她在酒吧干什么？”李哲失笑问，“酒吧里也能拉小提琴？”

章凡卖起了关子：“所以说这女人具有多张面孔呢，你去了就知道了。”

李哲找到了章凡说的那间酒吧，刚推开酒吧大门，热情似火的音浪似汹涌澎湃的潮水席卷了他。他很少来这种地方，此刻不仅眼睛被闪烁的五彩光线耀得缭乱，耳膜也被嘈杂音乐刺激得阵阵发痛，他准备抽身离去，明天再见她也不迟。

可是，也许只是一刹那的回眸，也许只是一秒钟的定神，他仿佛被人点了穴，突然之间像被钉在原地，迈不开脚步。他看到一个女人，一个在舞池中摇曳的女人。她舞动着妖娆的身躯，红色的薄纱随着她的身体起舞，火红色彩耀眼夺目，艳丽精致的流苏在脚踝边飞舞，如同一朵娇艳欲滴的玫瑰。

他如同着了魔般，目光紧紧盯在她脸上。六年了，那个在他生命中消失了六年的女人，再一次出现了。她丝毫没有注意到这边的目光，缓缓走向后台。李哲如梦初醒，快步走到她身边，生怕她再次消失似的抓住她的手臂，唤出心里百转千回的名字："小红豆。"

她回过头，浓艳的妆遮住她的本来面貌，更看不清她的左眼角是否有颗泪痣。第一次看到那颗痣时，李哲还以为那是一只小虫，他小心地伸手去拂，她笑嘻嘻地拦住他："傻瓜，那是一颗痣。"哦，那时候，那时候的事虽然都历历在目，但毕竟现在早已经时过境迁，物是人非。她的表情一点都不像他想象中的欣喜，甚至大出他的意料之外。

她满脸茫然地问："你是谁?""常笑，我是李哲。"他换了一个名字称呼，试图唤起她的记忆。

"我是叫常笑。"她说，"可我不认识你啊!"

"你怎么可能不认识我？十三岁时我们就认识……"他摇着她的手臂，恨不得将满满当当的回忆捧到她面前。

她依然平静如水，任他一个人激动万分也丝毫不动声色，她说："拜托，你可不可以放开我？如果有什么误会需要解释，让我卸了妆再出来找你，OK?"

说得合情合理，他找不到反驳的话。他的手指骤然松开，她轻巧地转身，目光轻轻掠过他，没有波澜起伏，在他的目光注视下，她再一次在他视线里消失。如同六年前在机场，他多希望内心纠结的不舍可以化作一根绳，可以阻止她每一步迈出去的脚步。

可当时的他，空有一腔热血，连他的衣食学费尚且需要人资助，又何谈庇护她？于是他只有眼睁睁地看着她消失不见。他以为即使天各一方，但千丝万缕的联系总会存在的。他想过几年之后她学成归来，两人相对也是无言；他想过那难耐的寂寞会让他们各自有新的归宿。他只是没有想到，她这一走就杳无音信。李哲能够追逐的，好像永远只有她的背影。

回忆如果只有一个人支撑，再多的美好、再深的刻骨铭心都会变得模糊。她离开之后，常家那一幢精致的别墅仿佛失去了灵魂，迅速黯然下去，即使里面依然是灯火辉煌，可对于李哲来说却已经变得如同孤茔般冷清，李哲的母亲很快带着他搬离。繁忙的学业，忙碌的工作将一切过往统统埋葬，很有默契般，李哲再也没有提过“她”，方文静也再也没有说过“他们家”。

日子就这样平稳地过了六年，六年中李哲也曾翘首企盼有一天会在茫茫人海中与她重逢；李哲也曾对其他女孩投过来的青睐目光置之不理，只为守住心中的影子和那一句承诺。可生活不是小说，不是 TVB 连续剧，那天在机场分手之后，他再也没有见过她。

李哲的母亲方文静不像别的母亲那样过多干涉儿子的生活，相反，她从不对李哲的坚持和选择予以支持，却也从不加以阻拦。是李哲自己慢慢淡忘了那个渐行渐远的背影，主动将另一个女孩带入他和母亲的生活，没有惊天动地的激情，平淡也是生活。

没想到今日，他会再次戏剧性地遇见她，她却完全不同于在他记忆中的模样。李哲突然觉得很烦躁，一股说不清道不明的感觉在他胸腔里游荡，这里的一切——刺眼的灯光、嘈杂的音乐、舞台上扭动的身躯都令他倍感压抑。他想抽支烟，摸遍全身上下却找不到烟的踪迹。于是他唤来侍者："给我一杯酒。"

他扭头看向后台的方向，却没见她出来。他在等待中看着舞池中央从热闹到沉寂，可她还是没有出来。时间消磨了他的耐心，他再一次唤来侍者："请问你们这里是不是有个常笑？"

侍者点头应道："你在等她？但是她已经离开了。"

李哲的脸刹那变了颜色，也许是喝了酒，但也许更多的是愤怒，她怎么能言而无信？明明说好换了衣服就到外面找他，当他是什么，借故搭讪的花花公子？她以为李哲是章凡?！想到这里他更加烦躁，仰头喝下一整杯加了冰的伏特加，朝着后台走去。既然等不到她，那他便自己去看个究竟。

推开后台虚掩的大门，他不仅没有见到她，反而被一声突兀而惊惶的尖叫声吓得血液上涌，满脸赤红。原来是一个女侍者趁无人之时整理胸衣，看到李哲犹如看到洪水猛兽，她随手捡起桌上的梳子朝李哲掷过去，口里愤愤地喊着："流氓！"

"对……不起。"李哲连连道歉，此时此刻他不知道说什么好，"你慢慢整理吧，我……我什么都没有看到。"说完他真想抽自己一个大嘴巴，真是一着急嘴就变拙，越解释越抹黑，他想了一想，又补了一句，"我只是想来看下，常笑在没在。"

女声从屋里飘出来："她换了衣服就走了。"

"真走了？"李哲喃喃反问。

"那你要不要进来证实一下？"嘲讽的声音。

"算了，不用。"李哲连连后退几步，远离这是非之地。

走出酒吧，清凉的夜风带着黑夜的气息朝李哲迎面扑来。这风、这夜都令他清醒过来，刚才的偶遇就像一场光怪陆离的梦。狂热兴奋的人是他，她就像一个陌生人般疏离冷淡。也许她真的不是他认识的常笑。

常笑眼角有颗泪痣，一笑整张脸便生动无比；常笑是温室里养尊处优的花朵，如同优雅洁白的莲花，只盛开在属于她的舞台；常笑不会言而无信，不会随口丢下承诺转身即忘；还有常笑的笑，漾在她颊边两个浅浅的酒窝里，看到她的笑颜，李哲整个人都如沐春风，说不出的适意自在，哪像刚才的她，整个人如同冻结在一层厚厚的冰霜中，让人望而却步。

用钥匙打开门，方文静一眼就看出儿子今天脸上的潮红不同于往日，她凑近他一点闻了闻，皱皱眉头问："你喝酒啦？"

"没……"李哲刚吐出一个字便被方文静严厉的目光吓得咽了回去，索性大方承认，"喝了一点，没喝多少。"

"你又不是不知道你一喝酒就过敏，还喝！"方文静声音里全是责怪。

他知道，却在今夜看到她的瞬间将一切忘记。犹记得第一次喝酒是和她，她被全班同学孤立，他尾随着她去了酒吧，微醺中他看到她的唇闪烁着樱桃般温润的光泽，这光泽诱惑了他，使他体内血液沸腾。他不由自主向她靠近，再靠近，接下来，她应该像偶像剧女主角般闭上双眼，睫毛微颤了吧？

但事实证明想象有多美好，现实就有多残酷。她非但没有闭上双眼享受这一刻，反而张大眼睛，里面盛满了惊恐。

"李哲，你的脸怎么了？"她用手指着他的脸问。

他不明所以，用手捂住脸，感觉到灼人的烫，他以为那只是酒精燃烧的正常反应。唯一能给他真相的只有镜子，他几乎是奔去洗手间，在镜子面前看到他的真实模样——他的面部和颈部显现出异样的潮红，上面布满了大大小小的红斑点。他被这样的自己骇住。

第一次未吻到她的尴尬就这样留在他的脑海里，他有酒精过敏症，酒在此后的很多年都成了他不能触碰的禁忌。没想到他平时那么克制自持，在遇到她的瞬间却分崩瓦解。

接过方文静递过来的热毛巾，李哲有些失神地开口："妈，我今天看到一个人……"

"谁？"方文静问。

他还未说出她的名字，就听见钥匙转动锁孔的咔嚓声，是江微回来了。李哲及时住口，在心底锁住她的名字。

"我买了奶香苹果小煎饼当消夜。"江微兴高采烈地扬扬手里的塑料袋，她突然发现李哲与平时不同的脸，不禁惊呼道："李哲，你的脸怎么了？"

同样的一句话，隔了多年的时空，却由两个截然不同的人问出。回忆已经逝去，他能触摸到的真实，是眼前这个人双手的温暖。

"李哲，你刚才说今晚看到谁？"方文静可不知道他的心理活动，将刚才的话题重提。

李哲随便找了一个借口："一个大学同学而已，没什么。"

方文静狐疑地看他一眼，总觉得他今晚举动有些失常，但又说不出个所以然。

他很久没有做梦了，可是在那天晚上，他再一次梦到了她。在一片光影中有个女子背对着他，在他的注视下渐行渐远，她的身影在这光影中变得稀薄浅淡，最终如轻烟般湮灭。

"以后我走丢了，你就凭这个来找我。"她指着脸上的泪痣，对着他狡黠一笑。

李哲对着虚空伸出手："小红豆，不要走——"

梦里的李哲流了眼泪，可她还是走了。

李哲用探究的眼神打量着台上那个沉浸在小提琴天籁之声中的女人，与昨晚的娇艳完全不同，此时的她，呈现出来的是一种幽静的美，只是眼神不知道望向何方，空洞而无神。怪不得章凡为她着迷，“窈窕淑女，君子好逑”，以前有很多很多次，李哲见过她在台上拉小提琴，优雅的琴声总是会引来雷鸣般的掌声和数不清的倾慕的目光。

那个时候，她的神韵和她的琴声融为一体，尤为动人，而如今她的音乐里只有音符没有感情，这时的她，美则美矣，却毫无灵魂。

待她下场之后，李哲走上去前喊：“常小姐。”

“是你，”她眼睛抬了一抬，“有什么事？”

“昨晚你答应我出来找我，又为什么食言？”李哲憋着一口气问。

“这件小事，”她呼出一口气，耸耸肩，满不在乎的模样，“我忘了。”

“你……”李哲气结，却不知拿她怎么办。他所有的情绪都仿佛只是一个人的闷气，他再怎么生气焦急，都是他的事，与她无关。

“你找我就是为了这件小事指责我？”见他不说话，她不屑地问，语带讽刺，“那好吧，我跟你道歉。”

李哲拿出律师信递给她，她目光游离在黑色方块字间，唇角微微翘起，似冷笑又似嘲讽，越到后面笑意越浓。看完之后她并没有像李哲和章凡想象的那样惊恐万状，只是轻描淡写地将律师信扬扬对李哲说：“没其他事了吧？”

看到她满不在乎的表情，李哲明知有些情绪来得不应该，可他还是擅自替章凡作决定：“如果你愿意道歉，我可以劝说他与你私下和解。”

“和解？”她轻笑一声，“我为什么要和解？他愿意告就随他。”

“诈骗及故意伤害罪，如果罪名成立，你应该明白有多麻烦。”李哲试图说服她。

可她完全不领李哲的好意，她也丝毫不惧怕章凡的威胁，反而毫不客气地说：“证据确凿，尽管告我。”

李哲问道：“常小姐，你为什么要骗他的钱？”

“骗？何为骗？”常笑反问。

“用不正当手段牟取不该你得的利益，就为骗。”

“我爱钱。”常笑点点头，丝毫不退让，“可这些全是他自愿给我的。难道为了这点钱我就把自己卖了和他上床？我只是自卫伤人，没有告他强奸是他的幸运！”

“你不喜欢他，一开始就不应该接受他的好处！”李哲针锋相对，“如果是这样让一个男人产生错觉，只能怪你虚荣贪婪！”

“是啊！我虚荣贪婪，我爱钱……”她并未因他严厉的措辞发怒，反而颔首点头，“可又有哪一条法律规定女人爱钱是罪？”

李哲停住犀利的指责，怔怔地看着她。从什么时候开始她的口齿变得如此伶俐？又是从什么时候开始，常家的小公主变得如此贪财？是时光改变了她，还是环境改变了她？这六年来，她到底过着什么样的生活，使她变得如此陌生？

“没什么事我先走了。”她说。

“常笑，”喊出这个名字的时候，他的心头微微有些苦涩，“你到底是不是小红豆？”

她朝前走的脚步停顿了一下，在李哲注视的目光里又倒回来，看着呆呆站立的他，嘴角蕴有笑意。

“李哲，你又是不是大石头？”

第三章　只在人群中多看了你一眼

这样的重逢场面是李哲以前没有想过的，常笑回来了，他的小红豆终于出现了，可是却像变了一个人似的，陌生得他不敢相认。还是常笑轻笑一声打破此刻的僵局，她首先伸出手：“你好，李哲，很高兴遇到你。”

高兴？在她脸上看不到半点重逢的喜悦，只有淡然的表情，仿佛对面这个人跟她十几年来的过往全无关，即使她记得他的名字，可是关于这名字后的一切，她却忘了。李哲盯着她的眼睛，如果不仔细观察，还真看不出她眼角那颗泪痣曾经的痕迹，如今那颗泪痣已被小米大小的小坑所代替。

还是李哲先开口问道：“这几年，你过得怎么样？”

“你是想听我过得好，还是过得不好？”常笑戏谑地反问。

“我想知道你……”

不待他说完，常笑抢白道：“好不好与你又有什么关系？”

看来这个话题不是一个让人愉快的开端，李哲只有问另一个问题：“你的那颗泪痣呢？”

常笑沉默一下，说：“李哲，我能否抽支烟？”

“当然，你请。”李哲说。

常笑取出烟，银灰色打火机啪一声，蓝色火焰蹿出点燃她指尖里的烟。她整个人陷在沙发里，袅袅轻烟遮住她的面容。她走的时候，那曾经无忧无虑的脸庞上沾满世间的尘埃；她归来，变得让人捉摸不透。

她弹弹灰烬，清冷的声音透过轻薄的烟雾钻进李哲的耳朵：“这颗痣是祸之星，代表命运多舛，远离家亲，所以我去掉了。”

李哲亲眼见证了她家庭的变故，她竟将一切归结于命运，这令他为之恻然。

“发生的一切都是你无法控制的。”虽然是安慰话，但连李哲自己都觉得太过干涩，可他能说什么？当年她的命运一夕之间改变，李哲除了震惊和接受现实，又能怎么办？

一支烟还未燃成灰烬，常笑的电话响了，她接听后对李哲说：“我有事先走了，至于官司，随时奉陪。”

六年来的第一次真正的交谈，就是这样匆匆又匆匆。李哲望着地上掉落的香烟灰烬发呆，他作出一个决定，在章凡面前，他得好好准备一番说辞。

不待李哲去找章凡，章凡却自己找上门来，追问这件事的进展。两天的休息让他的精神恢复不少，说话间眉梢也带着他惯有的张扬：“怎么样？她是不是被吓住了？早知如此我该和你一起去见识见识……”

“章凡，这件事可不可以到此为止？撤诉吧！”李哲说。

章凡更为得意地挑挑眼角说：“看吧，这就是女人！女人是弹簧，你强她就弱。你告诉她，如果她愿意……”

“她不愿意。”李哲不知道为什么，今天很没有耐心听章凡讲话，“她说奉陪到底。”

“那撤诉的狗屁话是谁说的？”章凡的声音开始烦躁起来。

“我说的。”李哲看着他。

“你?”章凡疑惑地看着李哲，“你凭什么?”

李哲犹豫着，将一些无关紧要的理由诉之于口：“你的伤已经好了很多，又何必在这件事上执意纠缠？再说你的公司事务那么多，我们的程序繁琐你又不是不知道……”

“这些不是理由，告诉我真实原因。”多年相处时光可不是白混的，只轻描淡写一句，李哲便知章凡已将他的心看透。

“她是我认识的人。”李哲仍然不想讲太多。

“恐怕不止那么简单吧!”章凡提高声音说，“我说上次你听到她名字是那副表情，怎么，她是你的旧情人?”

“不管以前是什么，”李哲没有否认，“现在已经一点关系也没有了。”

章凡干笑一声：“那你现在何必为她出头？这官司是我和她之间的事。”

“总之不管什么理由，你撤诉就是了。”李哲不耐烦地说。

“别对我用这种态度，李哲。”章凡也不是有耐心的主儿，“如果你不愿意接手，我可以换个律师。”

无奈之下，李哲只有说道：“你对我的承诺还管不管用?”

“当然，君子一言。”章凡说。

“你撤诉，当还我的人情。”李哲缓缓地说。

章凡看了他一眼，也没有太多的拖泥带水，当即说：“好。”

只有他们才明白那个承诺有多重要。章凡的初恋，女方说变心就变心，在他人生最低潮的时候，生意濒临绝境之时选择离开他。在这段逝去的感情里他颓废低迷，甚至想在他们初识的海边结束生命，是李哲用双手将他从冰冷的海水中生拉活拽给扯出来的，在他继续拼命奔向海里的时候给了他重重一拳，令他的嘴角肿胀半个月才消散，也令他在海水的倒影中看到自己令人生厌的模样。

那天之后他再也没有这样的疯狂举动，也将曾经坦诚的一颗炽热之心用虚情假意掩盖。对李哲，他没有太多感谢的语言，只有一句话："兄弟，你救我一条命，我欠你一个承诺。"

多年来，这件事已经被时光掩埋，那个承诺也没有人提过，章凡以为李哲已经忘记了。可今天，为了一个女人，李哲以这一个承诺，换他撤诉。

"记住，我不再欠你。"章凡道。

此事就这样以章凡的偃旗息鼓画上句号。章凡不想再继续追问李哲和常笑的事，尽管他从李哲眼里，看出太多情绪的波动，与平日里镇定自若的李律师有着天渊之别。章凡隐隐嗅到空气中有"山雨欲来风满楼"的味道。

他看了李哲一眼，那一眼包含了嫉妒、释然、理解和他也说不上来的等着看好戏的复杂心理。尽管表面上看来他确实是"万花丛中过，片叶不沾身"，但人与人之间相处的时间一长，总会付出感情，哪怕只是微不足道的。

临走之前，他扔下一句话："李哲，你的生活肯定会被她搅乱，你等着瞧吧!"

李哲将章凡撤诉的消息以书面通知形式寄往咖啡厅，他并没有像章凡想的那样，因这一次偶然重逢便将自己的生活搅得波澜四起。六年的分离，已让他们有各自的生活领域。他如今的生活平淡幸福，他身边的恋人是江微。

信寄出去几天，常笑那边沉寂如水，没有任何回音，更别提感谢。李哲也渐渐将此事抛在脑后，生活一如往常。这天下班之后，方文静叫他去机场接人，是他的外公外婆得知他的婚讯之后，特意从遥远的云南坐飞机过来。

见到外公外婆的刹那，李哲百感交集，多少感慨浮上心头。记忆中，母亲和外公外婆的关系一直不是很好，逢年过节母亲带他回去探亲，尽管那时他只是不谙世事的孩童，可也能从大人客气的笑容背后感觉到疏离的气氛。

他天真地想用自己的笑脸弥补大人之间的裂痕，可事与愿违。外公外婆看向母亲的目光，是心疼与无奈，看向李哲的时候，却不见那份隐忍的爱意，更多的是抑制不住的讨厌。李哲不知道自己做错了什么，于是每次回去他都战战兢兢，小心翼翼地讨着两位老人家欢心，却总是不得要领。

后来他终于知道，他们不喜欢他，不是因为他做得好与不好，只是因为他是他。

有一次，他从睡梦中被一阵争吵声惊醒，虽然他们的争吵已经是家常便饭，但都避着李哲。也许是太愤怒，他们根本没想到深夜的争吵会惊扰一个孩子的美梦。李哲不想听，他蒙着被子继续睡觉，但断断续续的争吵声还是钻入他的耳朵里。

“这次给你介绍的对象，人家对你很满意，但就是不接受他……”

“我能怎么办？把他给扔了？”母亲讥讽地反问。

“当初——”

“别老提当初当初好不好，现在事实就是这样。”母亲不想听那些说教。

“难道你就一辈子不嫁人了？”

“嫁人？谁说我要嫁人？我的事，用不着你们瞎掺和！”

“你——你——你——”外公急得无言以对，半晌，李哲听到有巴掌落到皮肤上发出啪一声钝响，他再也无法安睡，从床上起身蹑手蹑脚走近母亲卧室，趴在门缝偷看。

“我怎么生出你这种不省心的东西！”外公压抑而愤怒的声音传来。

母亲坐在床沿上，虽然没有说话，但是李哲看到她单薄的倔强的脊背微微起伏着，她在压抑着自己的哭声。外公站在母亲面前，满脸铁青，双眼喷火，而外婆抓着母亲的手，无声地耸动着肩膀，在丈夫的愤怒和女儿的倔强面前，她只有哭泣。

“这是我自己的事，自己的人生，我自己负责！”母亲话音不高，却充满倔强。

“好，我就要看看，你以后的人生要怎么负责！”外公丢下一句话，冲过去打开房门，却看到门外站着李哲。

三个人全愣在当场，第二天母亲便带着他离开了云南，这之后的很多年母子二人都很少再踏上那片土地，打电话回去也只是礼节性地问候和客气几句。也许是年岁已高，他们不想纠结于女儿的婚姻问题，于是这次趁着李哲结婚，双方再一次流露出和好之意。

多年没见，外公外婆在岁月刻刀的雕琢下变得愈加苍老，当曾经的坚持被越来越多的皱纹所代替，两位老人也不再执着于过去，反而变得慈祥和蔼起来。双方见面，开始尚有一些尴尬，幸好有李哲和江微作为话题，婚礼定在什么日子，定的哪家酒店，有多少客人会出席，预定了多少桌酒席……谈话就在这些琐碎事件中延续，一家人的氛围融洽而温馨。

只是晚上睡觉之前，李哲去母亲卧室拿被子铺床，隔着门缝还是听到外婆与母亲的谈话：

“静静，这就是你想要的生活？”伴随这句问话的，还有外婆无可奈何的叹息声。

方文静沉默不语。

“这么多年你一直单身至今，是为了儿子，还是为了一个男人?”

李哲推开门，两个人适时停止谈话。

外婆的笑浮在脸上：“怎么还没有休息?”

李哲解释：“抱床被子，马上休息。”

忙了一天的李哲很快便感到睡意袭来，模糊中他的耳边响起刚才外婆的问话：“是为了儿子，还是为了另一个男人?”

答案在他的心中，也在母亲的心中。

李哲和江微拍结婚照的日期很早就选定了，没想到那天天公不作美，一大早江微化好妆出门的时候，冲着迎面而来的寒风打了一个寒战，即使披上厚厚的羽绒衣也抵挡不住从裙底蹿来的寒意。李哲握住她的手，从掌心传递他的温度。江微脸上的笑容丝毫未受影响，寒风中愈显明媚。

一同前去的还有另外几对新人，新娘脸上的娇羞都是动人的，而男人都一律紧紧握住身边女人的手，保护着自己的新娘不受汽车的颠簸。

爱情在江微看来并不是一件复杂的事，虽然她和李哲从来没有过刻骨铭心的感觉，但天长日久的相处，耳鬓厮磨的温暖，不离不弃的牵手，渐渐就会生成生活中的一种习惯，到年华老去，坐着摇椅慢慢诉说着往事，就这样过一生。

“哎呀!”江微突然叫起来，在座的几个人都吓一跳。

她朝大家点点头示意不好意思，然后低声对李哲说：“我的手套忘了一只在化妆间。”

“那就不用了呗!”有位新娘插嘴说。

“那……”江微犹疑一下，还是点点头说，“好吧!”

李哲知道江微嘴上虽然说好，心里却带着遗憾。

李哲叫道：“停车!”

“什么事啊?”同行的摄影师问。

“我去拿个东西，等一下自己坐车去。”李哲说。

“那快点。”摄影师看看天气，“这天看来要下雨了。”

回到化妆间，李哲将落下的手套放进口袋里，匆匆走出影楼大门。他本该急速走到街边拦出租车，可是他却愣住了。

他看到她迎着冷峭寒风站在婚纱影楼外，目光轻柔地望着橱窗里展示的婚纱，嘴角有温柔的笑，这时的她缓缓地与李哲记忆中的常笑重叠了。

他记得有一次他和她误闯进别人的结婚礼堂，正好看到神父面前的新郎新娘各自宣誓，她的脸上写满向往。李哲拉起她的手，承诺堆积心头，却怎么也说不出口。那时的他们，青春得稚嫩，也青春得不敢对未来做出一生一世的承诺。

李哲就这样望着她，忘记了时间的流逝，忘记了还有一个女人在等待着他给她的那份圆满。常笑并不知道不远处有双眼睛在盯着她，她一直目不转睛地盯着那件婚纱，很久很久。

乌云聚拢，路人开始四处奔散，第一颗雨点很快砸下来，绵密的雨滴砸在人身上，生冷刺痛，雨将她从幻想中拉回现实，她也跟着众多人群迅速离开，完全不知道背后曾有一双眼睛默默凝视过她。

他再一次看着她离开却不敢呼喊，更不敢挽留。

刚想到江微，她的电话便到了，电话里江微的声音一改往日的好脾气，声音中有着压抑不住的怒火：“你在哪里?”

“我在……”李哲想说路上堵车，可他还是选择说实话，“我在影楼门口。”“下雨了，拍摄只有改天进行，你不用来了。”说完她挂断电话。

只是在人群中多看了她一眼，再也无法忘记她容颜。他不能移动脚步。遇见她便挪不开本该前行的脚步，是李哲的宿命。

第四章 谎言的枷锁

李哲回到家，家里的三个亲人正围坐在电火炉前。外公外婆对着电视连续剧评头论足，谈兴正浓，方文静话说得很少但也一直在默默聆听，红彤彤的光映在他们脸上，明亮而温暖，是家的味道。

“怎么这么快就回来了，江微呢?”方文静问。

“她先去了超市，我以为她回来了。”李哲回答，“我去接她回来。”

他知道她在哪里。

她果然在那里。他们去年买的一个小户型今年刚装修完毕，准备结婚之后搬过去居住。所有的一切都是江微布置——珠帘低垂、色调明亮、透明的落地玻璃窗、暖黄色的灯光，典雅、温婉的感觉，一如她的人。

只有在这里，她才感到安全而舒适。李哲打开门的时候，看到她拿着拖把来回擦拭，尽管地面已经光亮如镜，可她依然忙碌不停。

她的脸上还涂着一层厚厚的脂粉，将她的表情裹在其中，看不出究竟。李哲走过去扶住她的肩，从她手里取下拖把，问道：“你是不是生气了?”

江微沉默，摇头，继而再次拿着拖把挥舞。李哲只有无奈地看着她机械移动的身影，他宁愿她哭几声，抱怨几句，也比现在沉默着让他不知所措好过。他知道她呈现在他面前的一切都是好的，温柔娴静、通情达理，不愿为了小事斤斤计较，即使心里暗生不满，脸上也是惯常的温柔笑容。

可是她却从来没有问过李哲，是希望看到虚伪的笑还是放肆的哭。

江微身形在移动中，发间几朵未拆除的满天星悄然滑落，落在地上，星星点点的白色，刺痛双眼。她终于停止动作，看着地上的干花发呆。李哲趁机上前揽住她在沙发上坐下，握住她的手说："对不起，今天我在影楼门口看到一个老朋友……"

"我不是因为这件事。"江微将手从他的手心里轻轻抽出，说道，"李哲，难道你没有觉得我们之间有什么在改变？"

李哲一怔，但随即说道："你想得太多了，有什么在改变？我们不是好好的吗？即使今天错过照相，但是我们还有明天还有后天……"

"明天和后天又如何，李哲。"江微怔怔地说，"这几天晚上你都说了同一句梦话。"

"什么话？"李哲紧张起来。

"你说，"江微顿了顿，一字一句地说，"不要走。"

李哲暗自庆幸没有胡乱喊谁的名字，却也头痛女人的敏感神经。

"我也不知道怎么回事，老是觉得现在的平静生活会被打破。"江微低头，将头埋在手掌里。

"不，不会的。"李哲安慰她，更像安慰灵魂已浮在半空中的自己，"我们会结婚的。"

"是吗？"江微泪眼模糊地望着他，此刻的她，脆弱无比，只想得到一个肯定的答复。

这次李哲没有说话，而是缠绵地吻住她的双唇，她在挣扎几下之后突然狠狠地咬住他。对于他，她也有过怨吧，怨他买戒指的时候玩起了失踪，怨他照结婚照时又出状况，而她又不知道怎么抱怨，只有用一咬来发泄自己的情绪。

李哲闻到血的腥甜味道，这激发了他的热情，他热烈的吻顺着她的脖子一路向下延伸，手顺势扯下她身上的衣物。

也许此刻只有这样，他也才可以暂时忘记突如其来闯进他平静生活里的她。

李哲当常笑依然在那个遥远的国度，过着和他完全不相干的生活，他当从来没有与她重逢，那一次又一次相对的视线，带给他的，只有陌生。

让人想不到的是，在李哲下定决心之后，常笑却主动给他打来电话。电话里，她一改之前的冷漠，低吟浅笑间有着让他无法拒绝的魔力。

"李哲，周末你有没有空？"常笑问。

他周末怎么可能有空？结婚前夕，要做的事情太多了，婚纱照的延期、没有买到的戒指已令江微流露不满，这周他和她早已约定再去挑戒指，但是她却在此刻打来电话，所为何事？

"你有什么事吗？"他心里想着拒绝，嘴上却说着相反的话。

"我想你陪我去一趟淮山路。"

"你去那里干什么？"李哲问。他竭力控制声音里的惊讶，淮山路上的锦绣庄园，那里曾经是她的家，可她用的是"去"，而不是"回"。

六年中，李哲也曾经有几次回过那里，想找寻她留下来的踪影，但他却失望地发现，没有她，连最熟悉的环境也会变得陌生。

后来，他再也不去了。现在当常笑提起的时候，他无法找到拒绝的理由。

“好，我陪你去。”李哲说。他安慰自己说，至于戒指，下周再买吧。

周末很快到来，李哲在前一天晚上不得不对江微撒谎说因事务所临时有事，买戒指的时间又要向后推移，江微“嗯”了一声便没再有过多的言语。

早上，李哲吃完早餐，趁愧疚还没有将他完全包围时快速出门。他和常笑约好，她在彼岸花咖啡厅门口等他，那里去淮山路顺路。

李哲刚刚出门五分钟，江微却在沙发上看到他落下的钥匙，她拿着钥匙追出门去，很是不巧，李哲的车刚从小区门口驶过，他没有看到她。江微拿出电话准备叫李哲等下，却在电话即将接通的刹那间摁断。她突然发现，李哲的车不是驶向事务所方向。

她从来都是相信李哲的，李哲也从来没有让她失望过。现在的他，事业小有成就，也依然英俊挺拔，不仅如此，他还正直善良，干净得如同一棵向阳生长的白杨。男人对事业的专注总是会吸引很多倾慕的目光，可他一直都是洁身自好，尽管长期与章凡交往也没有沾染上章凡的恶习。但最近不知道怎么回事，一直有一股莫名情绪笼罩着她，让她心生不安。

是因为午夜梦回时看到李哲紧锁的眉头，听到他嘴里焦灼的呼喊？还是推迟拍摄婚纱照和购买戒指都是一种不祥的征兆？她不想去想，却不得不想。

有些事，她并不像李哲想象中那么无知无觉。她就像一个静默的旁观者，慢慢地嗅到一丝不同寻常日子的味道。这种感觉，甚至可以打破她现在的平静生活。

她紧紧握拳，钥匙在手里越握越紧，硌得她的手心刺痛，她伸手招了一辆出租车，紧随李哲之后，既然心中有疑问，何不前去看个究竟？

二十分钟之后。江微看到李哲的车速开始放缓，她忙拍拍司机后座："停靠在路边。"司机依言照做，江微并不下车，只是盯着前方动静。

却见一个女子拉开李哲的车门坐了上去，江微说："师傅，继续跟……"话未说完她突然感到胸闷气短，胃里酸水直冒，想吐又吐不出来，她不禁拉开车门站在路边干呕起来，呼吸几口新鲜空气才勉强压住不适之感，可当她起身之后，才发现李哲的车已经不见了踪影。

"小姐，你怎么了，要不要送你去医院？"出租车司机问道。

江微也不知道，她茫然地站在路口，望着路上来来去去的车辆，但都不是李哲——有些谜底，藏住就是一生平淡，揭开只会带来天翻地覆。

她拿出手机拨通李哲电话，问道："你在哪里？"

"我，刚到办公室。"今天的事情李哲不想让江微知道，更不知道如何解释，于是他选择撒谎。

"可我好像听到车子的声音。"江微追问。

"哦，我现在有点事，准备开车出去。"李哲结结巴巴地说。

看来他是真的不准备对她说实话了，江微也不知道如何再将谈话继续下去，只好说："那好吧，你路上注意安全。"

挂断电话，李哲从镜子里看到自己的脸，谎言让他整张脸布满愧疚之色，同时他也看到常笑带着嘲讽的笑意望着他，说道："那时候的你，可没有这么多的谎言。"

"有时候善意的谎言，比残酷的真话好。"李哲为自己辩解。

"以前的你，更没有这样的口才。"常笑调侃道。

越来越多的谎言就像一把枷锁，牢牢锁住李哲。

车里的情形并不像江微想象的那样旖旎，越接近目的地，李哲和常笑越沉默。常笑眼神掠过车窗外飞逝而过的风景，往事如同黑白影像，在他们脑海里流转。这一路的风景，他们曾经共赏；这条路上月光的清辉，曾经让他觉得那是最好的光华。

葱郁的树木比起往年更显茂盛，一切令他们感到熟悉而伤感。多年过去了，人事已非，树依然是树，执着立在原地不停生长着。

李哲将车泊在路边对她说："到了。"

常笑推开车门，回过头像是不经意地说道："要不，你跟我一起吧。"

李哲心里不想去，却不由自主尾随着她下车，腿迈开步伐，他暗暗骂了自己一句"没种"。一直以来，他就对常笑的请求没什么抵抗能力。他安慰自己，此刻跟一个女人计较，显得太小气了。

隔着镂空的铁门，可以看到花园中林木栽种得疏密得宜，大部分都是枝干笔直的松柏，苍翠茂盛、劲健有力。小径两旁的冬青树挺拔，树木之间，还点缀着茶花、桂花，清雅的香气袭来。

站在门外，有喧声笑语隐隐传来。按了门铃之后不久，一个仆人打扮的妇女便过来为他们打开门，但奇怪的是她什么话也没有问，满脸笑容地领着二人进去。

花园里正是一派热火朝天景象，身着华服的年轻男女端着酒杯，吃着美食，扎堆聊天或打闹，热气腾腾冒着青烟的烧烤，场面好不热闹。

常笑嘴角噙笑，径直走向站在角落里衣着笔挺的一对中年夫妇，他们正满脸微笑地望着场中的焦点，他们的独生女儿。直到常笑和李哲站在他们面前才有所察觉，一看到常笑脸庞，男人惊得金边玳瑁眼镜几乎掉下来："笑笑，你——你几时回来了？"

李哲认得那对夫妇，他们是常笑的伯父常万山和伯母余丽。这幢别墅成为他们的专属之地，李哲并不觉得稀奇。让李哲不解的是二人对常笑的态度，似乎多年没有亲近。

"回来很久了，只是一直没来看望伯父和伯母而已。"常笑淡淡地说，"我知道伯父今天家里有聚会，冒昧前来打扰。"她说话的时候虽然在笑，但语气里的生疏却是显而易见。

"笑笑，什么打扰不打扰的，大家始终是一家人。"常万山显然对常笑的态度不甚满意。

"是打扰，"常笑坚持说，"我的目的只有一个，借钱。"

一说到钱，一直没有吭声的余丽不动声色地扯扯常万山衣袖，示意他站在一旁，然后笑吟吟地问："笑笑，说借就太见外了，你要多少钱？"

"五万。"常笑平静地说。

余丽倒抽一口气，她知道这个丫头上门没什么好事，没想到她一来就是狮子大开口，她卸下伪装的笑容，撇撇嘴："你当我们是银行？跟你说，一个子……"

"笑笑，你要这么多钱干什么？"常万山即时制止妻子口里吐出难听的话。

常笑说："伯父，实话告诉你吧，我生病了。"

"你怎么了？"常万山失声问道。

常笑眨眨眼睛说："再过段时间，也许我就看不到你的脸了，伯父。"

"怎么，你的眼睛有问题？"

"我的眼睛患了视微症，这是一个很难医治的病，所以我需要一笔钱治眼睛。"

常万山盯着她的眼睛，试图想在她的目光里找到一丝闪烁，常笑却一直镇定自若，任由他观望，最后，她似笑非笑地开口："伯父，你怕我骗你？"

常万山本有此念，但听常笑这么说，反而不好开口再问。

"我这里有检查报告，不如我拿给你们看看？"说着她的双手似在包里搜寻。

"那倒不用，都是一家人，怎么可能不相信你呢！"常万山勉强地说。

似乎怕丈夫动了恻隐之心，余丽撇撇嘴说："我们没那么多钱！"

"那伯母又有多少钱？"常笑丝毫没有动怒，依然以云淡风轻的口吻问道。

"刘嫂——刘嫂，你过来——"余丽扬着嗓门喊道，不一会儿领他们进门的妇女走过来，余丽对她如此这般交代一番，刘嫂匆匆离去，再出现时手里已拿着一个黑色皮包。

"笑笑，这里有三千块，你先拿着。"余丽从皮夹里抽出一沓钱递给常笑，"你也知道现在生意不好做……"

"这幢房子值多少钱？"常笑拨开余丽的手，"现在我回来了，应该由我处置吧！"

"你说什么，你回来原来不止是想要钱，还想要房子！"余丽声音陡然提高。

听闻此言，常万山一张脸更像结了冰霜，他重重哼了一声，然后说："你今天来，是告诉我你的眼睛问题，还是跟我讨论这幢别墅的归属问题？"

"不敢。"常笑说，"我来借钱。"

余丽趁势把钱给她，纸币在触到常笑手的瞬间，不知是刻意还是不小心，余丽手一抖，粉红色纸币哗啦啦掉在地上，有几张钱币更是随着风飘移出去很远，落在谈笑风生的年轻人脚边，洋溢着欢笑气氛的聚会有瞬间的沉寂，有好奇的目光望向这边，其中也包括常万山和余丽最钟爱的独生女儿——常心。

“李哲，帮我捡钱。”常笑不觉有异，弯下腰去捡四处飞散的钱币。李哲默默地将稍远的几张一一捡起来给她。

常笑低头的瞬间，头顶突然悄无声息地罩来一团红云，眼前出现一双红色的漆皮鞋，鲜艳夺目，往上是两条修长的小腿和一条红色的超短迷你裙，再往上，一头俏丽的金色短发、蓝绿眼影熏染下的大眼睛，面容和常笑有点相似，只是，她的神情更显张扬和肆意。

“常大小姐长年不归家，”常心连一句客套话都懒得说，一开口便话里带刺，“现在回来干什么？”

常笑戏谑地反问：“你问这话之前先要搞清楚，这是你的家，还是我的家？”说完也不待常心回答，她拍拍手上的钱说，“这个问题你可以慢慢想，我有事先走了。”

只听见常心跺跺脚，恨恨地说：“她以为自己还是公主呢！落难的凤凰不如鸡！”

“谁是凤凰，谁是鸡，很快就可以见分晓。”常笑毫不示弱。

说完这句话，她也不看常心的一张脸是如何铁青，转身朝前走去。

常笑笃定朝着前方迈步，一切戏谑、嘲笑都不能影响她平静的神色。送他们出去的刘嫂显然没有了刚才的殷勤，脚步疾驰如飞，恨不得施展轻功将两个不速之客提至门外。今天真是眼神欠佳才会放这两个人进去，少不了又要挨一顿骂。

他们刚出门，那扇铁门便哐当一声在身后闭合。常笑闭上眼睛，睫毛微颤。这里曾经是她的家，她的天堂，可是现在她的到来只是多余。坐上车之后的她依然一言不发，微颤的手指却泄露了内心复杂的情绪，等待红灯变成绿灯的间隙，李哲的手覆上她的手指。

“你想干什么?”常笑的反应比他想象中强烈，在他刚接触她的刹那便回过神，急速收回手指，戒备地看着他。

“我……”李哲尴尬非常，事实上他只想告诉她，既然六年后再次遇见，对于她的困难他也不会袖手旁观。在常笑严厉的眼神之下，他的热忱化为一片尴尬。支吾良久，他才将内心真实意图说出：“我明白你此刻的感受。”

“明白?”常笑并没有领他的情，啼笑皆非地看着他，“不，李哲，你永远，永远不可能明白。”

李哲不是她，可是李哲真的明白。她曾经的快乐，李哲一路相随；现在的寂寥，他更想以一己之力一一抹去。但是他也明白，抹不去的。如同，她曾经是那么古灵精怪，让他捉摸不定的小红豆，即使他是坚韧不拔的大石头。

绿灯亮了，李哲继续前行，她的眼神飘忽地望着前方。

他突然说：“我会帮你。”

“怎么帮?”常笑冷笑一声，“李哲，你以为你是谁?”

“治好你的眼睛，”李哲坚定地说，“需要多少钱，我出。”

常笑没有说接受，也没有说不接受。她无意与李哲再争辩什么，墨绿色的窗玻璃透过的光让她的脸在车厢里忽隐忽现。此刻看起来，她的双目依然是清澈灵动，但里面有多少变幻莫测的光芒，谁也看不真切看不明白。

第五章　猝不及防的事实

常家的一场聚会就这样被两个他们自认为是不速之客的人搅得失去兴致，余丽也不愿以假面微笑示人，待常笑和李哲走之后，她的耐心消失殆尽，也不管是不是有客人在场，把常心拉到一旁，手指戳着常心的额头，骂道：“你干的好事！”

“我怎么了，我！”常心自知理亏，讷讷地说，“我怎么知道她会突然跑回来！”

“如果不是你每个月连她的生活费都扣着不给，指不定她早就在那边安家了，现在可好，竟然回来了，都你惹出来的。”余丽气急败坏。

“我就扣她钱怎么了！我就看不惯常笑那轻狂模样，我就是要让她吃吃苦头！”常心对着母亲的质问，不服气地回应。

“你是想让她吃吃苦头，”余丽讥讽道，“结果现在怎么样了，你说，她都敢回来要房子了，指不定下一步要干什么呢！”

“要就要呗，本来房子和公司就是他们的，不是我们的！”常心撇撇嘴。

“你……”余丽气急，扑过去捶打常心，她可没那么傻，一个闪身余丽扑了一个空。

余丽瞅瞅四周，不希望这一幕被好事者看到。

"反正事情已经这样了，你打我也没用!"常心丢下一句话，然后急匆匆地跑出去，丢下余丽站在原地喘着气生气。

对于李哲来说，这也是一个不眠之夜。窗外的墨黑色让夜显得更加深沉，此时已经是夜深时分，李哲却毫无睡意紧紧盯着电脑屏幕，有关视微症的资料在他的搜索之下一点点展开：视微症又叫爱丽丝梦游仙境症，是神经学上的一种高度迷惑性现象，以致影响到人类的视觉感知。患此视觉疾病的人，会把部分人以及无生命目标看得比真实的要小或者要远很多。这是一个令医生都感到头痛和束手无策的病症。怪不得常笑拼了命想赚钱，李哲对她的不解和误会全都烟消云散。

此刻他的心里对常笑有同情，还有他也说不出的心痛。

他一定会想办法治好她，如果她需要钱的话，他还有一笔积蓄，还有，他才买的刚装修好的新房。可是该如何治疗呢？所有资料显示这种病极难治疗而且治愈力低下，在一波又一波杂乱无章的想法中，困意一阵阵袭来，他打了一个哈欠，电脑屏幕上的方块字开始变得模糊跳跃……

江微推开书房的门，李哲已经趴在电脑前睡着了，未关闭的网页都传达着同一个信息。他在查找一种病症的资料，桌面甚至建了一个文件夹，里面除了视微症的详细资料还有一些病患的治疗历程。

她帮他关好电脑，看到他在梦里也是一副眉头深锁的模样，不禁暗自叹息。快要携手步入婚姻的他们，此刻却像隔着关山之遥，他依然在她的身边，但他的重重心事，她却不甚明了。

江微将疑惑告诉了章凡，尽管她也不太喜欢章凡，但她想章凡应该会知道李哲的事情。人总是这样，有什么疑问之时不愿和爱人倾诉，只愿意采用迂回战术旁敲侧击问他身边的朋友。

章凡当然对此情况表示一片茫然，不过他可不像江微一样，把什么事情都放在心里，第一时间打电话到李哲处求证："你小子有什么事情瞒着我们?"

李哲莫名其妙反问："我……有什么事情瞒着你的?"

见这样也问不出所以然，章凡索性将话挑明："江微说看你在看什么视微症的资料，她担心你。但是女人嘛，总是这样，明明心里想问得不得了，嘴上却偏偏要逞强……"

"哦，那不是我……"李哲脱口而出。

"不是你是谁?"

"常笑。"李哲坦诚地说，与其藏着掖着被章凡发现，到时候更难解释，不如诚实地告知真相，何况他也不确定是不是还需要章凡的帮助。

章凡听到这个名字之后，却是轻哼了一声，透着轻蔑和不屑："她跟你借钱对不对？李哲，好歹你也是个大律师，麻烦你拿点专业精神出来，不要这点小伎俩就蒙蔽了你的眼睛!"

"胡说八道。"李哲有些恼怒，"小人之心，她根本没有提钱的事情!"

"老兄，这叫欲擒故纵。"章凡仍是笑。这个女人厉害着呢，连李哲这样的律师都被她哄得团团转。

"你再说我就挂电话了。"李哲认真地说，他不愿意听到章凡用这种语气谈论常笑。

"OK，你愿意相信，我何需多言。"章凡知趣地退出舌战。

但是没过多久，李哲正埋首于一场民事纠纷的卷宗之时，章凡的电话又紧随而至。

"又有什么事?"李哲皱着眉头接起电话，"我正忙着，喝茶改天。”

“你忙，我也不是闲人。”章凡也不客气，“我只是想给你介绍一个眼科医生。”

“你正好有熟识的医生？”李哲有些怀疑。

“你难道不知道本公子交友满天下？太孤陋寡闻了吧！再说我也想看看那小妞到底是不是真的……”意识到这句话说出来又会令李哲感到不快，章凡及时住嘴。

既然如此，李哲也只有接受他的好意。李哲说：“那可真是感谢你的费心了。”

“得，我可不想听你的感谢，要听，我也是听那丫头的。”章凡说，“今天正好许医生有空，我叫他下了班去酒吧门口等你吧，今天她应该在那里上班。”

话都说到这份上了，李哲再推托倒显得有些小气，他只好答应：“那好吧！”

章凡哪里刚巧认识什么眼科医生，他只认识一个脑科医生——许诺。不过那家伙平时都是一副不苟言笑、正经八百的样子，要说动他还真的不容易。

果然，许诺拒绝了章凡：“这种事情我不去。”

“你就走一趟撑撑场面就行了，我的许大医生。”

“什么撑撑场面，你是叫我去骗人。”

“骗人怎么了？是她先骗我的！”章凡着急起来，“你就帮这一次吧！”

“我是脑科医生，不是眼科！”

见许诺固执如此，章凡只好使出杀手锏：“老兄，你再这样固执，我就告诉林小溪你以前的事情。”

“章凡，你——”许诺气结。

“怎么样，答应了吧？”章凡嘿嘿直笑。

灯光闪烁的酒吧门口，许诺挂断电话，朝李哲走过来，伸出手：“你好，我是许医生。”

李哲友好地伸出手：“你好，我是李哲。”

他们在酒吧找了一个位置坐下，许诺直截了当地问：“我们要找的人在哪里？”

李哲用手指指舞池中央翩然起舞的身影：“她。”她在台上舞着，如丝媚眼如同磁铁，吸引台下众多目光，众人是惊艳，李哲是关切。只有许医生，眼光波澜不惊，在他心里，没有谁会比那个她舞得更美更动人。那是属于他和她的故事。

音乐从激烈爆发到缓慢抒情，最后归于沉寂，又是一曲完毕。李哲看到常笑走下舞台，他冲过去拦住她：“常笑，我想和你谈谈。”

“谈什么？”常笑用惯常的淡然对他。今晚她的妆有些浓，嘴唇红艳艳的似一朵盛开的玫瑰花，眼角眉梢都有着神秘的风情。

“你的眼睛不好，不应该在这种场合上班。”

常笑轻笑一声：“我不上班你养我？”

“我只是想让你对自己的身体负责。”李哲说，“这是我给你介绍的医生。”

“怎么？”常笑反讥道，“你怕我骗你？”

“我……我没有这个意思。”李哲不知如何解释。

常笑也不需要他的解释，她说：“我告诉你李哲，我自己的事，不需要你这个外人来插手！”说完她想要甩手走人。

李哲一把抓住她的手腕，重逢之后第一次这样强硬对她：“我偏要管偏要插手，怎么样？许医生，你过来帮她看看。”

从常笑下场到现在，许诺一直默默地站在一旁，静观其变。这是他第一次看到李哲和常笑，他不是一个爱打听别人私事的人，即使没有从章凡的话里听出一丝端倪，他也觉得两个人之间波涛暗涌。也许，这也是章凡叫他来此的用意。

“你的眼睛现在有哪些症状？”许诺以一副专业的口吻问着，“有没有觉得眼睛经常干涩甚至模糊……”

“你不是医生吗，难道你不会自己检查？”常笑眯起眼，嘴角又露出一丝若有若无的笑容，“李哲，你既然这样不相信我，又何必大费周张？”

李哲一再重申：“我只是想关心你。”

“李哲，你以为你是谁？你凭什么关心我？”常笑毫不客气。

“看来你今天似乎不欢迎我在这里，”李哲自嘲地笑笑，“我改天再来找你，笑笑。”

“如果你真的这么关心我，那我告诉你，其实我——”

“笑笑！”她的话还没有说完，从光影中窜出一个女子，凌乱的头发随便披散在脸上，满脸张皇，因为来得匆匆，她甚至没有注意到和常笑交谈的李哲和许诺，她急急忙忙地开口：“笑笑，原来你真的在这里，给你打了几个电话都没接。”

常笑把手机拿出来看看：“这里太吵了实在听不到电话响。”她突然反应过来：“怎么，有什么事吗？是不是她……”

“当然是，不然我来这里找你干什么？”女子焦急地说。

“那她现在在哪里？”常笑站起身。

“医院里。”女子短促地说。

“对不起，”常笑向不明所以的李哲和许诺说道，“有什么事改天再说吧，现在我有急事先走了。”

“你要去哪里?”李哲起身，提议道，“不如我送你吧!”

“不用。”她还是一贯的拒绝口吻，头也没回，对旁边等待的女子说：“唐柯，我们走。”

两个女子很快消失在浓重的夜色中，李哲急急忙忙跟出门外，而他到了外面看到她们已经坐上一辆出租车，他也不知此时自己怎就有了刘翔的速度，迅速冲到出租车面前，伸手拦住她们。

“喂，小伙子，你想干什么?”出租车司机不耐烦地吼道。

“你们去哪里？我送你们。”李哲像一头牛一样的固执和倔强。

“司机，开车。”常笑皱皱眉头，眼光甚至不愿与他接触，出租车司机看看镜子里的常笑，再看看木讷的李哲，有些意味深长地笑了。敢情是这两个小情侣在闹别扭！他脚踩油门，出租车一下把李哲甩在身后，可是李哲还是听清楚了出租车司机抛下的几个低沉音符：“仁爱医院。”

李哲没加任何考虑，趋车追赶在常笑身后。红灯阻止的时候，他找到车里的一支烟点燃，袅袅烟雾包裹着他。他一再告诉自己，其实他并不想多管闲事，他只是作为一个老朋友的关心，可他再怎么找理由也改变不了事实：青葱岁月里，她美好的身影是他唯一的追逐和关注，而如今，她的到来竟然已经成为他生活中的焦点。

十月末的天气，城市阴冷而潮湿，天色不知不觉已经华灯初上。常笑跟着唐柯赶到医院，踏进医院便感到一股阴冷的气息，她不自觉地瑟缩一下。

六年前在这里，她送走了她生命中最重要的亲人，而六年后她又不得不面对经常来医院的事实，尽管这里的空气，她一辈子也不想呼吸，这里的味道，她一辈子都不想闻到。

推开病房，躺在病床上的小女孩抬眼看了她们一眼，又心虚地垂下眼睑，而守在她身边的女老师微笑着说：“来的时候看着挺吓人的，刚才医院检查过又说没有什么，你们也不用太担心了。”

她站起身来往外走：“既然你们两个都已经来了，那我就走了啊！”

“童老师，我送你。”常笑笑着说。

常笑送小女孩的班主任出门，留下唐柯一下人陪伴女孩。一路上，两个人讨论着女孩的病情，童老师说：“常小姐，我知道你们两个单身女子带着一个小女孩生活不容易，医生说她的身体基本上没什么问题，更多是心理上的疾病。”

“心理上的疾病?”常笑不由自主地重复。“你是说她现在的病都全是装出来的?”

“也不全是，”童老师不知如何解释，“臆想症，你知道吗?”

“什么?”常笑第一次听到这个陌生的词语。

“你也别太紧张，她现在只是臆想症初期阶段，她一直都渴望引起你们的重视，所以不停地生病来吸引你们的注意，久而久之就形成了一定的习惯。”

一个五岁的女孩竟然有如此重的心事，常笑完全想不到。

“常小姐，恕我冒昧，谷粒难道只有你们两个亲人，她的父母到底在哪里？你们怎么不把她送到她的父母身边呢?”

常笑咬了咬下唇，沉默一会儿然后说道：“她的妈妈已经死了，至于她的爸爸……我会找到他的。谢谢你，童老师。”

对于别人的家务事，幼儿园老师也不好过多地深入了解，只有安慰地拍拍她的肩，转身离去。

比起温和的唐柯，谷粒似乎更惧怕常笑。当常笑回到病房，谷粒不由自主往被窝里缩缩，靠近唐柯。常笑问道：“你感觉怎么样了？粒粒。”

谷粒细声细气地回答："我……我已经感觉好多了……"

常笑看着她的眼睛，认真地说："那可不行，刚才医生肯定没有检查清楚，检查咱们粒粒的病要用这么长的针。"她用手比画一下，"扎你的屁股，扎你的手，扎你的……"

"不要，不要，千万不要——"小女孩立刻被吓得愣住了，"我不想去。"

"可是你刚才又昏倒了，还说有小妖怪抓你。"常笑不为小女孩的求情所动，继续说道。

"我是，我是……"粒粒声音细微模糊不可听。

"是故意的对吧?"常笑提高声音，生气地说，"粒粒，你知不知道你这样都已经很多次了，你再这样下去，让我们如何相信你?"

"笑笑，我……我也不知道怎么回事……"小女孩泫然欲泣。

常笑很想骂谷粒几句，她的眼睛就这样定定地看着谷粒，但终究还是没有开口，只是很轻微地叹息一声。

这轻微的叹息声在寂静的病房里响起，小女孩听得真切，她用手抓住常笑的衣袂，轻轻摇几下："笑笑，你是不是生气了?"

"嗯。"常笑不想骗小女孩。

"丁乐乐说，每次只要她生病，她的爸爸妈妈不管在哪里，不管有多忙，都会到她的身边陪着她。可是，我的爸爸妈妈呢？是不是我的病不够严重?"

"粒粒，"常笑伸出手，抚摸小女孩柔软的头发，"如果你愿意，我就是你的家人。"

"还有我。"唐柯也伸出双臂紧紧地拥抱谷粒，不禁泪盈于眶。

经过一番折腾，谷粒眼皮已经有些沉重，她伏在常笑膝上，常笑伸手轻轻抚摸她的背部，女孩渐渐入睡，嘴里仍然模糊发出

“爸爸妈妈”的呓语。

常笑这时才和唐柯轻声说起刚才和童老师讨论的事情，唐柯听完之后，面色凝重，“这谁都知道，亲生父母的陪伴任谁也替代不了，笑笑，你准备什么时候把她带到她的亲生父亲身边?”

常笑皱皱眉头：“她的亲生父亲现在这种情况，我要怎么告诉她?”

刚到病房外的李哲正好听到常笑低声的话语，他惊得一时停住脚步，半晌都回不过神来。躺在病床上的女孩，现在已经闭上眼睛安然入睡，被子遮住的身体看不出来身量大小，也无法推算年龄，还有那眉眼……李哲努力想看得真切点，却一时忘记如何挪动脚步。

“想看你就进来，杵在那里干什么!”常笑早已经看见李哲，她压低声音，低声说道。

李哲轻轻推开门，一进来他的目光便紧紧锁在女孩脸上，脑中昏乱不堪，每一步都仿佛行走在云雾中。前段时间，他猝然接受常笑回来的事实，如今，他又面临她有孩子的事情，而且，这个孩子怎么看……李哲不敢想下去。

他的手指蠢蠢欲动，想要伸手触碰一下女孩柔软的发丝，常笑觉察到他内心的波动，一把拉开他的手，冷冷地说：“你会碰醒她的。”

“她……到底是不是……”李哲张口结舌，连一句完整的话都问不出来。

“她是，或者不是，与你有什么关系?”常笑反问。

自与她重逢后，常笑一直没给过李哲好脸色，所有问话也围绕着“你到底怎么了?”“与你有什么相关!”展开。她也不再是以前李哲熟悉天真无邪的小红豆，她变得更加妩媚、心机重重，更适合在这个社会生存，但也更让人捉摸不透。

“那好，你跟我出来。”李哲一把抓住常笑的手腕，半拖半拽地将她拉出病房，直到离开房间很远，他才放开她。此刻，他一贯的好脾气已经荡然无存，这些事他再不问清楚，只怕越来越多的疑问会将他逼疯。

常笑揉揉手腕被抓得发红的皮肤，没有喊疼也没有皱眉，在这一出又一出的好戏面前，哪怕是理智如李哲也会激动的吧。

她的眼睛微微眯着，里面盛满了嘲讽的笑意，“我以为你发火是上个世纪的事情了。李哲，不用压抑你自己的情绪和思想，做你想做的事情，对你来说，真的很难吗？”

“我不像你那样无所顾忌。”在这种情况下，李哲来不及思考，随便抓住一句便开始反击。果然，话一出口他就后悔了。

“是啊，我有什么？家破人亡，母亲身亡，父亲深陷牢狱。如你所说，我还有什么好顾忌的？”常笑点点头，一声冷笑，“倒是你，何必来蹚这趟浑水，何必要把事情知道得太彻底？如今的你，事业有成，家庭和美，这是你和你母亲一直想要的吧？”

李哲心头滑过一阵恻然，不由得息了怒火，低声说道：“对不起，笑笑，我不是这个意思。”

“是不是这个意思也没什么关系。”常笑漠然回应，“我知道你想问什么，我想回答你的是：你猜得没错。”

虽然已经有心理准备，但在听到确定的回答之时，李哲的心还是像被谁狠狠揪了一把，这凭空掉下来的半大孩子搅乱了他的心神，令他没有办法冷静：“你说她是……她是……那你这么多年来怎么从来没有回来找过我，怎么从来没有跟我联系？”

“你我有各自的人生，李哲。”常笑冷冷说道，“况且当初，是你自己选择没有和我一起走。”

常笑说得对，他的顾忌太多，那个孤独的身影，他多想追上去。他们曾经相约，要一起出走，生在一起，死在一起，流浪在一起，一直在一起。

可是哪怕时间倒回去六年让他再一次重新选择，他也不知道是否有这个勇气。他恨当时自己的年纪让他没办法选择，他恨他的理智，他也恨他的不得已。

“对不起，我不想再和你继续聊下去。如果你觉得我们的出现叨扰了你现在的生活，你完全可以当这些事没有发生。”

在她走出去几步之后，回过头看到李哲依然呆呆地站在原地。他今天得到的信息够劲爆，他恐怕得好好消化一阵。常笑走过去拍拍他的肩说，似安慰，更似告知：“她叫粒粒。”

“是姓李吗?”李哲问。

常笑但笑不语。等常笑回到病房，她看着粒粒熟睡的脸庞，心头浮起万般感慨，粒粒已经与她的亲生父亲咫尺天涯，她却把粒粒拉进另一个旋涡，这样做，到底是为惩罚她的亲生父亲，还是成全自己那点可怜的私心?

唐柯望着她的脸，犹疑着：“你为什么……”

她打断唐柯的话：“我不想看到他太幸福。”

第六章　在爱与忘的缝隙中望见无奈

李哲不知道自己怎么回的家，他的神思游离恍惚，车飚得飞快，差点发生擦剐事件。

章凡给他拨了几个电话，李哲都没有听到。好不容易电话接通，焦急的章凡早已经忘记客套，直接奔入主题，声音里不无得意：“怎么样，那个女人是骗你的吧？”

“她……”李哲几次想开口，却又咽了回去。怎么对这多年好友启齿呢？她的眼疾本就令他恻然不已，如今又多一个孩子的事情，他的头脑一片混沌。

“有些事，我以后再告诉你。”李哲感觉有些头痛。

“怎么，难道还有事情？”章凡紧追不舍。

“以后再说吧。”说完也不管章凡有没有回应，李哲自顾自挂断电话。

章凡将点燃的香烟送到嘴边。怎么，他李哲一个堂堂一个大律师，看似精明受理过无数案例，结果现在却是非不分，不仅帮着那个女人说话，而且对他也是支吾以对，许诺也没有戳穿那个女人的谎言？看来还是得他章凡亲自出马才行！

屋里的灯光下，江微和方文静围坐在桌边，桌面上摆了一堆喜盒、喜帖样式，两人正不厌其烦地反复对比，一看李哲进来，方文静抬眼望望他："回来啦。"

"唔。"李哲没精打采地回应一句。

两个女人仍在低头挑选着喜帖样式，谁也没有注意他的异样。

"来，来，你看看这款怎么样？"江微将选好的样式挑出来，指给他看。

"不错。"李哲漫不经心地说。

江微又喜滋滋地拿出一本婚纱选辑递给李哲："帮我挑一挑，到时候我穿哪款最好看？"

李哲机械地接过，手指翻动着精致的纸张，款式各异的婚纱，耀眼的纯白，他曾经幻想过婚纱穿在常笑身上是怎样一幅梦幻的画面，而他又会以怎样的姿态去迎接那一刻的到来。可是，如梦似幻，曾经已经遥远得如同前生回忆，只有身边的喃喃细语的江微才是他能够触摸到的真实。

如果常笑仍在异国他乡，如果她没有带着秘密归来，如果她不是身患疾病，他的生活仍然会照着原定轨迹，和江微携手一生。可是如今，在众多真相向他袭来之后，他做不到视若无睹。

此刻，谁也不知道外表平静的他，心里是如何地翻江倒海。

"怎么样？"江微用胳膊碰碰李哲，笑着问。

李哲用手指胡乱指向一款。

"这款啊……"江微凑过去细细研究，"胸口褶皱太多，显得比较臃肿，明明就不好看嘛……"

"嗯。"李哲胡乱回应。

"李哲，我跟你讲话，你一点都不认真。"江微语气半娇嗔半埋怨。

"那你自己慢慢挑。"李哲将婚纱选辑啪一声放在桌上，他已经竭力控制情绪，沉浸于喜悦世界的江微虽无所察觉，但方文静却抬眼瞥了他一眼。

他没敢和母亲的眼睛对视，径直走进卧室，仰躺在床上，眼睛直视天花板上垂吊的水晶灯，他想清空自己的思想，得到短暂空白，可思想这玩意是不受约束的野马，无法约束。

反正也无法入睡，他索性翻身下床，开始翻箱倒柜地翻找。很多与过去有关的东西被他储藏在一个铁皮盒子里，因怕江微看到引出一些无端话语，他将这些东西藏得很深，以至于他已遗忘多年，而现在当他想再重温时，竟然找不到深藏在哪里了。

“你在找什么?”方文静走进来，看到打开的箱柜，翻得凌乱的房间，有所察觉。

“找一个证件。”李哲打着哈哈。

“你那点心思瞒不住我，”方文静洞若观火，“我知道你在找什么。”

李哲停止忙碌而无谓地翻找，问道：“妈，那你有没有看到……”

“我扔了。”方文静淡淡地说。

李哲翻找东西的热情就这样被一盆凉水当头浇下，熄灭他刚刚燃烧的蠢蠢欲动的火苗。对母亲，他一直都是言听计从，此刻，即使他的心里各种难受和煎熬，眼里甚至泛着一些酸意，他也只是重新坐回到床边，面上依然平静。

方文静伸手旋开卧室门把，她回过头对李哲说：“这是你答应我的，忘记昨天，重新开始。”

在她出门的瞬间，李哲回答了一句话。

虽然声音很小，但方文静也听清楚了：“你又何曾遗忘和做到?”

是啊，其实她一直没有做到，虽然现在天未荒，地未老，她的岁月却在一天天地等待中流逝了。在房间门口的阴影里，方文静自嘲地笑了一下。

一顿饭下来，江微和外公外婆兴致颇高，两位老人将这几天来的见闻一一拿出来和大家分享，方文静和李哲都听得心不在焉，各怀心事。

只有江微，心无旁骛，加上新嫁娘的期待让她整个人都沉浸在喜悦里，每一句回应都带着笑容和暖意。外公外婆对江微颇多赞许，直夸李哲运气好，方文静福气好，觅得如此称心如意的老婆和儿媳。

正说着，外婆突然想到什么，一拍桌子说："老头子，你看我这记性，咱们不是说好了……"

"老婆子，就你话多，赶紧去拿吧！"外公催促。

不一会儿，外婆手上捧着一个包装精美的锦盒，笑容满面地递给李哲："给微微的，你快打开看看。"李哲打开盒子，里面是一只莹润的玉镯，那玉甚好，凝聚翠水欲滴，有着清透自然纹理。

李哲记得这手镯，小时候，他见母亲的手腕上一直都戴着这样一只玉镯。通透的玉色、温润的质地，握在手心却是冰冷的触感，给年幼的他留下深刻印象。后来，他看到母亲缓缓褪下玉镯，轻轻地放在桌上，说："爸妈，我辜负了你们的期望，这辈子，我不再嫁。"

"静静，你明明对……"外公看了一眼在一旁的李哲，生生将已在喉咙的话语咽下，"你何必要将自己的一生搭进去？"

"爸，妈，我的人生由我自己负责。"

那时候的母亲，如同一株骄傲芦苇，丈夫逝去，稚子尚幼，但始终不接受父母的好意。

再后来，母亲带着他离开家乡云南来到这里。

多年以后，外公外婆再带着珍藏许久的玉镯，将祝福送给母亲认可的外孙媳妇，他们用如此迂回婉转的方式向女儿示好。

李哲将礼物递给江微，她受宠若惊，连连摆手："这怎么好？"

"给你的，你就收下。"方文静说，江微推辞一番，但在长辈的执着之下也就接受这馈赠。在她手指触碰到玉镯的瞬间，和方文静的双手在触碰中，却让圆润的玉镯脱离正确的路线，以直线下坠的方式和地面作了一次亲密接触。

啪——玉镯断裂的声音不大，却足以让屋里的人震动。

外婆、方文静和江微同时伏身去捡，玉镯坚硬的质地和地面接触，结果自然是可想而知，江微手上拿着一截断裂的玉镯，急得眼眶通红："都怪我不小心……"

"算了，你也不是故意的。"方文静从江微手上取过碎玉，汇集到一处："我拿去修修就好了，不用放在心上。"

本该郑重而温馨的馈赠仪式却被意外搅了局，在场的每个人心里都有诸多懊悔，事实已是如此，虽然惋惜，却也无可奈何。

深夜，李哲处理完工作之后，继续了前几日的工作，继续查找视微症的资料。这病发展到后期将会面临失明的痛苦，她一个弱女子将如何承受这场命中的浩劫？还有她身边的小女孩，又将依靠谁？其实李哲知道江微更期待他放下手中的工作，和她好好商讨一下婚礼的细节，可是他现在完全没这心思。

一个人影悄无声息地走到他身后，惊得李哲从一大堆设想中蓦然清醒过来，定睛一看，原来是方文静。他不自觉地将笔记本电脑屏幕掩盖。

方文静对他的电脑上显示的内容不感兴趣，她站在李哲面前说道："如果你不想搅乱现在的生活，停止你那些无谓的想法。"

李哲将电脑椅转过去面对方文静："你知道她回来了？"

"我知道，"方文静点头，"她去见过她父亲。"

常笑，常父，这是几年来他们母子之间一直封存的禁忌，尽管李哲知道每隔一段时间方文静都会抽时间去看"那个人"，但他从来没有开口过问；尽管方文静也知道那个影子一直都在李哲心里，但她也从来没有关心。

李哲一直在想如何对方文静开口讲述她回来的事实，没想到如此云淡风轻地开始了话题。

"儿子，你也该醒了。"方文静用难得的温柔口吻对李哲说，"常笑不会属于你，以前不会，以后也不会，江微是你自己的选择，难道你想辜负她？"

"我不想的，妈。"李哲苦恼地说，"可是……"

"可是什么？"

"你知道吗，她带回来一个孩子。"

"孩子？"方文静诧异。

"是的，"李哲点头，"女孩，那可能是我的孩子。"

"常笑亲口对你说的？"方文静问。李哲默认。

"可是，这事讲不通啊，"方文静疑惑，"这事连她父亲都一无所知……"

"你们又有多少事情，她同样一无所知！"李哲一字一顿地说。

"你和她难道还是以为……"方文静急促地追问。

"我不知道。"李哲避开与方文静的眼睛对视，他想了想，再次重申，"我真的不知道，对不起，妈。"

"李哲，我不要你的什么对不起，我只要你相信。"

李哲是真的不知道。方文静的手抓住李哲的肩膀，用力扳回儿子的身体，直视他的眼睛："不管你信不信，我没有。"

"既然你都不相信，常笑又怎么相信?"方文静说，她的脸色有些苍白，"远离她，回到你自己的生活中来。"

李哲还是沉默不语。

"微微，微微，你怎么了?"母子之间短暂的沉默被外婆的呼声搅散。

"怎么了?"两人快步出书房。

"微微啊，刚才在厨房里洗碗洗得好好的，却突然恶心呕吐，跑到厕所里又没有吐出来……"说着说着，外婆突然意味深长地笑了，"哎呀，瞧我这糊涂脑袋，原来是双喜临门啊!"

方文静也会意过来，只有李哲傻愣在当场，她赶紧捅一捅木头人似的李哲："赶紧让你媳妇坐下，她八成是有了。"

"有……"李哲心中浮起联想，却不敢再往深处继续下去。

"有孩子了，你快当爸爸了！傻小子，高兴得傻了吧!"外婆高兴地说。

李哲确实是傻眼了。他并不想这么早地当上父亲，十二岁那年他失去了父亲，缺失的父爱让他的成长变得不平衡，对父亲的渴望延续在他后面很多年的岁月里。而他更没有做好担当一名父亲的心理准备，于是他和江微的每一次亲密接触，都防范得当，唯有上一次的激情事件，他以为一次也没有关系，没想到……

他没有当父亲的心理准备，却突然有一个六岁的女孩和一个正在母体中孕育的婴儿叫他"爸爸"，生活给他开了这么大一个玩笑!

"明天你带江微去医院检查一下。"方文静吩咐道，"以后可有得忙了。"

一大早，一夜无眠的李哲早早便醒了。

“看这孩子兴奋的，一夜没睡好。”外婆指着他眼下两块淡淡的青色对方文静说。方文静是这屋里唯一一个知道李哲失眠原因的人，对外婆的热情，她唯有淡淡地笑了笑。

李哲开着车载着江微朝市妇幼保健院开去，江微看了看他行驶的方向，说：“李哲，你忘了大嫂是仁爱医院里的妇科主治医师吗？检查就去她那里吧。”

李哲当然没忘，他不去那里只有一个原因，不知道常笑有没有带粒粒离开，在这种情况下，他不想跟她们相遇。可在江微的提议之下他也只有把车开向仁爱医院。

一大早妇产科便挤满了孕妇。每个女人脸上的表情都那么相似，母性的光辉尽情挥洒洋溢。江微找到位置轻轻坐下，昨晚的惶恐不安渐渐被期待代替。

随着时间的增长，她的身形会变得臃肿不堪，如同冬天里一只笨拙的胖熊，可是数月后将会有一个全新的生命诞生，给她和李哲平淡的婚姻增加一抹亮色。也许她的重心不再是李哲，不再是她一直苦苦维系的感情，而是这个孩子，她和李哲的孩子。她和李哲将会被这个孩子绑得更紧。

检查很快就有了结果，大嫂看看她的化验单，严肃地叫江微坐下。江微战战兢兢地坐着，倾听大嫂郑重其事的交代。

江微走向等待着的李哲，李哲握住她的手，她的手出奇的冰凉。那股凉沁到李哲的骨子里，让他不禁对一直以来温顺柔弱的江微生出许多愧疚，他问道：“你怎么了，检查结果怎么样？”

江微沉默了一会儿，抬头的时候给了他一个明媚异常的笑脸：“我是有点紧张，大嫂说，说……她说——一切正常。”她终于说出来，但颤抖的声音让人还是感觉到了她的紧张。

“那我先送你回去休息再去上班。”李哲说。

医院的草坪上，三三两两的人群散步或休憩，他的余光瞥到一个苗条的身影带着一个小女孩在草坪上玩着气球，他没有犹豫地发动车子准备离开。一个不小心，女孩的气球从她手心轻飘飘地溜走，她的脚步跟随气球的飘远而飞奔起来，眼看就要扑入到车流之中，李哲眼疾手快地踩住刹车，刚才带着女孩的女人已早一步冲入车流中将女孩紧紧抱离危险境地。

“你没事吧?”李哲下车问道。

“对不起。”女孩的妈妈开口道歉。

原来不是她，李哲如释重负地叹了口气，又觉得失落，她们，已经离开医院了吧？即使没有离开又如何，他现在最主要的任务不是伤感，而是回家。

一路上，他和江微相对无言，或许是感受到如此沉默压抑的氛围，江微打开他车上的音乐，《Hymn To The Sea》，音乐如流水，倾泻在整个车厢。在忧伤清婉的音乐中，江微幽幽叹了一口气，疲惫地闭上眼睛。《泰坦尼克号》里，杰克和露丝的生死爱情荡气回肠令人动容，所以现代人对爱情的追求也是生生不息，永不停止。

可她不是他的露丝，一直都不是。

第七章 渐行渐远的婚礼

李哲送完江微回到事务所已经接近中午了，一看到他出现，他的秘书谭小安便拿着文件夹将要事一件一件地讲给他听。

“嗯，我知道了。”他正襟危坐，有条不紊地安排和处理。

谭小安拿着材料轻轻退出去，出去的时候还细心地将办公室的门关上。他看着谭小安的背影，她的头发绾起，显得一丝不苟，表达流利清楚、做事利落，与刚进来的毛躁大学生判若两人。

当初他为什么在一堆应聘者中留下资历和经验都不见得出色的她呢？仅仅就因为她的眼角有颗与常笑类似的泪痣？多么可笑，他千方百计想要珍藏在心底的印记，她却轻轻松松地挥手抹去。

“哦，对了，”谭小安再度推门而入，说道，“有一位客人已经等你半天了。”

李哲步入会客厅时，她正望向窗外，百叶窗为她的脸罩上一层变幻莫测的阴影，光与影勾勒出她苗条的轮廓，她的手握着一杯已经失去温度的开水，静静地坐着等他。

她今天穿得很素净，白底蓝碎花外套，利落的小脚裤配上简简单单的靴子，不施脂粉的脸如同一块干净的白瓷，清透的纯净，无瑕的白。

重逢后见她几次，只有这一刻的她最像六年前的常家的小公主。

待他与她对视的那一刻，李哲知道只是今日她的装扮令他产生错觉，她的眼睛曾经只有纯粹的黑和白，那是成长于温室的花朵、被家人呵护备至的孩子才有的眼神，明亮璀璨，一笑似有满天星光闪烁在她眼里。如今她的眼珠蒙上一层淡淡的琥珀色，带着岁月浸染的风采，狡黠、泛着冷意。

“下去给她买一杯太妃榛果拿铁。”李哲对谭小安吩咐。

“不用了，白开水即可。”常笑含笑的眸子望着他，“什么都在变，我喜欢的口味也会变的。”

李哲问：“你今天找我，又是为什么事？”

“我需要钱，需要一大笔钱。”常笑说。

“那你找我……”李哲迟疑起来。

“帮我要回那套房子。”常笑点燃一支烟，嫣红的光亮在她指尖一闪，“还有，公司应该属于我的股份。”

李哲迟疑了一下。那幢房子里发生的一切他还历历在目，他不信常笑已经忘了，即使要回来，她如何能够住得安心？

许是知道李哲的想法，常笑无声地笑了：“我住那房子干吗？我躲避都还来不及，我只要钱。”

她拿回那套房子，仅仅只是为了钱。“这个女人好像缺钱缺得厉害……”章凡的话以前他不以为然，如今却在他脑中回响。她对过去的一切什么都不在意，她的年华、青春、成长、骄傲、伤痛、哭泣，那幢房子是她回忆的忠实的见证和守护。如今，她轻描淡写地要将房子卖掉，因为她需要钱。

“我知道你在想什么。”常笑说，“你这犹豫不决、瞻前顾后的性格跟我六年前认识的你一点没变。”

李哲直截了当地说：“你变了。”

“如果你也经历这些年被所有人背弃的生活，相信我，你不会比我清高。”她的手再次伸向烟盒，李哲的手覆盖上她的手，“你以前不抽烟的，别抽那么多烟，对身体不好。”

这一次，她若有所思，没有将手抽离。

谭小安推门而入，两人刚叠在一起的手迅速分开，谭小安嘴微张，又迅速地掩饰住自己的吃惊。

“你怎么不敲门?”李哲愠怒。

“我有……敲门。”谭小安不知道上司竟然会发这么大火，战战兢兢地说。

“即使敲门又如何，我在谈话，你怎么可以随便进来?!”李哲毫不相让。

“有份文件让你签。”这并不是她第一次闯入他的会议室让他签字，没想到这次却撞到枪口上，莫名其妙挨了顿骂。

李哲在文件上签了名字，默不作声地递给谭小安。谭小安出门前八卦地看了他们一眼，此时的两个人都正襟危坐，看似疏离遥远，但空气中浮动的暧昧情愫。小姑娘并非懵懂不知，她正处于一个是非分明的年龄，黑就是黑，白就是白，最见不得的就是这种破坏人家家庭的第三者。

坐到自己的座位上，谭小安不自觉地朝李哲的办公室撇撇嘴，李律师要结婚的消息尽人皆知，此时却在会议室里和别的女人拉拉扯扯，真是“男人靠得住，母猪会上树”。

“你看你，六年不见，脾气都变坏了，看把人家小姑娘吓的。”常笑说。

“只有见到你的时候，我的情绪才会失控。”李哲心里说。

“我来找你还有一个事情，下个星期六，粒粒的幼儿园兴趣班会有家长参与的手工课，如果你有时间的话，过来一起参加吧。

粒粒长这么大，她还没有见过她的爸爸。”最后两个字，她故意咬得很重。

她走后很久，李哲都无法平息心绪。那个孩子真的是他的孩子？在几年前，这世界上的某一个角落，有一个和他血脉相连的婴儿呱呱坠地，他却一无所知。他在一天一天的等待中消耗光阴，在时间一点一滴的流逝中灰心，牵起另一个人的手。他从来都不是一个很坚定的人，他顾虑的始终太多，他不是一个勇敢的人，从来不是。

可是一别六年，如今她带着他的孩子出现，这让他如何是好？

终于还是平静下来，该来的，该面对的，他没有办法退缩。

“这是当事人委托的起诉书，你照着这个地址发出去。”他将资料递给谭小安。

常笑走出事务所，天不知几时已经变了颜色，细雨纷飞，凉意扑面，迎面来的细雨打湿她的脸庞。这雨让她想起在英国伦敦的日子，绵绵不息的雨似她心中的伤痛，永不停歇。

她都不知道有多久没有见过阳光了，也不知道有多少次在噩梦中惊醒，她多希望一切只是一场梦，如今的她还有什么呢？她什么也没有。为了生计为了钱，她做过很多工作，做过超市收银员、打过杂工、当过护工，幸好在异乡她还有两个朋友，不然她真怀疑自己会在孤苦无助中寂寞地死去。

她的身后传来细微的窸窣声，似乎一直有人跟在身后。

“谁？”她迅速地回过头。身后没有人。

一路上她频频回头，却什么也没有发现，只有细微的雨，朦胧她的双眼。也许是错觉吧，这几天总是觉得有人跟着她，但回过头的时候又发现什么人也没有。

拿钥匙打开门的时候，那种奇怪的被人注视的感觉又浮上来，回过头又没有人。家里只有两个单身女人和一个孩子，她越想就越觉得惊恐万状，拼命转动钥匙想要找准门洞的位置，可是越着急越打不开。

门吱呀一声开了。是唐柯。

“啊——”她吓了一跳，钥匙从手心滑落。

“你怎么了？”唐柯怔怔地问。

“没什么。”她快步进屋，将门重重关上。唐柯将手指放在唇边，“嘘——”指指卧室，小声说：“小声点，她已经睡了。”

常笑低声说道：“医生不是说她没事吗？”

“她的病，在这里。”唐柯指指心脏的位置，“这个年龄的孩子，父母就是她的天和地。我觉得你应该……”

常笑一笑：“我们，不就是她的父母吗？”

“不，”唐柯摇头，“那是不一样的，笑笑，无论你做什么我从来没有反对过，可是现在，我觉得你应该让粒粒知道谁是她真正的亲人。”

“她父亲，不适合当父亲。”常笑冷冷地拒绝。

“那是因为你没有告诉他真相，事实会令他成长起来。”

“那是因为你不知道现在的他是什么样子！”

“能令谷穗倾尽一生爱的男人，我想，他不会太坏。”唐柯平静地说。

“唐柯啊唐柯，”常笑摇头，“让我说你什么好呢，你永远都把人和事想得那么简单，即使你……”她凝视着她的脸，又及时将话咽下。

唐柯的手不由自主抚上了脸，虽然有乱发的遮挡，但还是掩盖不了一条长长的疤痕横在她的左脸，疤痕纠结、弯弯曲曲、凹凸不平，让人触目惊心。

常笑低声说："对不起。"

唐柯平静地说："即使我的脸有伤疤，可是，我的人生没有。"

"唐柯，你有没有……还在恨他？"

"说不恨那是假的，圣人才能做到吧！我只是一个平凡人，怎么可能不恨？不过时间过去这么久，我总要继续生活的，对不对？"

"唐柯，我很欣赏你，但不代表我能够做到像你一样。"常笑说，"你的提议我会好好想一想，但不是现在。她和她的父亲咫尺天涯，早一天、晚一天见面有什么关系？"

在她转身的瞬间，她听到唐柯在身后说道："我知道你的用意，但是你不要伤害她。"

李哲没想到起诉书寄出去的第三天，被告方便如此沉不住气地找上门来。

"小姐，请问你有没有预约？"谭小安客气地问道。

"见他还需要预约？"常心手一指，"笑话！"

她自顾自朝李哲办公室闯去。

"李律师有事，你不能往里面闯。"谭小安一看这个一脸戾气的女人，便知道来者不善。

常心才不管李哲是否到底有事，只要她想做的事情，没有谁能够拦住她。

"喂，你站住。"穿着一步裙的谭小安紧紧地追赶着常心。

"你走开。"她一把推开谭小安，力道之大，推得穿着高跟鞋的谭小安一个趔趄，胳膊肘碰着墙壁，痛得龇牙咧嘴。她只能眼睁睁地看着这个女子闯入李哲的办公室。

李哲波澜不惊地望着这个不速之客，问道："常心，你想干什么？"

"是我问你们想干什么才对！"常心将起诉书扔在他桌上。

"想干什么，这上面已经说得很清楚了，你如果有什么想要抗议的，在法庭说，当着法官的面说——"

常心伸手将他桌上的文件悉数推到地上，用挑衅的眼神看着李哲。她何尝不知道在法庭应诉，她只是想激怒李哲，看一看他为了另一个人气急败坏的模样。

她恨恨地说："她回来干什么？不是要钱，就是要房子。我告诉你，我不给！"

"给不给，不是你说了算，而是法律说了算。"李哲不疾不缓地说。

她的力气像打在棉花上，得不到半分回应。

李哲想起第一次见到常心的时候，她分明就是一个被家人宠坏的孩子，外形活泼可爱似安琪儿，性格却霸道任性，和他见面的第一次便在他的手指上留下一道伤口。

"哼！"常心冷笑起来，"别拿什么法律来压我，你们就是狼狈为奸！"

饶是李哲如此好脾气，也忍不住变了颜色，他低沉的声音透着怒意，手指着门口："出去，我不想再说第二遍！"

"你什么都帮她，你知不知道，六年后她回来是什么样子？"常心讥讽地笑，"我保证你听了会……"

"出去。"李哲再一次，冷冷说道，"你再不出去，我就让人请你出去。"

常心讥讽地笑了："你不想听，是因为你根本不敢知道她这六年来到底过的什么日子！好吧，我保证你知道的那一天，你会后悔，你会后悔现在这么帮常笑!”

“后不后悔，那是我的事!”李哲说。

常心的一番话并没有影响李哲的心情，也不能阻止起诉的进度。而令他感到窒息的是婚期在晨光晚露中一天天接近，所有抗拒的字眼仅在他脑海里回荡，他无法说出口。常笑说得对，他一直都是一个瞻前顾后、犹豫不决的人，曾经和现在都是如此。

很快就到了星期六，他和常笑约定的时间。一大早，江微就拿着一袋喜糖对他说：“我哥叫我们过去吃饭，顺便把喜糖带给他，你和我一起吧!”

他想找个理由拒绝，可在江微期待的眼神下，他内心挣扎几下，还是点点头。他想，也许一顿饭并不需要多长时间，下午，等到下午他再抽身离去。

亲人相见难免唠叨家常，江微和大嫂一起絮絮叨叨，江淮在厨房里忙碌，龙凤胎在屋里砌积木。大嫂和江微聊天的内容李哲插不上嘴，他百无聊赖地看着俩孩子将一堆花花绿绿的积木堆成形状各异的房子、动物，然后推翻重来。

他和江微因为江淮的一件官司而认识，而他对江微的感觉是在两个孩子降生的那一刻萌芽的，她对家人的守护令他动容，也就是在那一刻，他牵起她的手。

时间就在琐碎的家常细语、孩子的嬉戏欢闹、厨房里被热情翻炒的家常菜中溜走，直到晌午开饭。这样的烟火生活，是他曾经的向往也是未来生活的写照，但他的一生，真的会遵循这条既定线路，一直走下去吗？为什么当他看到未来一切看似圆满的生活，心里却始终有个缺口，空空地透着凉意？

一顿饭还未吃完，便有人来敲门，是大嫂约的人前来家中打麻将，李哲被推搡着上阵。

这麻将可是最消磨光阴之物，眼看着时间一点一滴地流逝，李哲频频地看墙上的挂钟，手中的牌也是打得七零八落，一副心不在焉的模样。

“你怎么回事啊?”江微和牌的时候，悄声问他。

“对不起，我有点急事，先去处理一下。”李哲说。

他一走，打牌的人就不够了，大嫂不满地说：“你们律师一天就那么忙，周末都不让人休息?”李哲笑笑，也不解释太多。

在车上李哲拿起电话，一个未接来电也无。她毫不在意李哲是否会去，反正几年的时光都是这么过来的，当一个人已经习惯孤独，她便不会奢望生活出现惊喜。

他拿起电话，拨通常笑的号码：“你们在哪里?”

“我以为你不会来了。”常笑轻描淡写地说。

他继续追问：“你们到底在哪?”

“幼儿园。”说完她挂断电话。

李哲到达幼儿园的时候已经是下午四点半了，天色渐晚，再过几个小时城市的一天又会宣告结束。也难怪她会生气，幼儿园在这个时候都差不多放学了，希望他能够赶得上今天最末尾的课程。

他推开幼儿园铁门，如果不是童趣盎然的墙壁和四处摆放的可爱物件，他真怀疑自己进错了门。这里太安静了，没有小朋友的喧嚣，没有老师的叮咛细语，难道他已经来晚了，她们已经回家了吗?

他一间一间教室地找过去，他看到了她们——只有她和粒粒在教室里，他走了进去。

小女孩粒粒正低着头用一支笔蘸上颜料，细心地涂抹着画纸，常笑坐在她的身边，温柔地看着小女孩。

他脚步的声音很轻，怕惊动了教室里专心致志的两个人。粒粒听到声响，抬头望了他一眼，又继续手上的画。他蹲下身，很自然地开口："我帮你，好不好?"

她没有看他，很沉默地摇摇头。

李哲在一旁无所事事地坐了一会，这里静得他都不敢大声喘气，他看到女孩正好涂抹完笔上的颜料，于是将颜料盘递上去，小心翼翼地，带着讨好的笑容。

粒粒尖叫一声，将颜料盘打翻在地，然后一头扎进常笑怀里，戒备而警觉地看着她。这是他第一次看清楚这孩子的面容，羊脂白玉一般的柔嫩皮肤，乌黑的头发，俊秀的轮廓，她的脸让他有种熟悉的感觉，她到底是不是他的孩子？这张脸庞的熟悉感觉令他心里涌动着复杂的感情。

"他不是坏人，他只是想把颜料给你。"常笑轻柔的声音，抚慰了小女孩的恐惧。

"笑笑，我不认识他。"小女孩不满地嘟起嘴。

"没关系，以后就慢慢认识了。"

"是吗?"粒粒看着这个陌生的叔叔，带着犹疑。

"她多大了?"李哲问，这个年龄段的孩子，这样的个子好像稍微显得矮了一点。

"六岁。"常笑说。粒粒看了一眼常笑，没有说话。

"我先出去和叔叔说会儿话好不好?"常笑说。

粒粒点点头。

站在走廊外，常笑述说着关于粒粒的事情："她生下来，便没有父亲的陪伴。两个未婚女人带着孩子，生活总是很艰难的。于是我们一直对外宣称，她是我的侄女，所以她叫我和唐柯都是姑姑，有时候也叫名字。”

“这几年，你过得好吗？”李哲问。

“难与不难，生活总得过呗。”常笑轻描淡写地说。

一句简简单单的话语，便概括了这几年来她的生活。站在时间的彼端，才可以对曾经的岁月一笑而过。但只有亲身走过的人才知道，她是如何艰难，艰难地一步步向前。

“她慢慢长大了，也像其他单亲家庭的小孩一样，经常问她的爸爸在哪里。我说她的爸爸在中国，于是我们就带着她回国了。她的性格很孤僻，不太喜欢与人交流；很好强，喜欢与人争斗；也很执拗，认定的事情便会坚持到底。你看就是这一幅画，其他小朋友都画好了，可是她，画了三天……我竭尽所能，给她一切的物质保证，可我始终无法带给她一个完整的家庭……”

常笑的声音有些哽咽，眼泪悄然聚集，濡湿她的睫毛。

这是相逢以来李哲第一次看见她的眼泪。他很想为她抹去，可是，他不能。时间如同一道沟壑，已经将他和她分隔在两端。

他只有看着她的眼泪滑落，蒸发在空气里。

常笑也并不需要他的安慰，她用手擦擦眼角未干的泪痕，笑着说：“你看我怎么在你面前哭了起来，咱们进去吧！”

前一分钟，粒粒还在专心地涂抹着颜料，看到他们进来，她突然将画抓在手里揉成一团，常笑赶紧拦下来，一阵好说歹说才劝住她：“好好地，又发什么脾气。”

她小心翼翼地展平揉成一团的画纸，这幅图画已经成形——欢乐的游乐园里，许多大人带着小朋友尽情地玩耍，而欢笑的他们旁边，有一个小女孩，她的表情好像很不开心，身边还有散落的圆点。孩子的画，很是稚嫩和笨拙，看得出来旁边这个女孩，是她后来才加上去的，还只是单调的线条，没有涂上颜色。也许在她画了之后又觉得不满意，所以想要将画毁掉。

“粒粒，这些小圆点是什么啊?”常笑耐心地问。

“是她的眼泪。”粒粒睁着一对黑白分明的眼睛，说，“别人都有父母陪着玩，她没有，所以她哭了。”

李哲的心，像被谁狠狠地揪了一把，汩汩地流出苦涩的汁液。他太过于明白这种感觉。父亲长年累月在外，带他去玩耍的次数屈指可数。他七岁时父亲带他游乐场，他只敢尝试一些温和的游乐设施，过山车上少男少女的尖叫撩拨得他的心痒痒，但他胆小畏惧，始终不敢勇敢迈出一步。那次他玩得很开心，走的时候也相当依依不舍，他想，下次吧，下次他一定有机会征服那些刺激游戏。

可他没有想到，没有下次了，他十二岁的时候，父亲因为意外身亡，母亲支撑整个家庭，家庭琐事、繁忙的工作令她应顾不暇，根本没有多余心思再去照顾李哲的其他事情。父爱缺失的痛伴随着他以后的成长。没有想到他在异国他乡的血脉，比他更早地品尝到苦涩。这是不是一种命运的轮回?

他蹲下身，对粒粒说：“明天叔叔就带你去游乐场。”

回去的路上，粒粒问常笑：“姑姑，你怎么把我的年龄说错了，我今年明明是五岁，还没到六岁呢!”

“哦，”常笑笑一笑说，“姑姑给弄错了。”

第八章　有那么多事，你忘记告诉我

周末的游乐场永远都是热闹非凡，粒粒显得特别兴奋。其实以前常笑和唐柯也带她来过游乐场，但这次不一样，这次有个叔叔给她“保驾护航”，也许他还是她的爸爸呢！想到这里，女孩脸上泛出抑制不住的喜悦。

终于玩累了，他们来到游东场的餐厅，餐厅旁边有一个卖棉花糖的摊子，五颜六色的棉花糖好似云朵，招来了小朋友的目光，也止住了粒粒的步伐。

常笑拉住粒粒，告诉她这些棉花糖吃了不好。

“随她吧！”李哲笑着说，然后给粒粒买了一支绿色的棉花糖。递给粒粒的时候他触碰到了粒粒的头发，她的头发柔软顺滑，摸在手心里犹如丝绸，这个时候的李哲，就像一个宠溺孩子的父亲。

“记不记得我们以前也来过这里?”李哲说，“坐观览车的时候，我还流泪了。”以前他觉得万分窘迫的事情，如今却可以轻松说出，这就是成长吧，你在意的不在意的，总会过去。

他曾经和常笑一起去过游乐场，惊险的过山车坐上去，令他们像其他少男少女一样，举起双手高声尖叫，耳畔是呼呼的风声和歇斯底里的尖叫声，直到从过山车上下来之后都还惊魂未定。

后来他们又去坐了观览车，将整座城市的风光一览无遗，鳞次栉比的高楼、蜿蜒曲折的江河……那一刻，他与七岁那年的心境相通，禁不住悲喜交加。父亲的猝然离去，令他像杂草一样的生长，如今才有机会圆儿时的梦想，只是心境又与当时大不相同。

他的眼里涌上一片热潮，怕常笑看到，他默默地转过头，望向窗外。

常笑还是看到了，问："你怎么哭了？"

"没有。"被识破的少年别过头。

"你看，这是你的眼泪。"她伸出手指触到他的脸。

他想，也许这就是他爱上她的原因吧。他的青春、苦痛、抑郁、思念，在她面前都可以尽情地挥洒。在一段漫长的青春年华里，他以为，他身边只有她，她身边也只有他。但那只是他以为，他一厢情愿地以为。

"对不起，我不记得了。"常笑说，她不想继续这个话题。她拉着粒粒走到一旁坐下。

粒粒可不管他们大人此刻的情绪是怎样的风起云涌，她的整张小脸陷在绿色的云朵里，专心致志地对付那棉花糖。

李哲走到柜台处拿了三瓶饮料，还未离开柜台便听到耳边传来熟悉的声音："李哲？"

是江微的大嫂。

"你怎么在这里，微微呢？"她在人群里搜索着江微。

李哲的心突突直跳，都说夜路走多必逢鬼，他张了张嘴，不知如何解释。大嫂瞟到李哲手上的三瓶饮料，目光犀利地看着李哲，等待他的回答。

"我和……一个朋友。"李哲有些口吃，他强调，"普通朋友。"

有个成语叫欲盖弥彰，说的就是他这种情况。

看到李哲和其他人交谈，常笑的目光不由自主地看过来，与江微的大嫂的目光不期而遇。江微的大嫂上下打量她，还有她身边那个专心致志吃糖的女孩。江微的大嫂涌起疑问："她是谁？身边还带着这么大的一个女孩。李哲也是，周末不在家好好陪未婚妻，跑到游乐场做什么？"

一上午和李哲的相处显然已经让粒粒适应了他的存在，粒粒抬起头，四处找寻着他，很遗憾，她没有看到他。于是她扯扯常笑的袖子，问道："叔叔到哪里去了？"

他明明就站在这里，触手可及的亲情，可他不能再向前一步，再向前一步，他的世界便会分崩离析，他又何尝对得起江微和那尚未出生的孩子？

那声"叔叔"不仅李哲听到了，江微的大嫂也听到了。在事情没有弄清楚之前，贸然在这里发火显然不是理智的做法，江微的大嫂将蹿起来的怒火压抑下去。

"来，跟叔叔说再见。"拉着自己的一儿一女，江微的大嫂跟李哲告别。

这段小插曲让李哲和常笑在后来的游玩里，都笑得有些勉强。再回首已是百年身，如今，他和她，曾经青葱的眉眼已经沾染现实的风霜。

但这一切，粒粒完全不知情，更是没有办法体会。她只知道，今天她很快乐，虽然从出生到现在，常笑和唐柯也带她去过游乐场，每一个游戏设备也总会让她开怀大笑，但那笑容里总是欠缺点什么。

她到底欠缺什么呢？直到后来她再长大一点，看到其他小朋友都是有父母陪伴，父亲的宠溺、母亲的严厉，一男一女的组合如此默契十足。而她呢，除了唐柯就是常笑，还有就是整天郁郁寡欢的外婆。这种与众不同让她感觉自己与其他小朋友有如此多的异样。孤独和失落一天天地叠加让她愈加沉默，渐渐成为一个孤僻、不合群、不受欢迎的小孩。

如果她有了爸爸，她就跟别人一样了。如果她有爸爸，也许一切都不一样了。

回去的路上，玩了一天的粒粒终于睡着了。

“谢谢你，李哲。”常笑真心诚意地说。

“不用客气。”

“我很少看到粒粒这样快乐。”常笑抚摸着她的头发，“也许她想要的，我并不能全部给予。”

“常笑，如果你愿意，我想……”

“你想做什么？”常笑似笑非笑地望着他。

是啊，他可以做什么呢？他一时愣住，不知如何作答。

“不用了，李哲。”常笑开口替他解围，“你有你的生活。”

唐柯打开门，客厅里橘黄的灯光照着门外三个人的身影，李哲的臂弯里，粒粒睡得很熟，常笑提着衣服吃食等物。他们三个就像平凡的一家三口，幸福地度过一天的时光。但唐柯知道，常笑知道，他们不是。

安顿好粒粒，李哲未作逗留，跟她们道别一声便匆匆离去。

“这出戏，你准备演多久？”唐柯看着女孩的睡颜，问。

“我似乎有点入戏了。”常笑笑了一笑。

“笑笑，你……”

“开个玩笑而已，别那么认真嘛。”常笑拍拍唐柯的肩。

又传来敲门声。

“我看不止你入戏了，有些人早就入戏了！”唐柯微皱着眉头，低声说，“笑笑，你想一想怎么收场吧！”

常笑打开门，视线落在来客脸上，却不是她以为的那个人。

她手忙脚乱地关门，他却早有防备，早已伸出一只脚挡住常笑关门的动作。常笑狠命关门，搞得自己狼狈不堪。

“是谁啊？”唐柯在屋头问，她走出来看到他，声音也不大自然，“薛……晨。”

“笑笑，唐柯。”他笑着打招呼，像许久未曾见面的朋友一样自然，带着他乡遇故知的熟稔。但传到常笑耳朵里，却刺得她耳朵一阵阵锐痛。她面无表情地望着他，不知他为什么要从遥远的异国他乡跟来，不知道他为何阴魂不散。

常笑把着门，唐柯站在屋中央，谁也没有先开口说话。

“喂，我又不是鬼，你们俩露出这种表情干什么？你们不请我进去坐坐？”说完不待她们有所反应，他弯身从她臂下穿过，大摇大摆地走进客厅坐在沙发上。

“薛……晨。”唐柯犹犹豫豫地开口。

“为什么这样看着我？”他微笑着问，“好久不见，你想我了吗？笑笑。”说着手就向常笑伸过来，常笑侧身躲过，眼神嫌恶地看着他。

他放下手，嘲讽地问：“怎么，几天不见忘记亲热的滋味了，要知道几个月前你还躺在我的床上呢！”

常笑忍无可忍，说：“滚！”

“我偏不滚！”

“我们的关系已经结束了！”常笑冷冷地说，“我不欠你什么。”

“你当然不欠我什么，可是我不想放过你，你知道吗？”薛晨犀利地说。

“你爱怎么样随你吧，反正我也管不着。”常笑不想再跟他继续纠缠下去，他却不准备让她离开，一下子把她抓到沙发旁，把她按倒在沙发上胡乱亲吻着。她拼命挣扎，嘴里发出含混不清的声音，拼命地想要摆脱开他。唐柯过来拉扯着他的胳膊，他一把甩开唐柯，唐柯的头重重地撞击到墙面上，发出咚一声闷响。

“薛晨，你个混蛋!”常笑趁他失神的当口狠狠地踢他一脚，然后过去扶起唐柯。

他有一张玩世不恭的脸和一对深沉的眼，眼中隐隐闪着骇人的光芒，缓缓地说，却带着不动声色的狠意：“我告诉你常笑，只有我薛晨可以甩别人，没有哪个女人可以先甩我!”

“也许，总有一个例外吧!”常笑昂着头，倔强地说。

“在我的世界里，只有我说了算。”薛晨恶狠狠地说。他对她那样好，可是她还要逃离。

“如果可以的话，你可以对外称是玩腻了我，然后甩的我。对你来说，不一样；对我来说，都一样。”常笑满不在乎地说。

“你甩不掉的，这一两个月以来，你在干什么，我都知道。”薛晨得意洋洋地说。

“你跟踪我?”常笑惊呆了。

“是又如何？所以刚才啊，我才忍不住要跳出来。免得错过一家三口的好戏!”

“你……你……可真卑鄙!”常笑指着薛晨的鼻尖。

“我说你这个女人怎么不知好歹，我怎么说也称得上是高富帅，哪一点不比那个没有男人气概的律师强，况且人家有女朋友的你知不知道？人家马上就要结婚了，你说你在我这里做正牌女友多好，干吗非要跑去当人家的小三……”

啪！是常笑一掌扇在薛晨脸上的声音。薛晨被她一巴掌打得愣住了。

他捂着脸庞，恼羞成怒，“你这个女人你敢打我——我告诉你，我出生到现在，我父母都没动过我一根手指头，你敢打我——你你你——”薛晨气得连话都说不出来。

“如果你想还手你就打吧。”常笑静静地站着，等着薛晨挥掌，“反正以前你又不是没打过我，现在我们扯平了。”

看到她倔强的模样，薛晨不怒反笑，“我告诉你，笑笑，咱俩的事，没这么快玩完。游戏规则，得我说了算！”

说完他打开门，看了一眼屋里的两个女人，然后离开。

“想不到他竟然会追到国内来。”想起刚才那一幕，唐柯心里很不安。

“一个疯子。”常笑鄙夷地说。

“我看他还真有几分真心。”唐柯说，“就是脾气太差了点。”

“他那样的人，会有真心?”常笑冷冷地说。

“笑笑，也许是旁观者清吧。怎么说薛晨也是一个高富帅，不如你就从了他吧!”

“这样的高富帅，我可惹不起。”常笑说，“他只是觉得谁都是众星捧月地围着他转，突然来一个敢扇他巴掌的，有点新鲜感罢了。”

“怎么，惹不起?”

常笑低声说出一个人的名字。

唐柯大惊失色：“难道他是她的儿子?”那是一个赫赫有名的财团的总裁，这名字如雷贯耳，经常可见在财经杂志、福布斯财富排行榜上。

“算了。”唐柯连连摆手，同样唯恐避之不及，“这种富家子弟，咱们还是少接触为好。”

“是啊，当我知道他的真实身份时我已经后悔了。”常笑扯扯嘴角，“他那是什么家庭。怎么可能允许我这种女子染指？所以我干脆讨了便宜，自动走人算了，免得到时候被人清理门户。”

“笑笑，人人都说你爱钱，为了钱什么都愿意干。”唐柯看着她的眼睛，“可我知道你这么做不是为自己。”

“别说那么煽情的话，我可受不起。”常笑说。

憋着一肚子气的薛晨，干脆邀来三五个朋友，大吃一顿，席间对着他们大吐苦水。吃完饭之后几个人意兴正浓，于是相约前去酒吧继续开怀畅饮。

酒吧是忘记烦恼的好地方，只要跟着激烈的音乐投入忘我的境界，疯狂扭动的身躯不仅可以让汗水挥洒，更可以让人忘记一切烦恼。包括让他讨厌的、不能忘怀的常笑。

薛晨跳得累了，解开衣服的两颗纽扣，闲坐在高脚椅上，无聊地转过来转过去。

“薛晨，你看，那边有个女人一直在看你。”薛晨的朋友悄声对他说。

“你说什么？”在震耳欲聋的摇滚乐中，薛晨没听清楚他朋友说什么。

一个短发女人端着一杯酒向他走过来，在他身边坐下，将酒递给他：“你好像不太开心的样子，要不要品尝一下我的酒？”

薛晨端起酒杯，冲她一笑，一饮而尽，他问：“你叫什么名字？”

“倪欢。”她轻启朱唇，吐出两个字。

突然，舞池安静下来，中场节目时间到了，是像那些 KTV 一样自由点歌的时间。

在酒吧暧昧的灯光下，倪欢看到了薛晨的脸，棱角分明的一张脸在迷离柔和的灯光下散发着魅惑的光芒，双目似湛蓝的星空，就这样望着她。他闲适地坐在椅子上，漫不经心地唱着，他唱的是陈亦迅的歌。

“……你会不会忽然地出现，在街角的咖啡店，我会带着笑脸，挥手寒暄，和你坐着聊聊天；我多么想和你见一面，看看你最近改变，不再去说从前，只是寒暄，对你说一句，只是说一句：好久不见……”

他的声音低沉柔和而性感，如同一只手，轻轻撩动她的心弦。最后结尾的那一刻，唱到“好久不见”之后，长长的尾音诉说着绵绵的情意，他用手指着倪欢。四周瞬间安静下来，倪欢成为全场目光的焦点，在众多羡慕嫉妒恨的目光和热烈如潮的掌声中，她的虚荣心得到升腾和满足。在这一刻，她感到自己是一位公主，备受关注和宠爱的公主。

走出酒吧之时，倪欢很自然地挽着薛晨手臂，摇曳生姿地朝前走去。

李哲拿着冒着热气、新鲜出炉的红豆粟子糕，这是以前他和江微曾经来吃过的美食。他和江微都喜欢吃甜食，他总觉得不够甜，还喜欢蘸很多糖。第一次和江微吃这里的红豆粟子糕，江微看到他的怪习惯时一愣，随即哈哈笑道：“好吧，以后你的那一份要单独加糖，我记住了！”

周末两天他都用谎言蒙骗了江微，强烈的负罪感一直挥之不去。他并不是一个利用爱情、惯于撒谎的人，更是从来没有想过会过着一种“家有红旗不倒，外面彩旗飘飘”的生活，真不知道以前古人对三妻四妾是如何左右逢源的。这还真是一个千古难题！

可是命运如此安排，让他犹豫而彷徨，无法割舍任何一方，在谎言的枷锁中，他感到疲惫不堪。秋风萧瑟，树上有几片银杏叶砸在他身上，他将怀里的红豆栗子糕裹紧，一步一步朝家的方向前行。

“这是给你买的。”李哲从怀里拿出尚有余温的糕点递给江微，心虚地笑笑。

江微高兴地接过去咬了一口，粟子粉沾在了她的嘴角，李哲手忙脚乱地从包里摸出纸巾递给她。

跟随纸巾掉落的，还有三张游乐场旋转木马的票。江微弯腰拾起地上的三张票，眼睛直直地望着李哲，望得他心里发怵。

“你说，你周末去了哪里?”江微问话，带着她一贯的温柔，语言里的犀利却是当仁不让，“还有，你提了存折里的五万块钱怎么没有对我说?”

李哲心虚，是继续用谎言绑住自己，还是将一切和盘托出?

江微今晚上非得向李哲问出一个所以然，她已经沉默太久，疑问太久。疑问如毒瘤，在她心里慢慢长大，如果不选择立刻切除，那么只有任其将她吞噬。

于是即使李哲有意地待在书房里，约摸十二点才步入卧室，他看到的依然是等待他的江微。透过窗外的灯光，江微靠在床上的剪影，带着疲惫和萧索。

她幽幽地开口：“李哲，她叫常笑，是吗?”

这次换李哲吃惊不已：“你……你是怎么知道的?”

江微淡然一笑：“你别管我是怎么知道的，我想听一听，你们的故事。”

有那么多事，他都没有告诉她。

有那么多事，即使她知道，她也没有提过。

第九章　遥远的过往

李哲永远记得那一天，那一天的夕阳，那一天的谈话，那一天的所有细节。

那一天，他从有双亲变为了只有单亲。

那一年，他才十二岁。

父亲出事那一天，他正在同学家里写作业。那天的作业很少也不复杂，他很快写完，之后感到无所事事，于是就盯着窗外的夕阳。太阳慢慢地落下地平线，在最后时刻大放异彩，周围的云朵被照射得绚烂非常，天空也慢慢从天蓝到浅蓝、深蓝、墨蓝……原来蓝色也有这么多种，李哲感叹。

也许是那之后的很多年，他再没有当天的那种心情看夕阳，所以才对那一天的天空的颜色记忆深刻。

他一直目不转睛地看着。每天他都喜欢在外面逗留许久，就是不愿意起身回家。

“怎么，你作业做完了？”同学敲敲他的桌子。

“哦，还没有。”他收回视线，撒了一个小谎，继续装模作样地埋首于课本中，他舍不得离开同学家。过不了多久，同学的父母下班回家了。李哲每天都会听到类似的话题：

“今天杀鱼那个师傅真的不耿直，连鱼鳃都没抠！白菜倒还便宜，才五毛一斤……”是同学母亲的声音，喋喋不休，“咱大姨家生了一个大胖小子，哎哟喂那孩子长得可真是……”

同学父亲梦呓似的回了一句：“昨晚上的水煮肉片好像不够味啊！你明晓得我喜欢吃辣还舍不得多放点辣椒!”

同学母亲剜了他一眼：“就晓得吃和提意见，你自己去煮啊!”

“我啥事都做完了还要你这娘们来干什么?”

……

夫妻俩从进屋就开始闲话家常，你一言我一句，偶尔还会吵上几句。日子就这样一天天地继续。同学不耐地皱皱眉头，虽然已经习惯了父母这样的拌嘴，但始终觉得有同学在这里有碍面子。李哲倒是很羡慕他，羡慕他家里有这么多的生活气息，就连同学父母的争吵，也成为他羡慕的内容。

他不知道为什么，自己家里就总是一片沉寂。他的父亲是一名船员，经常出差在外。即使父亲在家，他的父母之间相处的态度也绝对冷清，他们既不吵架也不会大动干戈，彼此看见也是简单的“嗯”“哦”了事。母亲的寡言带着一种认命的沉默，她把一切琐碎杂事都安排妥当，不想与任何人多作交流，包括她的丈夫和儿子。

父亲由于工作原因在家时间很少，在家的时候会带他出去玩，虽然次数屈指可数，但比起母亲的冷淡，父亲的温暖更多。只有他和母亲相处的日子里，李哲不喜欢家，他宁愿放学之后赖在同学家。他喜欢同学家食物的鲜香气味，吵吵闹闹的家常氛围。

每天的这个时段，同学的外婆都会给他们送上一盘点心，有时候是糯米丸子，有时候是南瓜饼，而今天则是水晶桂花糕，晶莹剔透，光是看就让人觉得美不胜收。这时候是李哲最快乐的时候。

水晶桂花糕很甜，不过他还喜欢蘸着糖吃，这是他的坏习惯，很多东西都嫌不够甜，喜欢加很多糖。李哲拿起一块水晶桂花糕蘸着糖塞进嘴里，在他吃得不亦乐乎的时候，同学的妈妈急匆匆跑来，抓起他的胳膊对他说："你妈打电话叫你赶快回家，你家出事了!"

"出什么事了，阿姨?"李哲嘴里含着食物，含糊不清地问。

"听说是你爸……"

"我爸怎么了?"李哲支支吾吾地问。

"你爸……唉……"同学母亲只有叹息，不忍说下去。

李哲嘴里还含着一口点心，吞也不是吐也不是，卡得他眼睛发白。他手里的半块水晶桂花糕滚落下地，沾得他一身星星点点的糖屑，只听见同学的外婆在他身后颤声地说道："这么小，真是造孽哦……"

他仓皇跑回家中，面对生命中突然降临的噩耗。

父亲一生都与海和船打交道，没想到生命也是消失在海上。常年在海里拼搏的汉子，对于眼前突如其来的风浪有着过低的预估，在他拼命想要稳定船只移动的方向时，却被巨风吹落的一根桅杆砸中了后脑勺，他当场倒在船上。

这是李哲第一次见证亲人的离去，在见到父亲蒙着白布的尸体的那一刻，他突然爆发出撕心裂肺的哭声，这种剜心之痛，他小小身躯承受得如此之艰苦。

在父亲走之后的三个月里，他整夜整夜地睡不着，即使勉强睡着也会从噩梦中惊醒。他宁愿这一切是梦，是噩梦，可挂在墙上父亲的遗照告诉他，这是事实。

母亲虽然平时与父亲关系冷淡，但毕竟相处多年，没有爱情的激情也有亲情的依赖，突然之间一家三口格局被硬生生破坏，带给她的也是无止境的伤和痛。那段时间，她和李哲相对饮泣，共同的伤痛让李哲和母亲第一次靠得那么近。

悲痛的眼泪流尽之后，他们还是共同面对新的一天。当失去变成一种习惯，日子也就这么一天天地过下去了。母亲首先从颓废消沉中坚强起来，她是医院的内科主治医师，这世界有那么多的病人需要她去医治，有那么多手术等待她做，忙碌的工作让她没有多余的时间悲伤。

她的精力有限，顾得了工作，便顾不了李哲。两个人的生活平静向前，只是李哲的学习和心理变化她无暇顾及，李哲学习成绩好与坏，她也没有时间去注意。

只有李哲一个人，延续了对父亲的怀念，经历此事，他似乎不像以前那么渴望母亲的关切，对她的态度也有些淡淡的。他恨她以前对父亲的冷淡，也恨她如今日复一日的忙碌。无处诉说的日子里，他养了一盆仙人球，这是不需要太多爱和关怀的植物，一点水和阳光，它便可以坚强生长。

也有好心的亲戚和朋友提出来愿意资助他们这一对孤儿寡母，可是坚强的母亲，拒绝一切好意，独自支撑家庭。过度的劳累使她偶尔也会有精神恍惚的时候，而最严重的一次竟然是将李哲遗留在车站里。

那一次，他和母亲去车站接母亲一个多年未见的同窗好友，在好友来到之后，母亲和她边走路边交谈，竟然忘记还等在原地的李哲。他等了许久都不见母亲归来，车站里，来来往往的都是陌生乘客，熙熙攘攘的人群让他觉得惶恐，他不敢大声呼喊，不敢四处走动寻找母亲。

有那么一刹那，他甚至认为母亲是故意的，但心底的直觉又告诉他不会的，母亲不会将他丢弃不管。时间过去了四个小时，每一分钟对他来说都是煎熬。那时候的通信工具还不如现在这样普及，他只有等在原地。

除了等，还是等。在焦急、惶恐、无助、悲伤等情绪一起快要将他击倒的时候，他听到一声熟悉的呼喊，带着颤抖的不确定：“李哲！”

此刻传入李哲耳朵里的母亲的声音，犹如天籁。他奔向那个他等了几个小时的身影，紧紧地攥住她的手，多么干燥的手感和熟悉的温暖。他忐忑了几个小时的心，终于归位。

在与母亲回去的路上，他突然发现母亲头上有一根白丝闪现。那一刻他突然有些明白，母亲也许并不像她表面呈现的那么坚强。父亲的去世，她也是悲伤的，只是生活重担压得她没有多余的心思日日沉浸于悲伤的情绪中。

李哲不得不承认，母亲是这个世界上唯一还在意他的人，如果连她也放弃他，那么他真的与孤儿无异。亲情对他来说虽然淡薄，可他依然珍惜。

一年之后，家里宾客造访次数开始增多，大都避讳李哲，拉着母亲在一旁小声地絮絮叨叨。母亲既不点头也不发表反对意见，每次都平静听完然后有礼地送客出门。李哲隐约地感觉，他和母亲相依为命的日子也许就要结束了。

母亲并不为谁所动，谁也不知道她心里怎么想的。李哲不知道，就连母亲的父母也不知道。母亲的世界，似乎总对他们保持着神秘色彩。李哲只有从亲戚破碎的交谈和一些老照片中窥探出母亲曾经的过往。

年轻时候的母亲很漂亮，“方文静”三个字在她所就读的大学里，无人不知无人不晓，校花头衔从她进校到毕业，一直跟随着她，可见她当时的风华绝代。她和一个青年才俊一见钟情，彼此爱得轰轰烈烈，高调宣扬。眼看结婚也是顺理成章之事，两人也算是命中注定、天作之合，当时的母亲，享受着公主一般的骄傲和荣宠。

没想到后来，母亲忽然与青年才俊挥泪分手，各自走上不同的人生旅途。母亲匆匆选择与李哲父亲在一起，恋爱仓促，婚结得仓促，就连生下李哲，也是一件仓促的事。母亲的命运由此发生重大转折。

她的人生，青春年华的高调与中年时期的沉寂默然，形成强烈的对比。

外公外婆一直视母亲为今生最大的骄傲，谁想到她竟然会匆匆嫁给一个船员，令他们大感失望。李哲没有遗传到母亲的美貌和风姿，眉眼虽然清秀但眼神里透着一股木然，性格忠厚有余但聪慧不足，读书刻苦上进，成绩突出，小小年纪已经很懂事。

但任他再多努力，外公外婆的评语只是“太过于听话的孩子，没有一点自己的个性，比起文静小时候的聪明可人劲，差了不知道有几千里”。

外公外婆不喜欢李哲，他们从不隐藏他们的情绪。他们一直引以为傲的女儿突然下嫁给李哲的父亲，已经是老两口的心结，如今李父的意外身亡，他们认为女儿改嫁也是理所应当。三十些许的母亲虽然染上了一些岁月风霜，却更添成熟韵味，于是一些热心人士和她的父母忙不迭地给她介绍对象，操持第二春的到来。

母亲既不同意也不反对，她看人的时候，永远都带着研究的神情，似笑非笑，很是有一种动人的韵味。却没有一个人能够攻克她的堡垒，日子久了，追逐者开始减少，她也不管不顾，过得清心寡欲，悠然自得。

各种各样的非议声，似嗡嗡蚊蝇，经常会围绕在她的身边。

“哟，真是看不出来，方文静还是贞节烈女。”

“什么贞节烈女，我看八成是有病吧？”

“呵，干脆给她送一块贞节牌匾。”

……

再难听的话，到了母亲耳里，母亲全都一笑置之，皆化为云烟。闲言碎语，只要你不理会，自然也就淡了。

但外公外婆开始着急起来，他们不想女儿就这样孑然一生地虚度光阴埋葬余生，于是在李父去世第二年的除夕之夜，趁着一家人团圆的和谐气氛，老两口向女儿表达了意愿。

没想到母亲竟然不顾外公外婆好意，双方话不投机开始争吵起来。争执中外公外婆隐约有些明白母亲不愿意改嫁的原因，不是为李父，不是为李哲，不是为忠贞和守节，而是为了自己的执念。

一直以来以母亲为骄傲、百般宠爱母亲的外公，第一次对着固执的她扬起巴掌。

是除夕了，外面放起了辞旧迎新的烟花，朵朵烟花在夜空中灿烂绽放，七彩的金色丝雨在天空中发出璀璨夺目的光芒。在这一片极致的喧嚣中，李哲突然觉得孤独，他的心亮得跟明镜似的，父亲匆匆离去，母亲只是执着于自己的心意，外公外婆从来视他为累赘。都说他听话恭敬从不发表自己的意见，但即使他讲出来，有谁会在乎？

一双手轻轻扶在李哲肩上，不用回头李哲也知道，是他的母亲。她对他再不喜欢，他毕竟是她的生命延续，他们身上流着同样的血液，李哲也知道，如果说这世上尚还有一个人在意他的感受，那只有他的母亲了。

“李哲，”母亲抚摸上他的发，温柔得让他有些不适应，他别扭地站着。

“如果妈妈要带你去一个新地方，你愿不愿意？”母亲问道。

在李哲还未开口表达意见的时候，母亲继续说道：“其实，你没有选择余地。当然，其实我也没有。”

除夕的烟花，在升到空中一瞬间的光华之后便开始灰飞烟灭，刚才灿烂到极致，此刻却纷纷消失。

母亲在烟花的纷落里，带着迷茫和期待，笑了。

第十章　她在我眼里留了一粒沙

从外公外婆家回来很久，母亲都没有提过“离开”这两个字，李哲以为她忘了或者改变主意了，他仍然每天照常上学，认真学习，除此之外他也找不到其他的寄托。

时间的流逝可以抚平心之痛，时光的朝前奔流也可以带来新的希望。新学期开始不久，李哲甚至和同班的一个小女生开始萌发超出友谊的情愫。被人注视，予人愉悦，这种朦胧的情感在两个人之间萌芽生长，这个时候的李哲，对枯燥的学习生涯竟然有那么一点点期待。

在一个没有任何征兆的上午，李哲如同往常一样，吃过早餐背着书包准备上学，母亲却叫住他：“李哲，我跟你一起。”

“你也去学校？”李哲问，“干什么？”

“今天去学校帮你办转学手续。”母亲说。

李哲静默片刻才缓过神接受现实，终于，这一天在他毫无心理准备的情况下到来了。

李哲不知道这几个月母亲都已经将一切安排妥当，从外婆家回来第一时间她就递交辞职报告，几个月后终于获批；接下来就是李哲的转学手续。她自顾自地做这些事，完全忘记告知李哲。虽然她也曾经想过和儿子多一些交流沟通，但多年的习惯想要改变实在不是一件简单的事。

因为有母亲的提前安排，转学手续办理得很快。李哲到教室和同学告别，他支支吾吾半天，话也没有说出几句。这件事对他来说，实在突然。最后还是由老师代他说明了他马上要离开这所学校的事实。在看到那个小女生泫然欲泣的神情之时，李哲突然回转身对母亲说："妈，我想回家一趟。"

"你干什么？"母亲皱皱眉，"手续很快就要办好了。"

李哲不说话，倔强地自顾自地掉转头跑回家中，他只是将屋里的仙人球拿来送那个小女生。没想到她却连连摆手，不愿接受李哲的馈赠。她怯怯地解释："我不喜欢这种扎手的植物。"

"哦，是吗？"李哲勉强笑了笑，他只有将仙人球拿回来。一时间两人再无其他话语。

原来他心心念念当作宝贝一般放在心上的，别人不见得珍视。少男少女之间的情愫，萌动得容易，也消散得容易。那之后，李哲再也没有见过她。

就这样，李哲跟着母亲离开云南，离开他熟悉的环境，开启他十三岁以后新的人生。母亲没有告诉他，她离开这里的原因；她也没有告诉他，以后的生活计划。她早已习惯什么事情都藏在心里。他是她的儿子，他就得依照她设定的轨迹朝前走。

当飞机载着他起飞，在云层中穿梭的时候，望着机舱外无边无际的蓝和重重叠叠堆积的白，这广袤的天际让他觉得前程迷茫且恐惧，从熟悉的环境抽离来到一个陌生地重新开始，他想，他还需要一些勇气。

李哲侧过头看母亲，母亲望向他，问："你怎么了？"

他在她的鼓励目光下正准备开口，母亲微笑着面对空服人员：

“咖啡，谢谢。”

原来这微笑并不是对他，那一瞬间他失去谈话的兴致，他说：“哦，没什么，我饿了。”

他一口气吃了三份飞机餐，撑得胃里饱胀，到了最后他只知道往嘴里填塞食物，根本不知道吃进嘴里的到底是什么。直到后来母亲拿走了他的筷子才住嘴。

“你再饿也不至于吃这么多吧？”

他闷闷地坐在一旁，不回应也不说话。都说他是一个听话的好孩子，可是谁又知道好孩子也是有脾气的。如今，这枷锁牢牢地套在他身上，让他无法挣脱。只有他自己知道，很多情绪他只是压抑，而非消融。有一天他会不会像吹胀的气球一样爆炸，他不知道。

下了飞机已经是下午五点钟，这里是跟云南不一样的天空。秋季是云南最美的季节，天空纯净，阳光穿透云层，风如海浪。而这座城市的秋天，雾气深重，所有建筑都笼罩在雾里，放目远望，眼前犹如挂着层层纱帐，飘动着，虚幻之感油然而生，让人看不真切看不明白。

出了机场，母亲叫了一辆车，带着他继续驶向未知之地。城市也有这么多坡坎，李哲觉得很稀奇。除了天空不一样，连路都跟云南不一样。总是要离开了自己居住过的城市，才会知道它在自己心中的模样。

终于到了，这是一幢白色的别墅，在繁花绿树中屹立着挺拔的身躯，四周精心打理的花草树木显得错落有致，草坪整洁而繁茂，繁花之茂、树木之盛，令李哲目瞪口呆。母亲站在门口，敲了门之后等待开门。不多时，一个中年妇女过来给他们开了门，一脸恭候多时的模样，谦恭得实在不像是主人。母亲刚张了张嘴，她便先开口，笑道："方医生是吧，叫我陶姐就可以了。"

一天之内，他从自己简陋平凡的家里，竟然来到如此豪华的别墅中，这里的一切让他目不暇接。难道是母亲在这里寻觅到新的良人？他悄悄看了看母亲，她如同往日一样平静，脚步却有异样的轻快。

接下来的场面很快让李哲知道刚才的想法纯属臆想，陶姐领着他们进屋，屋里富丽堂皇的装饰令李哲惊叹不已，沙发上已经坐着一男一女，看样子就是这别墅的主人了。

男主人有着气定神闲的风度，棱角分明的脸看得出来他曾经的潇洒，女主人略施脂粉的一张脸显得优雅而从容，头发在脑后绾了一个髻，她年龄与母亲相仿，但身材保持得很好，依然瘦高苗条，只是一张脸有着异样的苍白。

母亲带着李哲步入铺着地毯的客厅，男主人起身迎接他们。在看到男主人的瞬间，母亲一个趔趄，几乎站立不稳，她赶紧伸手扶住李哲。在她抬头的刹那已经很好地掩饰了眼中盈动的波光。

"常先生，常太太，你们好。"母亲点点头。

"文……方文……"男主人一连换了几次称呼，舌头好像在嘴里打结，不能很好地称呼母亲。

母亲说道："叫我方医生就行了。"

"方医生，你好!"常先生伸出手，迎两母子坐下，"这是我太太冷清萍，我还有一个女儿，不过现在没在家。"

"以后家人的健康，全仰仗方医生的高明医术。"冷清萍谦恭有礼地说。

"哪里，哪里，大家互相照应。"母亲客气地说。

在他们一来一往和气的交谈中，李哲才知道母亲辞去工作，千里迢迢来到这里的目的。以后母亲的医术将全职为这家人服务，比起她以前在医院里忙得昏天黑地的日子，工作轻松很多。

这里可以让她忘记亡夫的伤痛，这里也可以让她远离外公外婆的逼迫。李哲想，这也许就是母亲甘愿放弃如日中天的事业和多年来熟悉的一切，来到这个雨意湿重的城市的原因。

常万峰是C城有名的商人，经营着峰华实业集团，事业如日中天，常太太冷清萍则过着相夫教子的生活。他们的女儿常笑出生之后，在襁褓中便生了一场大病，冷清萍为了照顾她心力交瘁，就此落下头痛的病根。此次常万峰请方文静过来当家庭医生，多半是为了冷清萍的缘故。

见过常万峰和冷清萍之后，他们到了自己的住所。这是常万峰的另一处房产，同在这个小区里，只是简单的两室一厅，简单的家具，与刚才李哲所见的美轮美奂的装饰有着天渊之别。他闷不吭声地看着母亲收拾。

“怎么了，你是不是不舒服?”母亲觉察到他的异样，将手放在他的额头，他侧身躲过，依然沉默不语。

母亲不以为意，说：“你如果不舒服，去躺着休息吧!”

李哲本来想问母亲，为什么来之前没有跟他作任何商量，他甚至想发脾气，摔摔东西，发泄下自己的不满。他不喜欢这里，不喜欢这里崎岖的山路，混沌的空气，湿润的天气，他想念云南。可他看到母亲一副泰然的模样，就知道一切的不满都是徒劳。

夜里，他望着墨蓝的天际发呆，天空如一块平展的帷幕，上面没有星星的踪影。他又想起了云南的天空，纯净的天幕上纵横交错的星图。总之是要离开很久吧，再想又有什么用，只有将它留在记忆中永久回味。

第一次，他渴望自己快点长大，这样，他可以不用在火车站害怕被谁遗忘，他可以勇敢地问出心中疑问，他也可以选择自己喜欢的城市和生活方式。

看得久了，他的眼睛有些疲倦，那一刻，他是怀揣着梦想和希冀入睡的。年龄小就是有这些好处，只要一进入梦乡便会忘记许多烦恼事，醒来又是崭新的一天。

只是他不知道，有些事如果小时候没有勇气，随着岁月的增长，就连压抑，也会变成一种习惯。

一遇阴雨绵绵天气，冷清萍的偏头痛顽疾便发作频繁，方文静便开始忙碌。于是接下来的两天里，方文静都忙着为冷清萍治疗头痛，留下李哲一个人待在屋里。

李哲对于这个城市是如此陌生，电视里的频道也被他悉数翻遍，实在找不到任何吸引人的节目。看看窗外，雨已经停住了，李哲索性关掉电视走出房子，就这样漫无目的地走着，不知不觉走到花园深处。

经过几天雨水的肆虐，花园已经没有李哲前几天看到的繁华盛景，倒是挺直的树经过雨水的洗涤，焕发出勃勃生机，水珠不住地自树叶尖滴下。道路两旁的蔷薇花丛被吹倒在地，还来不及修整，凌乱的藤蔓和散落的花瓣在微风中发着清香。

李哲看到一个和他年龄相仿的女孩子，穿着粉色的雪纺短裙，外罩一件白色的外套，腰间的蝴蝶结翩翩欲飞，清丽得像清晨的阳光。她从泥地里拾起几块石头固定蔷薇松动的根，再抓起泥土往蔷薇花根下填，即使华丽衣裙被沾得全是污泥也毫不在意。

“喂，你在干什么?”李哲看了她一会，忍不住问道。

女孩抬头看了他一眼，嫣然一笑，说道：“这花倒在地上了。”

是一个很漂亮的女孩子，她有着白皙胜雪的肌肤，挺秀的鼻，乌黑的双目似黑曜石般，眼角有一点小小的黑色，这一笑让李哲觉得有无数的星光在她眼里闪耀，周围艳丽的蔷薇花朵全部失色。

兴许是因为受她笑容的鼓励，他也忍不住走进花园，和她一起从路边抓起石头和泥土。两双手，你扶着花根，我抓着泥土，虽然彼此之间没有开口讲话，却有一种难言的默契在流动。

终于，所有被风雨吹倒的花都悉数扶起来了，两人起身，相视一笑。

在这个陌生的城市里，这是第一张对着他的笑脸。那一刻，李哲觉得温暖。如同一只柔软的手，轻轻地拂过他心底某个不为人知的角落。

“你叫什么名字啊？”女孩首先问道。

“李哲。”

“常笑。”

常笑，常笑，她的名字仿佛有着明媚的阳光，轻轻一唤，舌尖发出的音符也是欢乐的。

“你脸上有个虫。”李哲说着便伸手去拂。

常笑嘻嘻笑着拦住他：“傻瓜，那是一颗痣。你的脸这里——倒是脏了。”她指着李哲的脸。

“哪里？”李哲顺着她的手指方向，伸手擦拭着泥土。

“错了，是这里。”常笑伸出手指触到他的脸上，李哲浑身僵硬，傻傻地站着，四肢都不知如何摆放。

常笑擦拭完毕，手指在离开李哲脸颊的时候，不小心划过他的眼睛。他突然感到眼睛刺痛，眨眼的时候，有泪抑制不住地流出来。他不停地眨眼，但也不能缓解刺痛的感觉。

“你……你怎么了？”常笑眼见她的好心办了坏事，急急地问。

“我的眼睛里，好像有沙。”李哲说。

“对不起啊，要不……我帮你揉揉？”

李哲见她一手污泥，忙不迭地说："算了，算了，我自己来吧。"

常笑拉着李哲来到花园里的小亭子里坐下，李哲的眼睛被沙粒磨得生疼，还要逞强地笑："我没事。"

"我有一个好办法。"常笑拍着手说，说完不由分说掰开李哲的眼，温热舌头在他眼睛上轻轻一扫，李哲的眼珠在感到一股暖流到来的同时，刺痛也随即消失。她脸上有骄傲的神色："怎么样，这个办法管用吧！上次我爸爸眼里进沙，我妈妈也是用的这个办法。"

李哲望着她粉嫩的一张脸，心跳莫名加快几分。他走到花丛边，尽管风雨已将它们打得支离破碎，但总有一朵能够战胜风雨，傲然笑立于雨中。李哲从花架上摘下一朵含苞欲放的花朵，递给常笑："送给你的，谢谢你。"

谢谢她，她的笑脸是他在雨意朦胧的C城感受到的第一个友好表情；谢谢她，在他心里留了一粒沙，在之后的很多年，经过时间的包裹和磨砺，渐渐磨成一粒晶莹剔透的珍珠。

"你去哪里？"常笑和李哲同时问道。他们的手指，又同时指向一个方向。这让两个人再次笑了起来。李哲想，难道她就是常万峰的女儿？

事实证明他的猜测完全正确，李哲和常笑共同步入同一间屋，华丽的水晶吊灯耀出明亮的光芒，屋里弥漫着一股馥郁的香味。李哲闻得出来，这是母亲点的龙涎香的味道，有平静心绪之功效。冷清萍头部和太阳穴各扎了一根针，正在闭目养神。当龙涎香点完的时候，她吐出一口气，感觉沉重的头部轻松了不少。

"谢谢你啊，方医生。"冷清萍说。

"不用那么客气，这是我的分内之事。"方文静边收拾医护用具，一边说道。

“对了，你和万峰……”冷清萍幽幽地开口，方文静收拾工具的手停滞了几分。“你和万峰是同学吗？”

“对啊，我们是同学……同学而已。”平静的方文静难得也有这样紧张的时刻，冷清萍的提问让她不知如何作答。

“没什么，我就想问问他以前的一些事情。”冷清萍继续闭目养神，不觉方文静的神态有异。只有很在乎一个人，才会想要把他的曾经都了解得一清二楚吧。

就在方文静在记忆中挑选着讲常万峰以前的一些事情时，常笑蹦蹦跳跳地跳进家门，后面还跟随着李哲：“妈我回来了！”

常笑一回家便扎进母亲冷清萍的怀抱，叽叽喳喳地诉说着。

“想来你已经见过李哲哥哥了。”冷清萍说道，“这位是方阿姨，以后他们就在咱们家工作，可好？”

“嗯，好啊！”常笑笑嘻嘻着说，“我今天和他在花园里扶起了好多被风吹倒的蔷薇。”

冷清萍却打断女儿的话：“你们扶起的，不是蔷薇，而是一种名叫卡罗拉的玫瑰，越是名贵的花，越经受不起风吹雨打。”

李哲突然打了一个喷嚏，感到一股冷风嗖嗖而过，全身打了个冷战。

第十一章　青春盛开在寂寞里

经过方文静的针灸之后，冷清萍的症状缓解不少，不过她的病是顽疾，需要长期诊治才有效果，而在接下来的几天里，方文静开始了再次的忙碌——为李哲选择合适的学校。

来的时候方文静也想过，想要选一个合心意的学校不会很容易，可没想到却有如此曲折。此刻本就过了招生季节，中途插班有着诸多不便，意向内的几个学校均将他们拒之门外。每天看到方文静带着失望神色而归，李哲便知道离他上学的愿望还有一段距离。

对待学习，李哲以前只是机械而听话，并不觉得这件事对他有多么重要，可如今，当他的生物钟如期唤醒他的时候，望着墙角已经放置数天的书包，醒来之后也只有趴在窗台上看其他家长带着小朋友行色匆匆地往学校里赶，望着望着，他的鼻腔莫名一阵酸楚。

奔波几天，方文静带回来的消息终于有一个好的了，只是上学路途较远，又不得不面临住校的问题。

刚来到一个陌生之地，转眼又要到另外一个陌生之地，他们对这个地方来说，本来就是一个闯入者。他望着窗外云层低落的天空，对C城的讨厌又增加了几分。他慢慢将书本放进书包里，将行李收拾妥当，等待和母亲一起前往新学校。

方文静看着一直接受命运安排却默不作声的儿子，心里浮上一些愧疚。一直以来她都视李哲为累赘，如果不是因为她在醉酒失意之后，突然找到李哲父亲，犹如溺水之人抓到一块浮木，她和他在酒精的作用之下发生了关系，她不会过这样的人生。

虽然李哲父亲对她的心意她早就知道，她却从来没有把这个憨厚木讷的男人放在心上。之后，她发现自己已经身怀有孕，而她的身体因为心脏不好不适合堕胎，所以只有匆匆嫁给李哲父亲。

如果不是因为他的突然到来，她不会选择嫁给一个她不爱的男人，人生轨迹偏离得超过她的想象。她对这个儿子、这个家庭，恨过怨过，所以长期漠视他的感受。李哲在这种环境里，过早地体会人情冷暖，他有着这个年龄段的孩子不应该有的恭敬和服从。可即使他小心翼翼地做着让她高兴的事，她也选择视而不见。

如今，她为了自己的私心带他离开生活十几年的熟悉环境，他亦没有哭闹也没有追问，她的孩子，成熟的程度已经超过她的想象。她忽然觉得有点心酸，说道："或许我们可以再想想其他办法。"话音刚落便觉得自己的承诺太过于软弱无力。在这里，他们对于C城来说只是两个陌生的闯入者，哪里还有什么方法可想？

电话铃声突然响起，方文静接听，原来是常家小姐常笑有点发烧，请她过去看看。

那个满脸阳光灿烂、活泼精灵的小女孩也会生病？李哲想象不出来精力充沛的她生病会是什么样的可怜模样，他不由自主地跟着方文静来到常家。

咦，连长年在外忙于事业的常万峰都在，估计小女孩这次病得不轻。李哲的目光，不由自主地往屋里扫视。方文静的眼睛却被另外的事所吸引，她一眼就发现了常万峰手上包扎的绷带，有些失声地问："你的手……你的手怎么了？"

常万峰倒不以为意，随便摆摆手说："没什么，不小心而已，好久没用刀了，谁知道那么锋利。你去看看笑笑吧。"在他的心里，只有他的女儿常笑。

李哲和方文静一起走进常笑的卧室，冷清萍坐在床沿给她念故事书，李哲走进去的时候，正好听到一个故事的结局：

"一天、两天、十天、二十天……公主每晚往外探，他仍伫立终宵。风雪雨都抵挡不了他，鸟停在头上，蜜蜂叮他，他都纹丝不动……他就这样一直等啊等，等了九十九天……"

常笑听着，嘴角含有笑意，"真是一个好傻的士兵。"她打了一个哈欠，带着童音懒懒地撒娇，"妈妈，我好困啊！"

"困了你就好好休息吧，宝贝。"冷清萍在常笑额上印了一个吻。

李哲用羡慕的目光望着床上的常笑，他的母亲从来没有给他讲过故事，也没有在他额头上印过如此轻柔的吻。

方文静从常笑腋窝里取出温度计，细细察看之后，目光带着些许疑惑。

"怎么样，她的病不要紧吧？"常家的两位家长焦急问。

方文静微笑回应："没你们想的那么严重，不用太担心。"

"有没有发烧？"冷清萍问道。

"要不要送医院啊？"常万峰不放心地追问。

"不用，我煎一服感冒茶给她喝就行了。"方文静淡定地说。

"那倒是，你的感冒茶我放心，想当年……"常万峰紧张情绪一放松，话语脱口而出。

方文静轻轻咳嗽一下，常万峰自知多言，赶紧住口。幸好冷清萍的注意力根本不在他们的谈话上。为掩饰失言的窘态，常万峰左顾右看，想找其他话题弥补，他目光落在李哲身上，问道：“你怎么没去上学？”

看似问李哲，实则问方文静。方文静说：“还没找到合适的学校。”

常万峰稍作沉吟，说道：“不用再去费心选什么学校了，就和咱们笑笑一起吧，两个人上学也有个伴。”

李哲不是很清楚，方文静倒是知道常笑的学校，C 城屈指可数的名校之一，每年重点大学升学率一直稳居前茅，多少家长挤破脑袋都想把孩子往里塞，即使有钱也得有名额才能进，没想到如此大费周章的事在常万峰这里可以轻易地解决。

方文静有点犹豫，不知道该不该接受这一人情：“这恐怕……”

李哲没有说话，但是期待的眸子已经说明了他内心的渴望。后来，方文静还是点点头。她对李哲已经太过亏欠，不想他连在这里上学都是孤独一人。

“方医生，来帮万峰看一下伤口。”冷清萍在照顾女儿之余，也没忘记关心丈夫的伤势。

拆开包裹着手的绷带，常万峰不自觉地皱了下眉头，冷清萍也蹙着眉头说：“你这么大的人了，干吗还这么不小心？”虽然是责怪，关心之情却溢于言表。

“这能怪我吗？不是你和女儿想吃橙子吗？”常万峰不服气地说。

说话间，方文静已经将常万峰的手重新上药，包扎妥当。

“如果没什么事，我们就先出去了。”常万峰揽着冷清萍的肩头，对方文静说。

方文静目送他们离开。等他们走后，方文静对李哲说：“你看着她，我去煎感冒茶。”

等屋里只剩下常笑和李哲的时候，床上一直闭着眼睛的常笑突然眨了一下眼睛，偷瞟了一下四周，见没有人，然后两只眼睛完全睁开，带着一脸狡黠模样，双目灵动晶光四射如活泼的小鹿，和刚才生病的懒散样子判若两人。

“你，你怎么……”李哲指着她，问。

见李哲好奇地望着她，她脸上绽放一个灿烂笑容，带着些许神秘和蛊惑：“你过来，我告诉你一个秘密。”

“什么秘密？”李哲凑近一些。

她在他耳边低语：“我根本就没生病，是装的。”

“没生病？”李哲惊奇不已，“没生病那你现在是？”在他循规蹈矩的岁月里，从来没有如此大胆妄为过。

常笑满不在乎：“不想上学就装病呗。”

“你不知道这样大人会为你担心吗？”

“难道我真正生病了，他们才觉得好？”常笑一副理直气壮的模样。李哲说不过她。“如果你以后想逃学了，也可以学我这样，放心吧，我不会跟别人讲的。”

李哲可没有她的勇气敢跟她学习，但对她的世界，他充满了好奇。她巧笑倩兮的模样、古灵精怪的行为，无时无刻不在吸引着他。C城的新生活有了她，他对未来的一切充满向往。

可他的高兴劲儿也只维持了几天，原来新的生活并不像他想的那样全是热情和笑脸。

他的中途插班倒没有引起同学太多关注，只是令他的新同桌非常不满。这个座位一直以来都是他一个人独霸，突然班里多了一个人要与他分享，让他心里一直都憋着一口气。何况李哲初来乍到，上课一本正经，专心致志地听讲和发言，与他的顽皮好动形成鲜明对比。在几次拉李哲成为同盟未果之后，少年便开始了他的一系列不友好行为。

他嘲笑李哲普通话里的云南口音，如同鹦鹉学舌一般难听；嘲笑他不懂得最新游戏和热门电影，小地方来的果然见识短浅。不仅是言语上的讽刺，在行动上也是不断给李哲制造麻烦：偷偷取掉李哲的板凳，让他一屁股坐在地上是常有之事，在李哲桌凳上涂满胶水，用饱蘸墨水的笔涂花李哲的作业本……

面对同桌的刁难，李哲唯有沉默，他这种不善于反抗的性格并不因为某个人的欺负而有所改变，他认为同学间的不友好会随着时间的流逝而消弭，但少年的恶作剧并没有因为李哲的忍让而停止。

除了上学期间同桌带给他的刁难，还有陌生环境带给他的自卑。

为着常万峰的特意叮嘱，每天上学和放学，常家专职汽车在接送常笑之时，也会顺便搭上李哲一程。拿人工资，接送常家大小姐，司机觉得是天经地义之事，但对李哲，他就没有这么客气了。看到常笑，司机是毕恭毕敬的，但面对李哲，司机经常冷语黑面。有两次李哲放学太晚，出校门时已经看见那辆豪华轿车不耐烦地扬长而去。剩下他一个人，独自搭乘公交车，直到华灯初上才回到家中。

诸如种种，让李哲小小的心灵觉得不堪重负。常家一家人对他很客气，常笑对他很友好，可是那又怎么样呢？这个城市总是不欢迎他的。

情绪积累到一定时候，总有爆发的那一天。何况此时他只是一个故作成熟的少年而已。

雨水又是那天天气的主角，大雨从空中倾盆而下，天与地茫茫一片。放学后李哲准备打着伞走出校门，等待着常家那辆熟悉的车出现。雨势太大，白花花的全是水，到处都成了流淌的河流，整个城市的交通陷入半瘫痪状态，校门口车辆自然也是拥堵不堪。这么大的雨，他无法乘坐公交车回家。

在他快要出门的时候，看到同桌望着窗外交织的雨帘发呆，不时摸摸裸露在外面的胳膊。李哲问："你很冷吗？你的伞呢？"

同桌轻蔑地看了他一眼，说："我爱看雨，你管得着吗？"

一番好意还遭到如此抢白，他真后悔和同桌搭讪。李哲掉头就想离开，但想了想还是回到教室，取出他的校服递给同桌："我上次多带了一件校服。"

同桌迟疑了一下，李哲第一次在这个顽劣少年脸上见到羞愧的色彩。他伸手接过李哲的衣服。李哲说："我们一起走吧！"

这次同桌没再出言讽刺，而是和他一起走在伞下。这么大的雨两个人打伞多有不便，李哲悄悄地把伞往同桌方向挪动，同桌又不动声色地推移过去，两个人的衣服都在这倾盆大雨之下淋湿不少，但却有一种情谊在两人之间油然升腾。

幸好，没过多久便看到同桌的母亲前来接他，同桌低着头，用几不可闻的声音道了一声："谢谢！"然后便奔向母亲的伞下。

李哲步行到校外，等着车辆来临。在一片花花绿绿的伞下，他不由自主地搜索着那个熟悉的身影，今天的雨那么大，她没有被淋湿吧？

"咦，你也在这里吗？"有人拍拍李哲的肩，他听到一个熟悉的声音。

就在李哲到处找寻她的时候，她出现在了他的身后，一回头他便看见了她的笑颜。

以前都是车等她，今日雨势太大，车被堵在路上，她只能站在雨中等待。看到李哲，常笑高兴地冲他挥挥手。李哲往周围看看，没有看到熟悉脸孔，这才放下心来。在学校里，他与她刻意保持着距离，素日里交往也不多。他不想有太多同学知道他与常家的关系。

而在这样的倾盆大雨天气里遇到，很难让他如同往日一样对她假装视而不见，他朝她靠拢一些，雨伞尽量朝她靠，保护着她不受雨水的侵扰。

常家的车终于驶至路口，慢慢靠近常笑和李哲。

李哲站在车门的位置，他撑住伞，手臂稍稍向常笑倾着。这时，只听见司机低低地嘱咐一句："让小姐先。"李哲愕然，更觉莫名其妙，即使没有这样的吩咐他也会如此做。他不明白为什么司机要刻意强调。

刚坐定，司机从后视镜里看到他滴落水珠的雨伞，皱皱眉头丢过来一条毛巾。厚而湿重带着一些污渍的毛巾不偏不倚地扔到李哲身上，司机觉得没有必要说道歉，看李哲的时候也带着不屑，但这足以刺痛一个少年敏感的神经。

他狠狠地扔开那条脏毛巾，一股热浪冲至他的眼眶，在即将成为晶莹液体滑落的时候，他狼狈地用手抹一把脸，推开车门冲入雨中。

这不是司机第一次对这个孩子表现出不屑，但李哲今日如此过激的反应却是他未曾想到。更让他觉得棘手的是，常家大小姐随即打开车门，一路奔跑着去追李哲。司机惊出一身冷汗，李哲那个毛头小孩倒也罢了，如果常家小姐有什么好歹，他如何担当得起？想到这里，他赶紧从车上跳下来，在雨中追赶两个奔跑的身影。

李哲并没有跑多久，豆大的雨滴砸在身上并不像电视里演的那么浪漫，而是冷硬而生痛，他定定站住看着跑过来追他的常笑，她的头发和衣服都差不多湿透了，此刻没有豌豆公主的精致反而更像一个狼狈的灰姑娘。

然而就是这样一个浑身滴着水，没有任何一点优雅状态的她，在雨中跑得跌跌撞撞的她，就这样撞进他的心里。

常笑看到停住脚步的他，在雨中傻站着乐呵，不禁问：“喂，你在傻笑什么？”

李哲也问：“那你追过来干什么？”

“好玩呗！”常笑调皮地笑笑，“我看你跑出来了，我就跟着跑出来玩玩。反正长这么大，还没被这么大的雨淋过呢！”

“仅仅是好玩？”李哲喃喃地说。

“当然，”常笑挤挤眼睛，“你跑，我也跑！不过这雨砸在身上还是蛮疼的。”

他以为她冒雨前来是为他，常笑却远没有他想的那么伟大。一直以来，他都猜不透她心里的真正想法。尽管淋了一场雨，她也不是灰姑娘，她还是那个有着精致生活的豌豆公主。如果可以，李哲希望她永远当她的公主，永远保持她明净单纯的笑容。

少年在一场雨的浇淋之下，添了许多心事。

司机已经赶到，他撑的伞挡在他们身上，嘴里叫着：“哎哟，我的两个小祖宗，你们赶紧上车吧！”

第十二章　渐渐成长的心事

同是淋雨，常笑回家喝了姜汤，吃了感冒药再蒙头睡一觉，第二天醒来一切安好。

但李哲就没这么幸运了，感冒药也抵挡不住病毒的侵袭。到半夜的时候，李哲发起烧来。不同于常笑的装病，他是真的生病了。浑身如同一块面团在烈火里炙烤，身上滚烫不已而又软绵无力。这下，连方文静的照料也无济于事，只好急匆匆地将他送往医院。

也许潜意识里，李哲想生病。只有在病中他才可以肆无忌惮地抓住母亲的手，去祈求他一直奢望却无法得到的温暖。也只有在病中，他才可以感觉母亲一直漠视他的目光停留在他身上片刻的温暖。

清冷的医院，只有晚风轻轻的回响。李哲在不停地辗转中，触碰到一个人的手，细长的手指，指尖的温度如山后的溪水，清凉怡人。他是那样孤独的一个少年，即使一点点的温暖握在手中，他也舍不得放弃。

那只手挣扎着想要挣脱桎梏，烧得迷糊的李哲却有股执拗的韧劲，紧紧攥住那只手，怎么也不愿松手。生病让他失去故作深沉的懂事劲儿，如同一个撒娇的小男孩，执拗着、任性着。

不知过了多久，李哲从一片混沌中渐渐清醒，张开眼看见的却是常笑含笑的双目，继而他发现手中紧握着的，是常笑的手。他不禁大窘，赶紧丢开她的手。

她揉揉被握得发疼的指尖，清脆的笑声回响在整个病房："嘻嘻，知道抓错人了吧！"

"对不起。"他低低地说。

"现在知道错啦，刚才抓着我可是好疼呢！"

看到他窘得说不出话来，她说："看在听到你秘密的分上，我就不怪你了！"

李哲反而糊涂起来，"我哪有什么秘密可言？"

"被同学欺负啦。"常笑一语就点破他的困惑，"你发烧说胡话自己都说出来了。"

李哲低着头默认了，他自以为心思深沉，没想到一生病，脆弱的心思便都暴露出来。

"光是抱怨有什么用，你还击呗，用拳头打回来！"常笑怂恿他。

李哲怔怔地不说话。不知人间忧愁的常家小姐怎么会明白他的感受？她如同一颗珍珠，受到众星捧月一般的呵护宠爱，而他呢？他只是一株小草，粗糙地生长着，有谁会在意一株小草是不是会被人踩上几脚，吐上几口唾液？没有人，一直都没有人。

见李哲不说话，常笑神神秘秘地说："既然你不愿意打架，那我再教你一个办法好了，保证让你的同桌以后再也不欺负你了。"

"你？"李哲有点不相信，这古灵精怪的女孩，又有什么歪招？

在门外和方文静谈话的冷清萍走进来，把手放在李哲额头上问："怎么样，烧退了吧？"

"嗯，今天差不多已经好了。"方文静说。

“有什么需要记得告诉我。”冷清萍道。

“谢谢。”冷清萍客气地说。

冷清萍对常笑伸出手：“笑笑，咱们走了。”

临走的时候，常笑还不忘向李哲挤挤眼睛道：“你等着啊！”

到底是孩子，李哲的病，来得快痊愈得也快，等他病好之后上学的那一天，常笑不忘她的承诺，提着一个包装精美的盒子给他，“给你的。”

“这是什么？”李哲好奇

“你猜猜？”常笑调皮一笑。

李哲打开包装盒，里面是一块蛋糕，奶香扑鼻，香得他偷偷咽了一口口水。

“不过，这可不是给你的，是给你同桌的。”

“好端端的为什么要给他这个？”李哲不满地说。常笑这是唱的哪一出？怎么说起来同桌也是欺负他，怎么还会受到如此优待？

“你没听说过吃人家的嘴软吗？”常笑颇有理，“这样，他以后就不好意思欺负你啦！”

“这就是你所说的办法？”李哲失笑，一块糕点就想把他那顽劣的同桌收买，是不是有点异想天开了？不过他倒是蛮为常笑的行为感动，常笑把他当成真正的朋友，他的事情她都记在心上。

“反正你也没有其他好办法对不对？”常笑咯咯直笑，“那试试我这个武器吧！”

李哲半信半疑地接过，准备在恰当时机送给同桌，看看常笑的“武器”到底是不是这么管用。

没想到几天不见，同桌态度已经大为改观，虽然表面上不像和其他同学好友一样勾肩搭背、窃窃私语，却在李哲写错字的时候适时丢过来半块橡皮，在他上课失神老师叫他起来回答问题的时候给出一点提示……男孩子之间的友谊从来就不是靠嘴上的甜言蜜语。也许是李哲那天的行动让他有了一丝愧疚，从而作出了改变，但不管怎么样，这问题已经迎刃而解，也是值得高兴的事情。

至于常笑的蛋糕嘛，估计只有他代为享用了。想到这里，他心里美得冒泡，一上午都是对美食的期待。

好不容易挨到午间休息时分，李哲赶紧找一僻静地，小心翼翼地打开包装盒，拿起蛋糕迫不及待地塞进嘴里。只听见咔嚓一声，混在蛋糕里的石子被他咬碎了，他的面部表情随着嘴里的石头变得扭曲起来。

看着手心里几颗大大小小的石子，李哲不知道应该哭还是应该笑。原来这就是常笑所说的“武器”，他用脚指头想也应该想到这个古灵精怪的女孩不会按常理出牌。

幸好今天阴差阳错没有将蛋糕送到同桌手上，不然他和同桌刚刚解冻的关系恐怕又要陷入僵局。

不管李哲高兴也好，不高兴也罢，他的新生活就这样向他拉开了帷幕。即使换了一个环境，他依然还是从前的性格，对每个人都礼貌谦恭、小心翼翼。

尽管他很喜欢常笑，很喜欢听到她明朗爽快的笑声，很喜欢她对他的友好。但他和她，始终保持着一定的距离。

他们毕竟是两个世界的人。她是温室里成长的花朵，是受到众星捧月般宠爱的公主，她的恶作剧都是小小的，带着小女孩的娇俏和顽皮，但只要看到她浅笑，即使有心责备，最终都只是宠溺地摇头。

李哲不愿和常笑有过多交往，他宁愿待在自己家简陋的两室一厅里，也不愿意踏入常家豪华的居所。也许他不愿意看到的，是常家一家三口温馨的场景，这让他觉得自己的亲情世界是如此贫瘠。一个人之所以会嫉妒，是因为有了对比。

冷清萍是一个很温和的女人，与方文静的冷然傲气不同，她更多的是一种不问世事的温和。她本就出身良好，父亲是C城赫赫有名的地产商人，母亲是大学里备受敬重的物理系教授，书香门第、财富显赫令她从小就是备受瞩目的天之骄女。

她一生唯一一次受挫便是与常万峰的相恋，是她先爱上他的，谁先动心，谁便会低到尘埃里。那时候常万峰有一个相交甚好的女友，甚至已经到了谈婚论嫁的地步。可是后来，因缘际会，常万峰还是选择了她。常、冷两家的联姻在当时还曾经轰动一时，被人津津乐道，人们都在猜测常万峰在此当口选择和她结婚，到底是不是另有目的。

不错，在结婚之后，她父亲的企业为常万峰的公司注入一笔可观的资金，令他在濒临绝境的时候东山再起，此后的许多年，他再也没有犯过当年的错误，商业版图也日渐扩大，使一个进出口贸易公司成长为涉足多行业的峰华实业集团。

不管双方的结合刚开始带着什么目的，婚后的常万峰和她一直琴瑟合鸣，在看到她长年备受头痛之苦还专门为她请来一位家庭医生，加上他们之间有常笑这个可人儿作为纽带，家庭氛围一片和睦。在这团和气中，李哲第一次看到常万峰动怒是因为常家伯父常万山的到来。

不管李哲如何躲避着常笑，常笑却似乎很喜欢和李哲玩耍。她是家中的独女，身边又没有什么朋友，突然之间来了一个和她年龄相仿的李哲，她自然喜不自禁。

她年纪尚幼，天真无瑕，心里一片明澈，更不会体会到一个少年隐隐的自卑。而李哲每次想拒绝她的话语，都消融在她的笑语嫣然里。

今日李哲更是被她缠住，要为她雕刻一只木头小熊。

“怎么突然想起要做这玩意?”李哲一手拿刻刀，一手拿着木头，问。

“马萌萌有一个，我就想要一个。”常笑咬着下唇，嘻嘻直笑，“这算不算理由?”

“算，很大很大的理由。”李哲无奈地摇摇头，不由自主地微笑。

他慢腾腾地拿刀刻着木头，常笑坐在他旁边翻书，突然听到楼下传来杯盘破碎的声音，还有常万峰陡然提高的声音：“你又来干什么?”

“万峰，哥哥希望能够在你那里找个工作。”这是常万峰的哥哥常万山的声音，带着一点祈求，也带着一点小心翼翼。

“不可能。”常万峰一口拒绝。

“弟弟，我现在也是没有办法才来找你的，想当年我们一起创业的时候……”

“别提当年。”不提以前还好，一提当年常万峰更加火冒三丈，“当年若不是你突然撤资令我毫无办法，我又怎么可能会走投无路?”

“我当年也是无可奈何……”常万山赔着笑，小心翼翼地说。

“无可奈何，你知不知道当年我是怎么度过的?”常万峰涵养此刻尽消，他可以原谅下属的离去，却无法原谅亲人背叛。

“弟弟，你就原谅哥哥当时的鬼迷心窍吧，你也知道当时如果我不撤资，万一全盘亏损的话，我们全家就得喝西北风去啊，你说是不是?”常万山说。

“西北风，哼！哥哥，你就只想到自己，那我呢?”常万峰冷道。

“家里好吵，咱们出去吧。”常笑噘嘴说，大人世界的纷争，她此刻是不懂的，更不想理会。

花园里的阳光正好，一派风和日丽的景象，微风送来花草特有的清香。李哲专心致志地对付手中的木头，一只笨拙的小熊慢慢在他手里呈现出轮廓。而常笑在花园里奔跑着，不时过来看看进度，她软软的呼吸在他颈间游荡，弄得他颈间痒痒的，但他又不愿移开。最好的时光，莫过于此吧！

“喂，你们在这里做什么？”一个清脆的童音打破此刻他们两人之间的静谧。

李哲眼前出现了一个模样乖巧的女孩，一袭粉色的短披肩小外套，一条嫩黄色天鹅绒齐膝裙，她的面容和常笑有些相似，都有着清澈明亮的眼睛和弯弯的柳眉。在这一刻，李哲对她是不反感的，他还带着一丝欢迎的意味，友好地望着这个可爱的小女孩。

“心心，是你啊！”常笑看到她倒是非常高兴，她跟李哲介绍说，“这是我伯父的女儿，我的妹妹，常心。”

“你在刻什么？”常心问李哲。

“给你看看。”常笑乐得跟妹妹分享她的心爱之物，“这是他给我刻的一只小熊，你看，是不是很可爱？”

“看起来还不错，那就送给我吧！”常心直截了当地说。

“这……”常笑面有难色。这是她让李哲帮忙雕刻的小熊，也许不如买的精致，可是她没有想过要送人。即使那个人是常心。

“你不愿意啊？”常心嘟着嘴说。

“我再叫他另外给你刻一个，好不好？”常笑对妹妹说。

“反正你有那么多的好东西，送我一个破熊又怎么了？”常心不满地说。

听到常心用如此轻蔑的语气对待他的劳动成果，李哲更不愿让出手中之物。常心眼见语言行不通，索性上来抢夺李哲手上的小熊。李哲虽然一贯的好脾气，但他在委曲求全中又带着点执拗，认定的便不会放手。双方在争抢中，锋利的刻刀划破李哲的手指，有鲜红的血，滴落在草丛里。

常心胜利了，她抢到了那只木雕小熊。但小熊已经沾染上李哲的血迹，常心拿起它看了两眼，又鄙夷地丢在地上。

“脏兮兮的丑熊，还当宝贝似的。”常心嘟起嘴，指着李哲说，“你妈是他们家的医生，难道你也是他们家的用人不成，这么听常笑的话!”

说完常心骄傲地昂着头，扬长而去。

李哲捂住受伤的手指，他的手指只是被刀子划了一道口，拿块创可贴贴住即可止住血，过不了两天也许就会痊愈，受伤的是他的心。常心用最尖刻的语言挑破李哲一直以来小心翼翼维护的自尊。

那是李哲第一次看到常心，双方都给对方留下了不好的印象。她的飞扬跋扈、蛮横嚣张令他避之不及。原来不是每一个女孩都是从天而降的安琪儿，他也并不能和每一个人都做朋友。

常笑看到李哲默不作声，内疚地对李哲说：“我和常心从小就合不来，咱们不理她。走吧，咱们去游乐场玩。”

坐上游览车的时候，整座城市的风光一览无遗，那一刻，他与七岁那年的心境相通，禁不住悲喜交加。他的眼里涌上一片热潮，为怕常笑笑话，他默默地转过头，望向窗外。

常笑还是看到了，问：“你怎么哭了?”

“没有。”被识破的少年别过头。

“你看，这是你的眼泪。”她伸出手指触到他的脸，一个小小的动作却让他的心一动。

这天夜里，十四岁的少年第一次觉得长夜漫漫，焦躁难安。他迷迷糊糊进入梦乡，黑暗中仿佛感到她指尖的温度，她明媚的双眼还有那温润的双唇……

在辗转反侧中他睁开眼睛，为梦里的旖旎场景赧颜不已。

他这天早晨的表情实在太别扭了，终于引起方文静的注意。

“你这孩子怎么了？”方文静伸出手试试他的额头。

他别扭地转过头，脸红得像燃烧中的炭，体温却一切正常。

“没……什么。”他赶紧将早餐吃完，匆匆离开饭桌。

方文静看着他慢慢离去的颀长身影，突然惊觉她的儿子已经长大了。他们母子似乎总少了一些亲密，在李哲视方文静为唯一的时候，方文静没有给他想要的关怀；在方文静想要了解日渐长大的儿子的心事时，他却紧闭心门，扼守住心中的秘密不愿与人分享。

是的，李哲也惊觉自己的变化：他的喉结开始呈现，声音变得低而粗，唇角冒出青色的绒毛。他讨厌身边的男孩总是喜欢神神秘秘地凑在一起，用奇特的嗓音议论着男女之间的秘密，但是却又忍不住好奇。

在渐渐成长的岁月里，他有了自己的心事，但他只能诉说给无尽的黑夜听。

第十三章　向左走向右走的距离

2012年，九把刀导演的电影《那些年，我们一起追的女孩》在全国掀起观看热潮，李哲后来也用了两个小时的时间坐在电影院将影片看完，原来世间少男少女懵懂的情怀是如此相似：一次微笑、一次回眸、一次眼泪，她便在你的心上烙下痕迹。

那之后，李哲渐渐淡忘了电影的内容，但那句台词却在他的脑海里深深回响："青春期的女孩总是比男孩早熟，而女孩的早熟，任何一个男生都招架不住。"

回想曾经，不知道常笑有没有比他早熟，但他确实一天一天地沉沦下去。常笑从小就是美人，随着年岁增长更像一朵含苞待放的花朵，总是惹人怜爱。男孩们在她放学的路上等她，在她练琴的地方偷偷躲着凝望她。不知从什么时候开始，她经常会收到形式各异的卡片，上面透露着少年炙热火烫的心事。

每次常笑将这些卡片拿给他看时，他都会不怀好意地想要一把火烧了它们，断了那些人的绮思幻想，面上却只能装得波澜不惊，以平静的口吻小心翼翼地探寻常笑的态度。面对太多劲敌，李哲更不敢将心事和盘托出，他只有将自己隐藏得更深，深到任何人都看不到，他才可以保护一颗心的完整。

方文静在常家担任家庭医生的岁月里，她的工作没有以前在医院工作那么忙碌，冷清萍的头痛顽疾在她的医治中，也基本趋于痊愈。年龄相仿的两个人除了必要的接触，并没有成为闺中密友。冷清萍有富太太的架子，方文静有自己的清高。

方文静生活的重心，除了李哲，似乎便只剩下了守望。守望她心底的执念，守望她永远也触不到的那个人。每年只有过生日这天，方文静才会允许自己有片刻的自由时光。那一天，她会藏得连李哲也找不到。

岁月流逝，渐渐的，李哲已经完全适应了C城的生活，他似乎已经忘记了云南的明媚蓝天，在C城的烟雨迷蒙里周而复始地过着每一天的生活。在这逝去的岁月里，李哲慢慢去掉男孩的幼稚，成长为一个青涩的少年。

在这静默的岁月里，他并不是一个人在成长，常笑即将迎来她十七岁的生日。

常笑的生日在秋天，那是一个洒脱和孤傲的季节，在她的生日前夕，李哲和她行走在枫树林里，火红的枫叶辉映着秋日里的夕阳，渲染秋季的多彩浪漫。踩着厚厚的落叶，天地仿佛连成一体，他多希望，如此美景只属于他们两个人拥有。

他并不习惯跟人过生日，他自己的生日总是很简单，而方文静每年在她生日这天必定会外出半日，李哲对此感到十分疑惑。

“你的生日快到了，想要什么样的生日礼物？”李哲问。

“我想留住这一瞬间，你能吗？”常笑冲他笑笑，“如果不能的话，就陪我静静欣赏吧！”

和李哲静默的生日不同，许久没热闹的常家为爱女大开宴席，热闹非凡。李哲不喜欢这种场合，在人群的喧嚣中他反而听不到自己真正想听的声音。他安静地坐在屋子的某个角落，阵阵欢声笑语恭维祝贺从他耳边飘过。他带着留住秋天的礼物而来，常笑希望他做的每一件事情，他都想办到。

常笑终于得空向他走过来，一袭白色的纱裙，略微上妆的五官更显精致，异常光彩照人，笑得太多，见到他的那一刻她的笑容松懈下来，不用再刻意维持客套。

这样很好，李哲只要她是她。

“你来了。”她问。

“嗯。”他点头。

他将手里的礼物盒子递给她，“送给你的。”

“让我猜猜，这里面装了什么东西?”

“我想，你猜不到的。”李哲摇头，“不过，希望你喜欢。”

“送什么好礼物呢，让我看看!”一双手抢过常笑手上的礼物盒。

李哲的目光，对上她的眼。原来是常心，几年没见，小姑娘出落得更加明艳动人，只是娇纵的脾气非但没有任何收敛，反而愈加强势蛮横。他从来不愿意跟女孩子计较，可遇上常心是例外，他开始着急起来。

“怎么，你想抢?”常心不给李哲任何机会，一双手迅速地拆开礼物盒。

里面是一束玫瑰。用枫叶做的玫瑰。一枝一枝用手折出来的玫瑰花，红得耀眼的颜色，独有一番别出心裁的韵味。可是在常心眼里看来，却成为她嘲讽的话端。

“没钱就别学人家浪漫。”常心撇撇嘴。

在一堆名贵的礼物中，他的枫叶玫瑰真的称得上是寒酸至极，可里面有他的一颗心。相思回味谁最美，晚霞红叶激情酣，谁会懂?

有好奇的目光朝他们三个人看来，少年的自尊如同玻璃，薄而脆弱，常心在大庭广众下毫无顾忌的讽刺令他的一张脸窘得快要滴下血来。

他拳头握紧，松开。再握紧，再松开。极力抑制内心的情绪。

连这点小动作也未逃出常心的视线，她哼了一声："怎么，你想打我？谅你也不敢!"

李哲是不敢，何况是在常笑的生日会。如果真起了一番争执，恐怕才遂了常心心愿。

常心从来不掩饰自己的心思，她嫉妒常笑，她的父亲是常万峰的哥哥常万山，可常万山却事事落在弟弟之后。常万峰创业之初，常万山嗤笑弟弟的好高骛远，他在事业单位里过着清闲日子，拿着不菲的工资；常万峰事业稍有起色，他眼红不已，辞了工作拿着一笔钱投资，但在常万峰遭遇事业最大的危机之时，他踌躇不前，想到一家人日后惨淡生活，毅然撤资。没想到常万峰和冷清萍的联姻令他东山再起。

如今常万峰事业有成，常万山的好运气却已经到了头，投资什么亏什么，最后不得不低着头求弟弟给他个工作。常万峰只有这么一个哥哥，往事已淡忘许多，他脾气发泄一通之后也只能应允。

从常心朦胧懂事开始，她便依稀知道一个事实。虽然血缘上，这一辈子和她最亲近的姐妹是常笑，但在很多方面，她和常笑有着天南地北的距离。她的父母总是没有叔叔一家人的气定神闲，即使在如今再次拥有财富之后，眼里也总是闪着算计的光。而她，即使很多人见面都夸赞她漂亮夺目，但后面总要加一句：和常笑越来越像了。

她讨厌这些比较，常心凭什么要像常笑，她也知道，不管她再怎么努力，她也没有常笑与生俱来的优雅，没有常笑得天独厚的气质。

嫉妒，在心里生根发芽，在一天天日积月累的小小怨恨里，长成参天大树。

常心从来不会掩饰自己的情绪，常笑倒也习也为常。

“小时候雕木头，现在送枫叶。你以为这叫浪漫啊，穷酸!”常心再次讥讽道。

“浪漫也好，朴实也罢。”常笑望着常心，缓缓地说，“都必须我喜欢才有意义，心心你说是不是?”

常笑面带笑意，不怒不恼，话语温柔，却自有一份让常心自惭形秽的平静。在常笑的对比下，常心平时装出来的淑女修养荡然无存。看吧，常笑就这是样让她恨得牙痒痒，一副淡然恬静的模样，把常心比得一无是处。她挑起的战争，从来都只有她一个人在参战。

就在常心尴尬莫名又不肯低头的时候，她的母亲余丽从人群中走出来，叫住常心：“心心，原来你真的在这里，你爸爸到处找你呢!”

“他找我干什么?”常心嘟起嘴巴，话虽如此说，她也正好借此台阶和母亲一同离开。

“你何必在今日和她起冲突?”余丽小声对常心说，“形势比人强，收敛点吧你!”刚才的一幕，余丽多少看在眼里，她小心地劝着常心。

常笑唤出李哲的名字：“李……”又有一群宾客上前向她说着恭喜祝贺的话，她在这堆祝福里，被包围得脱不开身。李哲看着她微微一笑。衣香鬓影中，李哲突然看不真切常笑的脸。

待常笑从宾客里脱身，她只看到李哲独自离开的背影。少年颀长的身影在路灯的照耀下变得薄而淡，他的形单影只与她周围热闹的喧嚣成为鲜明对比，显得他如此寂寥如此感伤。

常笑的生日宴会，虽然她以淡定的气质和微笑化解了常心和李哲之间一触即发的暗战。但，李哲心里却一直有着心结。他一直都是自卑的，宁愿将苦涩心事一个人吞也不愿表白，他害怕被拒绝甚至已经超过了渴望常笑知道。既然一开始就注定不平等的人生，那么他宁愿选择从来不开口告诉她。

我们每个人都曾经有过这样的岁月吧，在心里放置着一个人的位置，偷偷地关注着他，但是却羞于语言上的告白。年少时的爱，好像总会有遗憾。如果时光倒流，会不会书写另一段不一样的人生？

常笑生日宴之后是学校的国庆晚会。这是一场小型的联欢晚会，有以班级为单位的会演，也有个人的才艺表演，才艺突出的她自然在表演之列。

这天李哲回家途中，却发现常笑在等他。

“你在这里干什么？”他极力抑制自己激动的心情，平静地问她。

常笑从身后拿出一枝保存完好的枫叶玫瑰给他看：“你看，我保存得很好吧！”

“嗯。”李哲点头，“很好。”

常笑踌躇着，终于问出来：“学校的国庆晚会，你会去看吗？”

“我……”李哲想说，学校并没有硬性规定每个学生都必须前往，他有可能会去，有可能不会。但看到常笑期待的眼神，拒绝的话语，他怎么也无法说出口。

似怕听到否定的答案，常笑说：“你会去，对吧？”

可是晚会那天，当她站在门口翘首企盼，却没有发现那个熟悉的身影。一拨又一拨的同学进入礼堂，还是没有他。

“常笑，走吧。”同学说。

再等等吧，她对自己说。

又过了一会儿，同学急匆匆跑过来说："你还在磨蹭什么，马上要化妆了。"

只差最后一步，她便可以看到他赶来的身影。她在同学的簇拥中越走越远，本该同行的道路，却因为一个向左，一个向右，彼此之间彻底拉开了距离。

他只为她而来。台上的她，清雅脱俗如同一朵绽放的莲花。如泣如诉的小提琴声在礼堂上空回响，赢得一阵阵掌声。李哲看着这样赢得众多赞美的她，眼神有些痴了。

如同来时无声一样，离开时李哲也悄无声息。常笑是他仰望的云端，是一场遥不可及的梦。他静静地守护过她的花期，做过一场遥不可及的梦。这就很好。长大了身躯，他的心反而龟缩在厚重的壳里，没有小时候的无所顾忌。

出门之后，有细密的雨丝拂在他脸，他抬头一看，原来是下雨了。想到常笑没有带伞，李哲还是去买了一把伞，然后站在雨中等她出现。

谢幕之后的常笑正陷在一场感伤里，那么多注视的目光，里面竟然没有她期待的人，也许，两小无猜的感情，相依相偎的依靠，珍视的人，只有她而已。只是她一个人的独角戏，演得再精彩她也感觉有些累了。

她在长久的伤感中好像有点释然，也有缺失般的心痛。

热气腾腾的蒸气迷住她的眼，她抬起头，一个高大的人影已经在她身边坐下，递给她一杯奶茶。

"外面下雨了。"他笑。

"哦。"她应了一声，下雨对她来说有什么可担心的，出门即有司机的守候。她在意的，从来都不是天气。

“有点冷。”他继续笑。

听他这样一提醒，她才发现身上的外套很单薄，根本无法抵御秋天的凉意。

他立刻脱下外套披在她身上，带着他的体温。很老套的情节，在寒冷的天气里依然有着让人感动的魔力。寒冷里的温暖，原来是每一个人的奢求。常笑虽然有点感动，但还是少了一点谈话的兴致，她依然闷闷地坐着，小口小口地呷着温热的奶茶。

“你知不知道我现在最想做什么?”他再次打破空气中的僵局。

“做什么?”她好奇地问。

“做你的奶茶啊!”他不假思索地说，“那样，就可以被你捧在手心了!”

也许是男生太想找到话题了，以至于口不择言，对于第一次见面的男女，他开了一个不合适的玩笑，非但不好笑，而且这种冷幽默并不是每一个人都能够适应。果然，常笑脸色一沉，她迅速把衣服脱下来还给他，一言不发地朝外走去。

男生怔了两秒，然后果断地追上来，伸出手臂拦住她。

“对不起。”他低声说。常笑望着前面沉默。

“也许你觉得我轻浮，但是我是真的想引起你的注意，所以……”他急急地解释，“以前我曾经给你写过信的，我叫陆然。”

“也许你从来没有看过，也许你从来不在意。”他仍然很急地剖白心意，“可是……我很在意你。”

他话里的焦灼使得她第一次注视李哲以外的男生，和李哲的沉默内敛不同，他热情而真诚，恨不得将他火热的一颗心呈现于她的面前。

“好吧，我原谅你了。”常笑微微一笑，“不过你得再请我喝奶茶。”

“一百杯都可以。”他欢欣雀跃。

密集的雨中，常笑一出门便看到了等候在门口独自撑伞的李哲，还有永远等候她的车和司机。以前发生的不愉快是李哲和司机之间永远的刺，他们一般情况下都没有交流，见面也是淡淡的，如果没有常笑，李哲断然不肯坐上她家的车。

她突然对他的清高生出一些讨厌，她故意不看站在街角的李哲，拉着陆然走到司机面前说：“我和同学去吃饭，待会儿你再来接我。”

“这……”司机颇有些为难。

“我和同学吃饭的自由都没有?”常笑有点不高兴，也不管司机答不答应，径直掉头就走。常笑一发起脾气，司机就没辙了，他甚至寄希望于在街角的李哲能够唤住这个任性的女生急驰的脚步。

李哲就这样站着，站着，有雨滴孤独地落在他的眼前，他看着她和他的身影越行越远，在他的视线里消失不见。

常笑和陆然一起找到一家颇具风味的小吃店，吃了炸芋头果、麻辣小龙虾、枣泥拉糕，再喝了两碗紫薯银耳羹。胃里被食物填得饱胀，心才不会那么空虚。陆然饶有兴趣地看着她吃喝，她在他的心目中一直像小龙女一般超凡脱俗，没想到仙女也有如此生活化的一面。

“你看着我干什么?”常笑停住忙碌的手，“你那份不吃给我。”她伸手去端他面前的碗碟，他忙不迭地递给她，手忙脚乱中打翻一碗调料酱，红色的汁液倾倒出来，洒在她那件白色纱裙上。

“对不起。”鲁莽的男生手忙脚乱地擦拭那块污渍，越擦污渍反而越明显。

常笑倒是“扑哧”一声笑出声来。

“一件衣服而已。”她毫不介怀，“算啦。”

她不知道的是，不远处有双眼睛一直在今晚守望着她，望着她大快朵颐、望着她和其他男生谈笑风生，他有些心酸地别过头，不是只有和他在一起，她才会那么开心。

你永远也不知道自己有多喜欢一个人，除非你看见他和别的人在一起。

常笑终于满意地放下筷子，陆然有些意犹未尽，“不如，我们找些同学去 KTV 吧?”

她摇摇头，“不，我得回家了。”她始终是知道分寸的人。

“如果以后我约你，你还会出来吗?”

“嗯。”

“如果我等你，你会不会让我送你回家?”

“会。”

如果她总是无望地等待一块沉默的石头开口，而这块石头又是如此的冥顽不灵的时候，不如看看其他的风景，也许有她从来没有发现过的美好。

他们从李哲身边经过，她没有发现他深深低下的头，他的脸几乎要埋进碗里。这里的麻辣小龙虾真的很辣，辣得他眼睛生疼，抬头已是泪珠闪动。店主打趣道：“我这里的辣椒地道吧，刚才那小姑娘才厉害，一口气吃了两盘。”

李哲勉强笑笑，此时此刻他完全没有心思开玩笑，他默不作声地把面前的食物吃完。他走过她走过的路，吃过她吃过的食物，这样也许他们会靠得近一点点。

她永远也不会知道，在这个雨夜，他曾经如此近的，靠近过她。

第十四章　放肆的青春，而你不在

有个念头在李哲心里已经很久了，他有想过找母亲帮忙，但每次都还是把话语埋进了自己心里。

“你有什么事吗?”方文静看出他的犹豫，主动问他。

“哦……没什么。”李哲想了想，还是算了吧。

方文静没有再继续追问，如今她走不进他的内心，却很清楚他的性格，宁愿什么事都藏在心里，也不愿意听从内心。多年来，母子之间已经形成天然屏障，他无从探寻她心底的森林，她也无法探寻儿子的内心。

李哲是想跟方文静要钱，在那晚看到常笑的白纱裙被污渍弄脏之后，他便想为她买一条新的裙子。尽管心里已经想了千百遍，面对母亲的时候，他还是无法开口。他不能坦然地告诉母亲这钱的用途，也不能对母亲坦白他心底的感受，还是另想其他办法的好。

想破了脑袋，钱都是不可能凭空掉下来的。这也是他面对常笑自惭形秽的原因。他的衣食住行，每一天的花销都是靠母亲。让他拿什么来讨一个女孩的欢心?在他一筹莫展之际，眼睛突然瞟到屋里的抽屉，方文静平日总是随意将纸币放在里面。

趁方文静离家之时，他颤抖地打开平日里他从来不会关注的抽屉。

方文静的抽屉收拾得整洁而有条不紊，这与她多年来行医的习惯有关。李哲从最隐蔽的抽屉开始找起，那些大大小小的钞票工整地叠放在最上面的抽屉里，这屋里就他们两个人，方文静做梦也想不到素日里懂事的儿子会将手伸向她的钱币。

他把翻乱的物什一一放回原处，突然在最下面一个抽屉的深处看到一个红色的锦盒，出于好奇，他把盒子打开，里面竟然还有一个精致的首饰盒。他再打开盒子，紫色软缎上是一只钻戒，一见光便散发出熠熠的光彩。

他将戒指取了出来放在手心细细端详，饶是他这种对珠宝一窍不通的人，也能够从这只戒指浑然天成的钻石上，感觉它的不菲价值。锦盒里还有一张照片，虽然已经年代久远但保存得很好，照片上的方文静偎依着一个男人，眺望浩瀚无际的大海，明媚的笑颜清晰可见，两人堪称一对璧人。

照片的背后还有一首小诗：花开彼岸本无岸，魂落忘川犹在川，醉里不知烟波浩，梦中依稀灯火寒。花叶千年不相见，缘尽缘生舞翩跹，花不解语花颔首，佛渡我心佛空叹。

字迹纤丽娟秀，是方文静的字迹。在李哲的记忆中，他从来没有见过母亲这样的欢笑，她与照片上的男人之间，其中有多少的悲欢离合是他和他父亲都不曾知道的。方文静将这些记忆尘封之时，必定掉了不少眼泪。以至于有几个字都已经模糊了，依稀看得出来，是眼泪的形状。

这些年所有的疑问，在此刻都找到解释的答案。照片上的那个男人，分明是这些年来李哲经常见到的那个人。

李哲脑袋一片昏乱，心里流转着苦涩的汁液，为他的毫不知情死去的父亲，为他这么多年来苦苦守望的母亲。

为了不被方文静发现抽屉被翻过的痕迹，他后来还是把钱放了回去，一切照旧。

经过几天的寻觅，李哲找到一个工作，周末到一个咖啡厅当侍应。工作很简单，也很轻松惬意。一个月下来，数数拿到手的工资，虽然只有薄薄的几张，李哲也觉得满心欢喜。这是他第一次靠自己劳动挣的钱。

又到了方文静的生日，今年恰逢周末，李哲准备向经理请假，用自己挣的钱给方文静买了个生日蛋糕回去。

他一上午的脚步和动作都是轻松的，他靠自己挣的钱，给他最重要的两个人买礼物，以后也许有那么一天，他会肩负起更大的重任。

他的笑容直到看见他们进来的时候冻结，那一刻他真宁愿自己没在这里出现，他们更没有走进过这间咖啡厅。

谈笑风生的两个人与他的目光相遇，笑容即刻僵住，李哲也不能保持他平静的心情，他恨恨地看了一眼他们，在他们面前想说点什么，但什么也没说出口，突然冲出门去。

方文静愣了几秒，随即追出门外，“李哲，你听我说!”

李哲不听，他只有用发足狂奔的举动发泄内心的情绪。他已经知晓了母亲心里的秘密，她曾经刻骨铭心的恋爱，他以为那也已经成为过去。可是为什么，他们要以如此的姿态出现在他面前？他万分不能接受。如果此事败露，相信与他有同感的不止他一人。

方文静终于追上他，他第一次如此冷淡对待自己的母亲：“我会忘记今天，您不用担心。”

“儿子，”方文静气喘吁吁地解释，“不是你想的那样。”

“我看过你的戒指，还有照片。”李哲说，“妈，有些秘密不会保存到永远。”

“不管你信不信，我和常万峰之间，真的只是一年单独见一次面而已。”方文静解释说。

李哲会信吗？他当然不相信。

一连几天，李哲都躲避着方文静，他不知道如何面对方文静的秘密，更不知如何面对毫不知情的常家母女。他只好再一次将自己陷入沉默的深渊里。

方文静几次想跟他开口解释，都在他的沉默里首先败下阵来。长大的少年，不再是小时候对她言听计从的温顺孩子，多了一份执拗和叛逆。随着岁月的逝去，方文静对儿子的依赖开始与日俱增，她曾经的特立独行，曾经的独霸专横，都随着岁月的流逝悄悄改变。

李哲愿意与母亲从家乡来到C城，缘于血液里不可分割的亲情，更缘于对母亲无条件的信任。信任是他依赖母亲的基础。如今，他不再信任自己的母亲，因此对方文静所有的解释都不自觉地怀疑和猜忌。

晚上，李哲在床头发现了三个日记本，他打开一看，是方文静这几十年的心情记录，向他诉说着一个遥远的爱情故事。里面记录了她年少时刻骨铭心的爱恋，和爱人即将踏上婚姻殿堂的憧憬，他突然离去时的伤心欲绝，独身时的心如止水，遇到李父时的心灰意冷，婚姻生活的平淡琐碎，丈夫去世时的孤独伤痛，远离家乡时的毅然决绝。

和常万峰的再次相遇，她心里不可能没有一丝波澜，只是，他的家庭和睦幸福，她自有自己的清高，经常能够看到他的笑脸，一年有一次单独的生日祝福，于她，已经足矣。

日记的最后是一封信。

李哲：

我原以为，这会是我将带进坟墓里的秘密，没想到被你不小心洞悉。我知道此刻的你定然百般愤怒，听不进我的任何解释。不错，在你父亲之前，我与常万峰之间确实有段叫人难以忘怀的感情。

如果将来有一天你经历了爱情，你会明白我的感受。有些事，不由得自己控制；有些行为，却能够制止。爱情，总有一天会随着时间流逝而消失光华，陪伴我们一生的，唯亲情而已。

如果这是母亲的秘密，他除了选择为她守候，没有第二个选择。

几十年的心理独白，李哲看得再仔细，也只用了几小时。生命是长久的过程，年华却是一刹那的事情。如果将来有一天，他回想到今天，会不会后悔今日的怯懦？

方文静说错了，他根本用不着将来，他现在已经在经历爱情，经历看见她笑脸时的欢欣，经历爱里求而不得的苦痛。

他不想把时间浪费在后悔里，于是再也按捺不住激动的心情，到商场里给常笑买了一件与她之前那件一模一样的白色纱裙，兴冲冲地拿回去准备当面给她一个惊喜。

当他想找到她的时候，她却已经不再是那个等待他出现的常笑了。而此刻，不光是李哲在找她，连冷清萍都在等待她的出现。

余丽突然造访，在与冷清萍的闲聊中渐渐流露出来意。原来常心在一家溜冰场里看到常笑和一个男生携手并肩，清脆笑声洋溢在整个溜冰场。当时正是常笑的学琴时间，常心不禁有些幸灾乐祸，常家出名的乖乖女也会逃课，还早恋。这下可有好戏看了。

她取出手机咔嚓咔嚓拍了几张照片，迫不及待地拿回家给母亲看。

余丽说到兴头之处，将手机照片拿出来在冷清萍面前展示："你看看她这像什么话！公共场合和小青年搂搂抱抱，成何体统！你们真该好好管教管教。"

"我的孩子，我自然知道，不劳您费心。"冷清萍没有余丽想象中那样大动肝火，镇定自若地回答。

余丽碰了一个软钉子，勉强笑着："我也是关心你们常笑。"

"你的关心，应该更多放在常心身上。"冷清萍不动声色地说。

她到底有没有被激怒？余丽悄悄拿眼瞟着冷清萍，只见她慢悠悠地品着清茶，眼中不起波澜。余丽眼见与自己想象中想要达到的效果大相径庭，不禁懊悔不已。早知就不用专门为这事跑一趟了，还想专门等着看常万峰和冷清萍怒火中烧的场面呢！

余丽一走，冷清萍端茶的掌心开始冒出细密汗珠，刚才的镇定只是她的伪装，她只是不想让别人看笑话而已。常家女主人先是找来司机一顿责骂，然后准备自此之后对女儿多加看管。

于是这天常笑回到家中，得到的不是父母亲切的笑脸，而是严苛的质问。

"你今天为什么要逃课？"冷清萍问。

"反正还有那么多课程，多一次少一次又有什么关系。"常笑还不知道事态的严重性，笑着回应。

"你逃课也就罢了，还跑去跟男生约会！"冷清萍怒火直蹿心头。

"我没觉得有什么了不起的啊！"常笑满不在乎地说，"难道你们以前没有恋爱过？"

"你看看，"冷清萍将余丽拿过来的照片一一翻给她看，"你和他的这些亲密举动，真是叫人看着脸红！"

冷清萍越是这样在乎，常笑越觉得莫名其妙，“你和爸爸谈恋爱时没亲密接触过？怎么，只允许你们州官放火，不许百姓点灯？”

这样的谈话，势必会造成场面越来越僵。

正处于青春叛逆期的常笑自然对母亲的说辞不以为然，字字句句的反击都呛得冷清萍说不出话来，两代人的代沟仿佛是道天堑无法逾越，说到最后，冷清萍只有拿出父母姿态强势约束女儿的自由。

常笑的生活受到严格控制，从上学到放学、从外出购物到业余培训，都得一一向父母汇报。人是受到百般限制，思想却可以自由驰骋，思念总是会筛选好的记忆，自动过滤出一些温馨画面在脑海里回放。

本来常笑只是觉得和陆然在一起有种备受呵护的感觉，这是她在李哲欲言又止的神情里未曾找到的感受。被人捧在手心、被人记挂总是一件开心的事，仅此而已。但父母却觉得她的开心如此大逆不道。每个人总是自己走过青春，却又不允许孩子青春期正常的骚动。

在这样严厉的环境之下，常笑选择李哲作为他们的纽带和信使。李哲自是极不情愿但又不忍拒绝常笑的请求，于是只有心不甘情不愿地接受这苦差事。但替他们传递绵绵情意对于李哲来说完全就是煎熬。他选择视而不见，很多天都不曾踏足常家。

怨气堆积到一定程度总会爆发。

清晨，保姆如同往日一样推开房门，常笑的床上窝着凌乱的棉被，开始保姆也不甚在意，自顾自地打扫着房间的卫生。直到屋里异样的安静引起她的警觉，她小心翼翼地掀开常笑的被子，赫然发现棉被里是两只摆放妥当的枕头。大开的窗户、飘荡的窗帘昭告着一个女孩的离家。

保姆惊惶的叫声惊醒了仍在睡梦中的常家夫妻，遍寻整间房屋都不见女儿的身影之后。夫妻俩颓然坐在沙发上，面色凝重，相对无言。

此刻的常笑，正坐在前往米亚罗的火车上，这是一个离 C 城不远的风景区。自从知道她喜欢枫叶之后，陆然便心心念念地想要带她到灿烂绚丽的米亚罗去看一看，那里的金秋美不胜收。

他知道她喜欢枫叶，却不知道她喜欢枫叶是因为李哲送了她枫叶玫瑰。

她神色悠闲地望着窗外的广袤天地，车窗外一逝而过的风景，嘴里哼着快乐的歌谣。她知道早上父母发现她离家出走定会勃然大怒，不过谁要他们限制她的自由，就让他们着急去吧。

“你知道大海为什么是蓝色的吗?”陆然突然问。

常笑自然知道这是陆然出的一个脑筋急转弯，她歪着头想了一想，想不到不正常的答案，于是问：“为什么啊?”

“因为海里有鱼啊，鱼会吐泡泡啊，鱼吐泡泡的时候有声音：blue，blue，blue……”说完，陆然首先笑起来。

“呵呵。”常笑也应和着笑了几声，他讲的笑话，可真够冷的。

路途过一半，天色渐渐黑下来，列车穿行隧道引起单调的回响，常笑觉得音乐也开始变得索然无味，她打了一个哈欠。

“怎么，你累了?”陆然体贴地问。

她点点头。

“你休息吧，明天一早我们就可以到达目的地。”

他看着她，两个人对视的空气突然有点暧昧。在他的吻即将落下来时，她的头却适时离开他，陆然亲到一片冰冷的空气，只有自嘲地笑笑。

两人看似亲密又疏离的关系引起睡在上铺的一双眼睛的注意。当车厢里的乘客都已经进入梦乡的时候，他望着这两个涉世未深的年轻人，蛰伏在黑暗中的眼睛，发出复杂莫测的光芒。

当清晨的第一缕阳光照亮车厢，沉寂一夜的空气被到站的声音搅动，第一个目的地已经近在眼前。常笑和陆然兴冲冲地收拾行李，夹在人头攒动的人群里出站。他们还要乘坐几个小时的汽车去米亚罗。

两个年轻人完全没有经验，凭着一腔热血闯荡，自然不知道江湖险恶，有一个人悄然跟到陆然身后，一把拽住他的包便往前奔去。

肩头的松弛令陆然心里一沉，他禁不住大喝一声，朝前竭力追去。

训练有素的盗贼岂是陆然能够追得上的，常笑只有站在原地等他。没过多久，只见陆然垂头丧气地空手而归。两个人只顾畅想外面世界的广阔，哪里想到还未出火车站便遇到如此事故，一时间慌了心神。

幸好常笑的财物还没有蒙受损失，不过她这次离开家里是悄悄行动，身上所带钱财也有限。他们数着为数不多的纸币，欲哭无泪。

接下来，路上的颠簸不再是旅途中的调剂而成了一种折磨，当朝思暮想的红叶之城就在眼前绚然绽放之时，常笑已经提不起兴致细细观看了。

很快，她就觉得意兴阑珊，这份萧索情绪也传染给了陆然，他们早早离开景点，来到之前定好的宾馆，各自休息。连绵的大山如同五彩锦缎，枫叶摇金，层林尽染，蓝天辽阔，白云高远。如长龙般蜿蜒于五彩山林间的一条条公路线，将这如画的美景串连起来。

本来是一场期待中的美好旅程，却被一个意外搅了局。陆然心里憋足了气，躺在床上也是心绪难平，索性跑到外面买了一堆啤酒，不觉不觉脚底便是一堆空啤酒罐。

都说酒壮人胆，陆然也不例外。趁着酒劲，他敲开常笑的房门。一进门便给她一个熊抱，嘴里喃喃地说着：“笑笑，你知道吗？我真的很喜欢你。”

“我知道。”常笑有点感动。在离家千里之遥的陌生之地，有一个人对她说喜欢，有一个人愿意陪着她疯，陪着她流浪，不管她将来会不会后悔此前的冲动决定，此刻都是感动的。

所以当他的唇落在她的脸上，她没有推开他的手。但吻只是男性开启女性身体的第一步，当他吻的力度加大，手也顺势游走于她的身体之上时，常笑开始惊慌起来。在他热烈的攻势之下，她也意乱情迷，但这不是她想象的初夜，至少不是在这里——一场叛逆的出逃，一场冲动的旅行，一个莫名的旅店。

她的拒绝反而让陆然的动作更加狂乱，燃烧的酒精使他大脑充血，兴奋得难以抑制。常笑双手被陆然紧紧钳住，身体被他按在身下，衣物滑至肩膀，所有的挣扎都变得无力起来。

她手脚并用，疯狂地踢打着他，突然对准陆然的肩头，狠狠地咬了下去。

“哎哟！”陆然吃痛地放开，“你……”

他伸出手，本意是想安抚她激动的情绪，常笑却对他生出恐惧。她推开他的手，夺门而逃，狂奔在陌生的城市，陌生的大街上。

直到她双腿发软才停下来，陆然没有追过来。她不愿回去，又不知怎么办。

此时此刻的常笑，就像被人遗弃在路边的孩子，浑身哆嗦，喉咙像塞了一把砂纸，想痛哭一场，却终究没有哭出来。

第十五章　一如曾经，伴我左右

自从常笑失踪之后，常、李两家就没有安宁过。常万峰发动一切关系搜寻女儿的踪迹，而李哲也是彻夜难眠。

常笑在路边坐了很久，摸摸身上仅剩的几张零钞，找到一间KFC走了进去，点了一杯温热的牛奶。灯火通明的餐厅仅有一些零散的客人，他们无一不是情侣偎依或者三三两两聚众，只有她形单影只，等待救援。

她将热牛奶一口气喝下，才感觉稍微有了一点点勇气。她移步到路边的电话亭，给李哲家里打电话。

方文静在睡梦里被电话铃声吵醒，她趿着拖鞋，接起电话："谁啊?"

电话那头没有声音。

"喂……"方文静又喂了几声，依然没有动静。方文静看着话筒，喃喃地说："神经病啊。"

待她刚睡下，电话又再次响起，接起来依然不说话。

不知是谁的恶作剧，方文静有点生气："再不说话我挂了。"

此刻，李哲也被电话铃声吵醒了，电话那端的依旧沉默让方文静大为光火。

电光石火间，他忽然想起什么，再一次电话铃声响起，不待方文静拿起电话，他已将话筒抓在手心："是不是你?"

常笑的呼吸声通过细细的电话线传入他的耳膜，她用细微的声音回答："嗯。"

"你在哪里?"李哲赶紧追问。

"米亚罗。"常笑的声音几不可闻。

放下电话，李哲披上一件衣服，打开门："妈，我要去常笑那里。"

"你去干什么?"母亲斜睨着他，"你把信息带给常叔叔就行了。"

"我必须去。"李哲坚定地说。

常家所有人员都齐聚在客厅里，包括常万山、余丽、常心，共同等待着常笑的消息，常心脸上的表情不知如何形容，常笑的举动大出她的所料，硬生生把平日里经常被父母死嗑的她比下去，让她得意，冷眼看着常笑的笑话，而另一方面，她也为自己这个并不亲近的姐姐有一点点担心，仅仅一点点而已。

李哲带来常笑的消息，常万峰决定和司机一起连夜赶到四川境内的米亚罗去接常笑。

李哲说："叔叔，我跟你一起去。"

"你?"常万峰打量着这个少年。

"我一定要去。"李哲坚定地说。

这是常笑一生中最难挨的长夜，寒冷孤独如同潮水，一波又一波将她淹没。她哪也不敢去，只能坐在 KFC 里，看着仅剩的客人也缓缓离去，看着餐厅服务人员慢慢来到她的身边，用湿重的抹布一下一下地擦拭着她面前的桌椅，随后在她们用同情的眼神看着她，还未问出话来之时，她首先说道："我在等人。"

是的，她在等人。如果连他都不是她的最后希望，那她只有选择遗忘自己。

她不知道等了多久，也不知道怎么熬过一分一秒。等待把她身体里的力气抽离，以至于当她看到他的那一刻，她只是木然地望着他，眼睛干涩。

他站在她面前，如同她的救星和保护神，李哲一把将她的头揽在自己胸前，紧紧地拥抱。他多害怕，他一松手她就会从他的眼前消失。不远处，站着呆立的常万峰。

李哲说："不要为他流眼泪。"

她眼睛布满苦涩，却拼命抑制眼里的泪，控制着不让它流下来。

回到宾馆，陆然没有等她回来。酒醒之后他很后悔昨晚上鲁莽的举动，自觉无颜面对常笑，于是选择离开。

桌上放了一张纸条，上面写着：对不起，谢谢你曾经陪伴过我。

常笑离开C城四十八小时之后，她再一次踏上回归的旅程。

回到车上的她平静下来，也许是碍于司机在，她只字不提在米亚罗所发生的事情。她不提，李哲和常万峰便不问。一路上她再也没有和他说过一句话，如同一只猫，蜷缩在自己的世界里。

冷清萍在看到常笑的一刹那，一双手高高地扬起，常笑闭上眼睛准备接受母亲的巴掌。她是心甘情愿的，她也不曾想到自己任性的举动会令平日里注意仪态，时刻光鲜亮丽的父母瞬间苍老不少。

冷清萍的巴掌在挥下去之时变成轻柔的碰触，虽然在之前她满怀怒意，但随着女儿失踪的时间越来越久，担心取代了怒火，她的内心承受着莫大的煎熬，只祈求女儿能够平安归来，不管让她付出什么代价她都愿意。

于是当常笑瑟缩着出现在她面前时，她还是用拥抱迎接了女儿的回归，常笑哽咽着说出一句："妈，我回来了。"

冷清萍的嘴唇哆嗦，一连声地说："回来就好。"

"是啊，回来就好。"常万峰的手臂揽住她们两个，说："咱们回家吧！"

家是她曾经想要逃出的牢笼，出去一趟，摔一跤才知道外面并不像她想的那样全是精彩，家也没有她想象中的不可忍受。这些为什么总是要等到在外面碰得头破血流才会明白？幸好她知道得并不算太晚。

家里的浴室里已经准备了一大缸子热水，迎接她的回归。她将自己整个人都浸泡在热水里，忍了很久的眼泪开始决堤，她放声大哭，不管不顾，眼泪融化在水里。这里是她的天地，没有任何人会打扰的世界，她的眼泪可以尽情落下。这四十八小时里遭受的惊惶、委屈、恐惧，全部都化成晶莹的眼泪，顺流而下。

青春总是要经过疯狂，才会更加珍惜平淡的人生。

她在水里待了很久，待一缸热水的热度完全消失殆尽才从水里起身，然后裹上浴袍准备睡觉。明天醒来，又是新的一天吧！伯父一家已经离开，她的父母却坐在灯火通明的客厅里等她，她不自觉地扯扯嘴角："你们怎么还不睡，难道又怕我跑了不成？"

她只是想开个玩笑，缓和一下凝重的气氛，说出来却觉得一点也不好笑。果然，她的父亲和母亲谁也没有接话。

"在你不在我身边的这几十个钟头，我想过很多不堪的场面，如果你真的有什么……"冷清萍的手轻轻抚摸着常笑的手，常笑能够感受母亲手心的颤抖，"我真的不知道怎么办才好。"

顿了一顿，冷清萍继续说："也许我们以前是太过于束缚你的自由、你的人生。所以从现在开始，我和你爸爸决定让你做你喜欢的事，但是只有一点，不要再轻易离家，你父母的心是肉做的，它承受不起这样的打击。”

“妈……”常笑泪盈于眶，冷清萍擦拭着她的眼泪，常万峰拍着她的背。

这就是家了，一个永远可以包容你的任性、你的缺点之地，一个你可以恣意妄为之后还能回归的安全之地。

她的离家在家人眼里看来，不过只是一场任性妄为而已，他们只要她平安归来，其他的都可以忽略不谈。但在常笑的学校里，她的事迹犹如重磅新闻，引起大家的窃窃私语，成为大家枯燥学习生活的调剂。

当着她的面，所有人都若无其事，但在转身之后看她的眼神始终带有一丝异样，就连素日里和她交好的女生与她谈话间好像也带了一份疏离，而且总有一些不合时宜的“风”将一些细碎的话语“吹”到她的耳朵里。

“看啊，她就是那个和别的男生离家出走的常笑!”

“平时看起来那么清纯，没想到作风却这么大胆出格!”

“是啊，早叫你追她，你又胆小怕事，现在错过了吧?”

严谨的高中，大家总是好奇着别人的世界，想要一探究竟。这一切，她了然于心。

李哲和她同年级但不同班，以前的他遇见她也只是淡淡地点头，她明白他是不愿意别人知道他和她们家的关系，尽管这么多年以来，这早已经不再是什么秘密，可他愿意穿着这么一件皇帝的新衣，伪装在自己的快乐里，那么随他吧，只要他高兴。

可现在他却自己一反常态，经常为一点小事来到教室里找她，公共课上还成功地帮她占过位置，她知道他是在用行动告诉她，他会一直陪在她左右。如果放在以前，她会感动得无以复加，如今她只会淡然地微笑。时间不同，效果也会不同，为什么总是要面临失去的时候才知道珍惜，不，她不会给他机会。

陆然也曾经在那条熟悉的小路上等她，每一次递给她的纸条只有三个字：对不起。每次她都漠视而过，第二天又会看到他熟悉的身影，周而复始。有好几次她不是不感动的，可是离再次牵住他手的距离，好像总差了那么一点动力。

终于有一天，她在那条路上没有看到陆然的身影，路还是那条路，只是没有了那个熟悉的人。等待，也是有时限的。没有谁会无止境地等待一个人，再多的甜言蜜语也无法支撑起一个人的天长地久。高三的学业繁重，他再也没有多余的时间和耐心去等待一个女孩的回首。这是她意料中的事，她并没有为此感到伤心，只是有点失落。

这天晚上，她竟然梦见了他。

“常笑，你愿意跟着我一起再次去流浪吗?”陆然伸出手。

“不，我不去。”她朝后退缩。

“我知道。”陆然黯然地说，“我是来向你告别的，笑笑。”

她伸出手跟他挥挥手，他的脸在她面前渐渐隐入一片黑暗里，她只听到他留下的最后一句话语：“你喜欢的是谁，只有你自己知道。”

她从梦中惊醒，突然觉得口渴难耐，于是走出卧室倒水。

经过父母卧室的时候，她听到一阵呢喃细语，想必是父母也睡不着，她一时好奇心起，蹑手蹑脚走到父母房门前，趴在门上细听。

“笑笑最近的精神状态好像不太好。”冷清萍说。

“女孩大了，心事自然多了。”常万峰说。

“恋爱受挫嘛，想当年你不理我的时候，我可也是好一阵伤心呢!”冷清萍回忆往事，悠然地叹了一口气。

“你看，我们现在不是挺好。”常万峰伸手拥抱了一下妻子，

“笑笑也这么大了。”

沉浸在这片刻的温馨里，冷清萍和常万峰都是一阵感慨。常万峰突然说道：“我看大学干脆让她出国留学算了，我的事业也总要有人继承。”

“你的掌上明珠，你舍得？”冷清萍问。

常万峰先是一阵沉默，随后叹了一口气：“孩子大了，总会有她自己的天地。再舍不得又如何，如果换一个环境能够让她开心起来，我愿意。”

常笑没有再听下去，悄无声息地回去自己房间，伸手一摸，脸上爬满了感动的泪水。这是他们第一次谈到出国留学这个问题，她从来没有想过父母会甘愿放手让她在外，还是遥远的异国他乡，可见父母心里，排第一位的总是她。她的开心和快乐比什么都重要。

在家庭赋予她的温暖里，学校里受的那一点点挫折又算得了什么？流言它总会消逝在时光的脚步中。说得久了，说得累了，自然也就没有人再对此紧追不舍。

班上同学的语言虽然消停了不少，行动上却还是带着拒绝的冷漠。一场大考之后，班上同学提议组织去看电影，不知有意还是无意，班里派出去的代表买回来的票却差了一张，那个负责发票的女生对着常笑做了一个空手的动作：“怎么办，到你这里就没有了。”

“没有就算了，我不去了呗！”常笑满不在乎地说。

“你不去也好，反正你这种不洁身自好，早就已经跟人家睡过的女生，也没人愿意挨着你坐。”女生轻声笑着，她早就看不惯常笑在学校里所受的欢迎，男生总是食色动物，看到漂亮女孩就趋之若鹜。女生的嫉妒是带毒的刺，即使脸是笑的，话语却是冷的。

常笑装作没听到，将头埋在书本和作业里。到了下午时分，班上同学陆陆续续地走完了，看着空荡荡的教室，她突然一阵心烦气躁，气呼呼地扔下手中的笔。

“咦，我听说你们班上的同学都去看电影去了，”背后传来李哲的声音，“怎么你没有去吗?”

“我怎么不去，”常笑耸耸肩，“我只是回来拿东西而已。”

说完她逃也似地离开教室，走向学校外面，心不在焉地招了一辆出租车。

坐上车之后，司机问道：“去哪儿?”

去哪儿呢？她想了想，然后说：“去电影院吧。”他们不是不愿意叫她么，她偏要去。

她买的是包房电影票，里面只有稀稀落落的几个人，谁也不认识她，她也不认识别人。包房里放了几段电影故事，从《假如爱有天意》到《夏天协奏曲》，还有一部《触不到的恋人》，全是爱情电影，温馨动人的画面充斥在整个银幕。窝在厚实的沙发软座里多好，走马灯似的画面，根本用不着多余的思想来思考。

当剧中的李政宰寄出了那封信，眼泪奔流在脸颊的时候，他碎碎的杯子竟然神奇般地复原了，血也倒流了回去，原来是时光在倒流……有泪爬上她的脸颊，她任它奔流而下。只有在电影里，逝去的时光才可以倒流，现实生活中却只能继续朝前，哪怕荆棘满地，哪怕头破血流。她并不是像她表面上那么满不在乎，她同样渴望友谊，渴望来自同伴的关怀。

电影终有散场的时候，她在一片黑暗中朝外走去，突然脚底一滑，原来是她不小心多踩了一步台阶，她直直地向前倒去。

“小心。”一双手赶紧扶住她。

是他的声音，他的手。他总是这样，站在她的身后，默默地守护，却不敢直视她的眼神。她甩开他的手，急急地奔出门外。

真巧，伸出手又遇到刚才的那个出租车司机，一天中遇上两次，连出租车司机都觉得意外：“嘿，姑娘，咱们可真是有缘分，这次你又去哪儿啊？”她沉吟片刻：“去酒吧。”

酒吧的人很多，嘈杂的空气中弥漫着烟酒的味道，灯光狂乱闪耀在疯狂扭动的青春躯体上，她坐到吧台前，将酒端至唇边的时候突然后面伸出一双手，夺过她的酒杯：“我陪你喝。”说完他一仰头喝下整杯酒。喝得太急，被酒呛到，他禁不住轻咳起来，这是他第一次喝酒。

“你又跟过来干什么？”常笑问。

“我……担心你。”他低着头，不敢看他的眼睛。

“我不需要。”她一转身离开他，跟随着舞池里的节奏狂乱地扭动身躯，灵动身姿吸引了许多目光，有男生向她吹着口哨，轻佻的目光紧跟着她。李哲见状，在舞池里抓住她的一只胳膊，半拖半拽地拉她出来。

此时的她，眼波流转，唇色嫣红娇艳。她醉眼蒙眬地望着他，似怨似嗔：“说你喜欢我，有那么难吗？”

酒精击垮了他最后的理智，燃烧着他内心的热情，他对着她的脸，不管不顾地吻下去。

“李哲，你的脸——”常笑用手挡住他的吻，惊呼。

李哲跑到洗手间里查看，酒精在他体内燃烧成一片烈火，他感受到了胃里的翻江倒海，扭开水龙头，冰凉的水冲刷到脸上，让他有片刻的清醒。

他的脸上、脖子上有异样的潮红，上面布满星星点点的颗粒，这是典型的酒精过敏症状。第一次想吻她的冲动，竟以这样的尴尬收场。

第十六章　快乐如星尘，倾洒全身

常笑站在酒吧门外等李哲。有几个喝得东倒西歪的男生从她面前经过，其中一个男生瞟到常笑的面孔，笑着对旁边的人说："她不是陆然以前的马子吗？"

"是倒是，可惜啊……她已经跟陆然没有半毛钱关系了。"

"漂亮的女人，都是不可靠的。"

"怎么回事？"有个男生眯起眼睛问道。

"唉哟，难道你还不知道吗？她把咱们哥们给甩啦！"

"攀高枝还是踩低枝去了？"被酒精烧红了脸的少年站在常笑面前，嗤笑道。

更多不堪的话语源源不断地涌出，男生们正说得口沫横飞之时，一股重力将其中一个推至墙边。是怒目而视的李哲。许是酒精在血液里翻腾，怒气涌上心头，他用力推搡了一下开口说话那个人："你说话干净点！"

"我说话就不干净了，你要怎么样？"男生毫不客气一拳招呼到李哲脸上，旁边的几个人已经围拢过来开始拳打脚踢。

如同喝酒一样，打架于李哲也是第一次。他左冲右撞挥动着拳头，完全没有章法。

陆然的几个同学也是被酒精刺激了神经烧红了脸，全部蜂拥而上，包围着李哲，左右攻击，拳打脚踢。

李哲渐处于下风，只剩下招架的力气，常笑见形势不对，一把拉着李哲朝外跑出去。

李哲从开始的被动跟随，到后来和常笑一起奋力奔跑。他们跑得很快，擦身而过的车流、人群渐渐成为身后的风景。

他的手，紧紧地攥着她的手。如同以前那次发烧，只有在迷糊中他才敢紧紧握住她的手，总是要借助外界的力量，他才敢肆无忌惮地敞开内心。呼啸的风吹乱他和她的发，他从来没有像现在这一刻感到全身轻松，自由的血液在身体里沸腾。

常笑停下脚步，双手叉着腰喘着气，摆摆手说："我不行了。"

李哲松开紧握她的手，也是大口地喘着气，他也在微笑，如果可以，他愿意和她一起跑到天涯海角。可是却发现眼前的高楼、穿梭的车流开始晃动起来，他抓住她的肩："不许动。"

"我没动啊……你喝多了吧……"常笑咯咯直笑，笑着笑着她的笑容凝固在脸上，有惊惶的神色在她的脸上："你的头——"

血如同一条红色的小蛇，顺着他的额头蜿蜒直下，红得触目惊心，他这才觉得头上的伤口撕裂般地疼痛。他眼前的一切开始变得更加模糊、昏乱，连她的呼叫声都变得不真切起来，他努力支撑着自己想扯出一个笑颜，可却力不从心。

他的步履踉跄起来，身躯缓缓地朝地上倒去的瞬间，她一把扶住他。幸好此时此刻，他的身边还有她。不过也真是没用，必须要借助她的力量，他才能够支撑剩下的路程。

额头撕裂的痛楚令他幽然醒过来，张开眼，眼前是忙碌操作的方文静，他唤了一声："妈……"

方文静将一堆工具装回工具箱里，脸上没有什么表情："你额头上的伤口我已经处理过了，这几天别碰水。”

“妈……”李哲开口，有点怯意。这是他第一次在外打架生事，对母亲油然生出一份愧疚之情。

“至于你的脸嘛，是酒精过敏，以后离酒远点。”方文静瞪了他一眼。

“妈，常笑呢?”李哲问。

方文静叹一口气，原来她的傻儿子醒来不是问自己的伤势，而是问常笑。她自己，还有她的下一代，怎么都注定与常家纠缠不清？她虽然已经打算将一生葬送，可她没想过自己儿子也会步她的后尘。

她皱皱眉头：“她本来是想等你醒过来的，但是被她父母接走了。”看到李哲失落的表情，她忍不住开口提醒：“你们不是一个世界的人。”

“我知道。”李哲黯然地说，“可我没有办法。”

“你才多大就说这种话，真是可笑!”方文静深深地看了他一眼，尖锐地说，“别以为这样就是你的一生。”

“妈，那你呢?”李哲反问。

方文静收拾工具的手停下来，她打量着和她对视的李哲，有点失望也有点心灰意冷，说再多，也浇不熄少年的一腔热情，即使父母的忠告是金玉良言，他们也会选择自己去撞个头破血流而不会听取上一辈人一点意见。

与方文静严厉苛刻的询问相比，常家的态度反而平和很多。

常万峰、冷清萍永远都忘不了那一幕，李哲那脸上不可思议的红，额头血迹斑斑，女儿虽安然无恙，却一脸心急如焚的模样。那是他们第一次静下心来打量李哲。

他就像一个影子，一个淡得不起眼的影子。常家夫妇从来没有把他放在眼里。可就是这个不起眼的孩子，一个循规蹈矩的少年，今晚却为了常笑大打出手，令常家父母大跌眼镜。如果说上次他担心常笑是出于友情，那么这次他的心意已经显露无遗。

“怎么会是他?”冷清萍问。

“怎么就不是他?”常笑也反问。

常万峰和冷清萍交换一个心照不宣的苦涩笑容。葱郁的青春，荏苒时光，总要有人相伴度过的，不是他，便是他。他们再也不想，也不敢拿出曾经的雷霆手段，逼得女儿再度离家出走了。

李哲以为今天晚上会上演一场惊天动地的斗争戏，从他的母亲到常氏夫妻，估计都不想他和常笑扯上关系，但是没想到却是如此云淡风轻的结局。

这让李哲沉静多年的心燃起希望的火苗。时光会赋予他能力，他渐渐会从一个青葱少年长成一名有担当的男子汉吧。伟岸的身躯，用双手打拼天下的能力，只要给他时间，只要她能够等待，他会一如既往地伴在她左右。

几天之后，他额上的伤口已经结疤，拆除绷带之后，他的心情像夏天清晨的晨曦，柔软而明亮，走路也分外轻盈，满心想着见到她的欢乐。

夏日的午后，树上的知了没完没了地聒噪，那声嘶力竭的鸣叫在他听来也仿佛是伴奏的乐曲。法国梧桐的阴影笼罩在头顶上，烈日的光芒自树叶的缝隙透下来，白花花的明亮耀眼。他伸出手，仿佛捧住一把阳光。

在梧桐树下星星点点的光影里，他看到了他想见的那个人，不止她一个，还有另外一个他——陆然。他前进的脚步就这样定住，然后本能选择了置身在树后，侧耳倾听。

陆然是来向常笑告别的，他的录取通知书已经拿到，是北京的一所高等学府。这个暑假，他会到北京的小姨家住，顺便熟悉一下他即将踏入的新环境。本来已经打定主意不再见常笑，结果得知他的朋友们喝酒之后惹了事端，无论如何也得亲自向她道歉。

“对不起。”陆然挠挠头，有点难为情地开口道歉，“那天晚上没吓着你吧？”

“没什么，其实你不用把这事放在心上。”常笑说。

“你会怪我吗？”陆然问。

“当然不会了，”常笑嘴角微翘，“也许，我还应该感谢你呢！”

“感谢我？”陆然有点不明白。

“是啊，谢谢你。”常笑歪着头笑，“我祝你有一个锦绣前程。”

“其实我，”陆然开口，带着此许紧张和期待，“如果可以……”

“对不起。”仿佛已经知道他即将倾吐的话语，常笑打断他的话说。

来见面之前早就有了心理准备，被拒绝的陆然也没有觉得多少尴尬，不过是再一次的重复而已。他说：“好像你已经找到了那个人。”声音里不无酸意。为什么，拒绝会成为他和常笑相处的主题，即使他和她曾经有过短暂的快乐时光，也很快成为脑海里面的回忆。

常笑但笑不语，眼里的情意却是清晰可见。陆然了然于心。

“那么，祝你幸福，笑笑。”陆然说，“我走的时候，你可以不用来送我，你只需要在遥远的地方看着我离开就行。”他大步朝阳光下走去。

再见，常笑。再见，我曾经痴痴守望的女孩。

再见，陆然。再见，陪过我度过一段美好时光的男孩。

再见，我在浑浑噩噩中等待那个人开口的日子。

那个人就躲在梧桐树的背后，听到常笑对陆然的拒绝和对他的情意，禁不住的心神荡漾。

陆然走的那一天，天气晴朗，万里无云。她那天没有去送他，但是她走上了天台，看着飞机在空中拖曳出一条长长的曲线。

从三十六楼望下去，人群如尘，微弱如草芥。她张开双臂，天台上的风很大，吹得她的衣服如帆。风，让她的身心轻盈。不知道这样是不是就可以自由地飞翔？

怡然自得的时候，她听到身后一阵沉稳的脚步声，不用回头她也知道是他。他总是这样尾随着她，默默注视着她。她转过身来面对着他，朝着他微笑。

他也对她微微一笑，伸出手臂拥抱住她。从十三岁那年相遇，经过多年的守望，这是他们第一次毫无芥蒂地深深地拥抱。

世界上最美好的事情，莫过于你喜欢一个人的时候，她也正好喜欢你。你拥抱她的时候，她也用更紧的拥抱回报你。拥抱之后，他把额头抵在她的额头，轻柔地捋走她耳边的乱发，突然之间，他的唇覆盖下来，吻落在了她的唇上，她的心跳加速，闭着眼睛迎接着双唇的碰撞，她的心突然像擂鼓一样跳得厉害，原来这种声音叫爱情。

有爱洋溢的日子，好像什么都是愉快的。

学习之余的大把时间里，他们结伴而行，欢笑阵阵。来到C城这么多年，李哲从来都蜗居在自己的世界里，筑起厚重的围墙包裹自己。他早已经习惯这里雾蒙蒙的天气和火辣美食，却从来没有深入了解过这座城市的人文风情。不知道有如此美好的风景在等待着他。清幽的石板路，踩在上面踏实地悠然步行。拿着小说孜孜不倦的少女是如此朴实，树荫下摇着蒲扇谈天说地的市井生活是如此富有生活气息。

遇到C城惯有的大小台阶，他便牵着她的手走，历史悠久的房屋蕴涵着古香古色的韵味，在绿意盎然里瞥见一角。

两个人在一起，即使只有一瓶矿泉水也会让一下午的时光变得充实起来。

为了方便，李哲买了一辆单车。单车是李哲最宝贵的财产，为怕它丢失，他们把整辆单车涂满五颜六色的颜料，贴上各种各样的卡通贴纸，停靠在路边的时候还加了两把锁。

就是这样一辆破旧的单车，常笑坐在上面笑靥如花，她把它当作宝贝一样，说它是李哲的“七彩云”。

《大话西游》里，美丽的紫霞仙子在最后随风飘远，幽然的声音响起：“我的意中人是位盖世英雄，有一天他会踩着七彩云来娶我……”常笑也经常对他说：“喂，你什么时候踩上七彩云来娶我?”

可她当时没注意的是，紫霞仙子最终也没能和她的意中人携手共伴一生。

常笑真的是一个很好的女孩，不嫌弃他此刻的一无所有，包容着他的自卑，用漫长的时间等待着一块石头的开口。她只要李哲奉上最完整的一颗心，和她一起平淡生活也好，浪迹天涯也罢。

后来，当她在机场里遍寻不到那个永远站在她身后的身影时，当她在英国的大雾迷茫里，猝不及防地摔倒在地时，当她诅咒伦敦的天气就像C城一样雾雨迷茫让她辩不清方向时，当她再也接收不到国内的任何温暖，连她仅有的生活费都被克扣，四处寻找工作碰壁时，她就会想起这段美丽的时光。

他，终究还是丢下了她一个人。

她冷笑着对时光里的自己说：“你，终究还是看错人了。”

第十七章　向来情深，奈何缘浅

由于常万峰的不计前嫌，常万山得以再次回到峰华实业。常万山收敛了曾经的张狂和骄傲，几年下来倒也尽心尽力。本就是同胞兄弟，常万峰倒也不想过于计较。常万山周末很喜欢钓鱼，最近又找到一个僻静之处，天高云淡鱼肥景美，于是竭力邀约弟弟一家相伴前往。

钓鱼之地远在郊区，车行一个小时之后，道路开始变得崎岖难行。常万峰平时已经习惯了有人开车，对车的把控程度已经降低很多，常笑和冷清萍被摇得东歪西倒。

常万峰开得小心翼翼，可世界上有些事情，越是小心越是避不过，行到一个拐弯处，车刚刚打了一个急转，对面的小货车轮子一滑，直直地朝他们冲过来。

不过区区两三秒的事情，迎头撞击的那一刻，常万峰本能地掉转方向盘。尖厉的刹车声突兀刺耳，一声轰隆巨响，后面的车纷纷跟着刹车，还好没有引起连环撞车事故。

常笑她什么都看不到，什么都听不到，她只觉得天旋地转，她要靠着极大的意志力才能控制自己不倒下。

从看到常万峰满身鲜血地被抬上担架那一刻开始，常笑和冷清萍的世界便在她们面前崩塌破碎。温室里的花朵何尝见过这样的变故？她们站在急救室外，急得团团转，找不到任何话语安慰自己。

方文静和李哲匆匆赶到，方文静抚着冷清萍颤抖的手，给了她些许安慰。李哲买了几份快餐，可是谁都没有心情吃一口。他们就这样坐在急救室外，一齐祈祷着常万峰的平安。

经过十二个小时的抢救，常万峰总算从 ICU 病房里推出，等待中的冷清萍从座椅上霍然站起，紧张地看着医生。

“医生，他怎么样了？”冷清萍焦急地问。

“还好，抢救过来，生命体征已经恢复，他睡一觉之后便会苏醒过来。”医生疲惫地说道。

常笑母女相拥而泣。

“他的右腿大动脉严重受损，失血过多，痊愈之后恐怕会有后遗症。”医生严肃地道出事实。

一天一夜漫长的等待让他们的精神都困顿不已，常家伯父一家回去休息了，李哲和方文静向常家母女告别之后也一起回家。

从听到常万峰车祸的那一刻起，方文静的神色一直很平静。即使站在 ICU 病房外，看到常笑和冷清萍相拥而泣的场景，她竟然还可以用医生的专业口吻安慰着惶恐不安的两母女。

回到家中，她也如同往常一样洗衣、做饭，只是李哲在尝到她端出来的晚餐之时，悄悄地吐了出来，方文静错将糖当成了盐放进菜里。她骗得了常家母女，却骗不了自己和最亲的人。

“妈，他会没事的。”李哲没头没脑地说了一句。

方文静含混地应了一声。黑暗里，李哲听到她重重的鼻音在屋里回荡。

早上李哲起床之后，看到方文静已经在屋里忙碌，双眼布满了红血丝，床上的被子叠得整整齐齐，看来她似乎是一夜未睡。

如果可以，她宁愿待在医院里等待常万峰醒来，可惜那里自有他家人的守护，她也只能在自己家里为他担心。李哲唯有感叹母亲和常万峰之间只能是向来情深，奈何缘浅。

经过医生抢救之后，常万峰生命已无碍，只是肋骨断了两根，鼻梁骨折，最残酷的是，他的右腿伤及动脉又失血过多，对他日后行走有影响。

对于商场上叱咤风云，处处要求完美的常万峰，这样的事实不异于晴天霹雳，谁都不忍心开口告诉他真相。

当常万峰醒来之后发现他所在意之人全都安然无恙，虽然他身体麻木，被厚重的纱布包裹着，他还是挤出一个笑容面对常笑母女。常万峰腿上打着石膏，生活不能自理，医院虽说有护工，可离冷清萍要求的周到细致还是有一定差距。

长年累月的养尊处优已经让冷清萍不再适应繁重琐碎的护理工作，重担自然落到担任家庭医生到方文静身上。方文静在这时候发挥了她巨大的作用，从护理到清洁、康复协助，事无巨细，全都做得细心妥帖。常万峰为了早日出院，也悉心配合着治疗。

他的良好配合一直到他听到医生说他的腿即使痊愈，未来走路也会有影响的时候，他执意下地行走，拗不过他的固执，方文静搀扶着他到花园里。

“放我自己走。”常万峰低声说，不怒自威。

方文静小心翼翼地松手。

常万峰的足尖接触到地面，硬撑着身体朝前挪动几步，腿部一股剧烈的疼痛使他无法再继续走完剩下的路，他咚一声跌倒在地。

方文静扶起常万峰，他的眼神慌乱，话不成句。

“万峰，我知道你想问什么。”方文静不忍对视常万峰的眼。

常万峰手指颤抖地抓着她的衣服："告诉我，我以后还能不能够走路?"

明知这已是不可更改的事实，方文静仍不忍心打碎他仅有的希望，她说："会的，会的，只要你坚持锻炼……"

常万峰瞪着双眼，骇然地盯着她："你为什么，为什么要骗我?"

回到病房之后，常万峰依然是阴沉着一张脸，他不愿借方文静之力躺到病床之上，几经努力都不能抬起无知觉的腿，于是勃然大怒将手可及之物砸在地上。玻璃器皿的碎片落在方文静的脚边，她镇定地收拾完地上的垃圾，倒了一杯水，将药丸递到他手上，说："你该吃药了。"

"你告诉我，你刚才说的是真的。"犹如抓住一根救命稻草，常万峰抓住她的手，指尖用力。她的沉默说明了一切。

常万峰像失去了全身的力气，坐在地上不停地捶打着自己的双腿，口里发出一声声哀嚎，他常万峰，曾经笑得风光，也输得狼狈，但怎么可以残疾？他将如何拖着残破的身躯苟延残喘度过余下的光阴？他恨不得在车祸那一刻死去，不用现在痛不欲生地呼吸。

方文静眼里漫出两行清泪，她弯下腰拉他起来，他的拳头如雨点落在她身上，她没有避让，依然不折不挠地将他从冰冷的地上拉起来，扶他到床上。

他的手终于停顿下来，望着她："对不起，静静。"

一句"对不起"，里面的复杂滋味只有她和他才知道。

"开始我和她真的只是利益，可是后来相处时间久了，我竟然习惯了她的存在……"

"我知道。"方文静平静地说，这是她早就知道的事实，不是吗？只是今日被他点破而已。她挤出一个笑容：“有什么可对不起的，我只是你们请的家庭医生而已。”

“静静……”

“那天你们出车祸之时，我更加知道，你爱她有多深，你甚至愿意用你的命换她的命。”

不管是笑还是哭，时光的无情流动不会为任何一个人而停止。时间一天天地过去，常万峰身体的其他机能基本痊愈，除了他的腿。

他也慢慢接受了这个现实。

终于到了他出院的日子。

“兄弟，你可回来了。”常万山亲密地揽过他的肩，“你住院这些天，哥哥可担心坏了。”

“是吗?”常万峰不冷不淡地回应一句。

“不止家里，公司上下也是期盼你早日回去。”

“你觉得我现在还能回去吗?”常万峰反问。

“那当然。”常万山言之凿凿地说，“对了，我还给你特意定制了一个礼物。”

话至此，余丽忙递上一个长方形木盒给常万峰。他打开，里面是一副拐杖，上好的黄杨木，握在手心里温润一片，造价不菲的一份礼物。

“弟弟，哥哥知道你现在行动不便。”常万山关心地说，“所以专门给你定做了一副拐杖，你试试。”

常万峰看着这副拐杖，脸上肌肉不受控制地颤抖，他突然大喝一声，将手里的盒子掀翻在地，继而雷霆震怒：“谁说我需要这玩意!”

“你……”被常万峰的大喝给震住的常万山不知如何应对。

“给我拿走，扔掉！”常万峰恨恨地踢着地上的拐杖。他的面部表情纠结，这场车祸不仅毁了他走路的威风，也毁了他温文尔雅的风度。

保姆赶紧把两根拐杖放进盒里带出去扔掉，一场风波才渐渐平息下来。

常万峰的目光注视着哥哥，他并不想深究哥哥的真正用意是讽刺还是关心，他只是无法接受自己以后的行走只能借助于外力。

他冷冷地开口：“我能走，你信不信？”

说完他撇下屋里一群目瞪口呆的家人朝里面走去，即使竭力支持也不能使两条腿达到一致的平衡。他倔强地、一瘸一拐朝里面走去。

常万峰的脾气越来越暴躁，腿部残疾让他很少外出。他可以将自己关在书房里，一整天都不出来，有时候坐在花园里也可以坐上半天，或者是窝在沙发上看书看碟看电视，不管做什么都好，反正就是减少行走的次数。那一副支撑他行走的拐杖他厌恶至极，但又不得不借助于它，日复一日的煎熬，没人能够帮他。

不止常万山一家，就连冷清萍和常笑也不知道什么时候会撞到枪口上，她们理解他，从一个意气风发的商业巨贾到一个终日待在家里摆花弄草的闲人，任谁都会有一段暗无天日的心路历程。从巅峰摔落到尘埃里，以前的风光如今都变成了凄凉。再多安慰的话语对他来说都是隔靴搔痒。

尽管常笑已经尽量减少外出的时间，尽量陪着父亲，可还是会在某些问题上惹来常万峰的不满。在常笑高中毕业之后的升学问题上，她和父亲的意见相悖，几次交谈都不能达成一致。

在没出车祸之前，常万峰意气风发，商业版图日渐扩张，还有很多野心等待他去实现。从高位退下来休息对他来说是一件遥不可及的事情，对他的女儿常笑，他只想让她做自己喜欢的事，永远保持她的笑容就好。

可天不遂人愿，如今车祸不仅让他失去行动的自由，更让他失去运筹帷幄的自信，他不愿昔日将他看作神一般的下属用同情的目光看他，背后在厕所里议论老板的可怜。如今，公司大部分事宜都交给常万山打理，他只出席重要会议。这实属常万峰不情愿的，但目前又想不出其他更好的办法。

他自己的江山，他还是想交给自己唯一的血脉。这样的重任，除了常笑，谁能担任？他想送常笑到国外著名的经济大学里念书，哈佛、剑桥商学院、加州理工学院……只要她愿意。

可是常笑不愿意。多年来，常万峰从来没有管过她的学业，除了在陆然问题上施以铁腕手段之外，一直以来对她都是听之任之。她一直以来都是自己选择着自己走的路，哪里能够忍受此刻条条框框的约束？

她也不想独自一个人奔赴异国求学。即使学成归来又如何，像父亲一样把自己每天的时间都丢给无止境的工作和望不到头的野心？这不是她想要的人生。

常万峰也固执地认为他所做的一切都是为常笑好。父女俩各有各的坚持，谁也不肯退让。

当常笑听到常万峰在电话里用娴熟的英语回答着学校所提出的问题之时，便知道她的父亲根本没有将她的话放在心上。她满脸不服地伸手挂断父亲电话。

“你想干什么？”常万峰压低声音问道。

“爸，我再说一遍，我不想去国外读书。”

“你为什么不想去？”

“我不想离开家，不想离开你们。”

“你不就是为爱昏头了么，我让李哲那小子一起去，将来你们俩一起管理我的公司，如何？”

“爸，你太过分了，你根本没有征求我的意见。”

“我都是为你好，需要怎么征求你的意见？”

“反正我不去，随便你怎么样。”常笑毫不相让。

“你敢！”

父女俩瞪圆了眼，相互对峙。谁也不肯先低头。

冷清萍端着一盘水果，进来打着圆场：“笑笑，这是我才买的新鲜水果，你最喜欢吃的芒果，已经给你榨好了新鲜果汁，要不要出去喝一杯？”

常笑一扭头，气呼呼地跑出去。

冷清萍柔声地劝着常万峰：“你这又是何必呢，把她逼得像上次一样离家出走，难道就是你想看到的？”

“怎么，连你都不能理解我？”常万峰转过头看着冷清萍。

“我知道，可咱们不是一直都希望女儿能够快乐的吗？也许有些事，咱们应该看开一些。”

常笑跑出去之后，一个人也无事可做，她只有去找李哲吐露一下烦心事。

临近毕业，李哲的学业繁忙，和常笑有所选择不同，他只有寄希望于以努力来改变自己的命运。常笑没有提前告诉他她的到来以免他分心，只是一直在等他。

李哲下晚自习之后才看到常笑站在门外的身影，颇感意外：“你怎么来了？”

“我来等你下课，不成啊?”常笑和他并排朝前走去，诉说了和父亲争执的事情。

“我觉得出车祸之后，父亲就像变了一个人。”常笑不满地说，“他想让我做的事，我偏不干。”此时，她正处于一个叛逆的年龄，把对父母的反抗当成习惯。

李哲没有附和她的话，而是说道：“我记得十岁那年，父亲说要带我去海上看日出。结果到了那天早上我却睡着了，怎么叫也叫不醒，于是就错过了这次机会，第二天父亲就上班去了。后来……你看，如今我再怎么想让他和我一起看日出，也是不可能了。”

常笑握紧了他的手。

“有些缘分，散了就不会再拥有。所以拥有时一定要好好珍惜。”

“谢谢你，李哲。”她觉得有些羞愧，她只沉浸于自己的世界里，对父亲的失去没有感同身受。

“我想，我们之间不用说谢吧！”李哲微笑着看着她。

两个少年的心，又靠近一步。有时候人就是这样，一步又一步，完全地被攻陷了心。

填写高考志愿书的时候，父女俩的态度各自都有些软化。

常万峰当着她的面把国外几所大学的报名表递给她：“你如果愿意就填，不愿意就算了。”

“爸，如果你想我去，我就去。”

“笑笑，爸爸想过了，还是应该让你自己走你想走的路。”

看到父亲行走之时微跛的腿，常笑有些心酸地别过头。

“爸爸，谢谢你。”

第十八章　记忆中消散的夏天

李哲的成绩一直是他最引以为豪的资本，他不负众望地考上北京一所著名大学。常笑对分数远没有他这么重视，她发挥平稳，被临近C城的一所大学录取。高考成绩的公布也意味着离别的到来，他们之间在未来几年，将会相隔千里。

毕业之后，有对新生活的期待，更有离开的失落。常笑指着地图对李哲说："你看，你即将站在这个位置。"她再指指地图上另一个小点，说："你在这里，好像，也没有多远啊！"

她依然乐观、积极、无忧无虑。即使相隔千里又如何，他会将她的手，握得更紧。

想象中美好的事情，要实现却有着不可想象的难度。新环境再好也是陌生的，宿舍里汇集从全国各地来的同学，学校里是高大陌生的建筑。常笑望着头顶的天空，心里说，李哲，我很想念你。

大一伊始，李哲和常笑之间最多的联系只能靠那根电话线，他们经常说着火热的话语，聊得整个话筒滚烫，似两颗渴望靠近的心。他知道她宿舍里每个女孩子的名字，她也知道他有一个上下铺的好友叫章凡。

常笑生日的时候，李哲为了给她一个惊喜，悄悄地买了去常笑学校的火车票。他依然没什么钱，经济是他最大的困难，他利用各种途径赚钱，打零工、做兼职、省生活费，也只能多买几张往返的车票而已。

为了省钱，他坐硬座，车上好像永远都有那么多人，挤在过道里，厕所前。硬座车厢也没人管制抽烟，烟雾腾腾，恶臭阵阵。一觉醒来，他的手臂已经压麻了。相隔两地的恋爱，甜蜜和酸涩都是一样多。

常笑并不知道他要来，和他通完电话之后，便和宿舍姐妹们一起出去庆祝生日了。他突然就这样满面风尘、一身狼狈地出现在她面前，常笑怔了几分钟之后，眼泪哗啦啦地流下来。一声不吭地出现，实在太不像李哲的作风了。

宿舍的姐妹们集体起哄，谁说李哲不是一个浪漫的人？席间常笑轮番跟她介绍，这位是来自重庆的罗罗，那位是哈尔滨的小陈……但他的眼里，只有常笑。谈笑风生的她，巧笑倩兮的她。几年后，他在街上遇见罗罗，她惊喜地认出了他，而他却一片茫然，除了常笑，所有女孩子的面孔在他眼里都是一个模样，李哲一个也没有记住。

短暂的相聚之后又是离别，送他上火车的时候，常笑有些依依不舍："不知几时才能再见。"

她如此的儿女情长，叫他放心不下，他刮刮她的鼻子："也许很快吧。"他没有告诉她，业余的全部时间，他都用来兼职赚钱，只是为了多一次相见。

看着车站里熙熙攘攘的人群，常笑口无遮拦地说："下次你坐飞机过来吧，不用这么挤。"

李哲笑笑，没有说话。

"你没有钱，我有啊！我可以过去看你。"常笑脱口而出。

李哲脊背突然挺直，但什么也没有说。她不知道哪句话说错了，也不知道如何收回已经说出去的话。不知人间忧愁的女孩，怎知生活的艰难。有些事，你即使说了，她同样不能理解。

常笑果然说到做到，对她来说，周末乘飞机辗转于两个城市之间，只是一件轻而易举的事情。当她在机场里兴致勃勃地给李哲打电话时，他正汗流浃背地往十楼搬运一桶矿泉水。她的到来让他颇感意外，为难多过于喜悦。

看看手边还剩下的五桶水，他犯起了难，且不说这个工作对他有多么重要，已经承诺过的事，他不想违背。

“喂，你难道就想把我丢在机场不管了？”常笑生气地嚷嚷。

“我也不知道你会来。”李哲为难地说。

“好，是我来错了好吧！”常笑挂断电话。

在这个陌生的城市里，她除了李哲也只认识陆然而已。陆然倒是很快赶到，他的身边带了一个女孩。他在酒店里订了一桌宴席，带着三分看好戏的心情请常笑和李哲吃饭。

等了很久李哲才赶到，汗湿的衣服狼狈的脸，与雅致的环境显得如此格格不入。陆然失笑，这就是常笑选择的人？他又有哪点，可以胜得过他陆然的？

不管心里有多么鄙夷，场面话总是得说的，陆然举起酒杯：“兄弟，我敬你一杯。”

“他不能喝酒，我替他喝。”常笑仰头喝下一杯酒。

公然的维护让陆然脸上有点挂不住，尽管他已经有了佳人陪伴，常笑却是他心中永远的向往，因为得不到，所以牵挂。

这顿饭大家各怀心事，陆然愤愤不平，常笑心有埋怨，李哲自卑无措，唯一心怀坦荡享受美食的，只有陆然的女友。

陆然和女友离开之后，李哲和常笑相对无言。

“你是不是觉得我来错了，我这就走。”常笑噙着眼泪，扭头朝外奔去。

他从来没有觉得她来是一种错误，他是恨自己的无能为力，恨自己的身不由己。让她在奔赴千里之后，还要等待着他。

他拦住她奔跑的脚步，将她狠狠抱在怀里，在她手足并舞捶打他之时，用唇堵住她所有的话语。他们彼此纠缠着来到酒店，她的处女时代终结在这一天，她永远记得那一天，生涩的少男少女，对彼此身体的探究都是第一次。生涩的疼痛，失败的颓然，燃烧的激情，在黑暗的房间里分享着身体的秘密。

她想起和陆然在宾馆里的抗拒，只因爱得没那么彻底，才会少一点动心和决心。而面对自己喜欢的男生时，她恨不得把整个的自己全部交付出去。

相隔两地的爱情，有守望、思念、奔赴、争执、流泪和妥协。距离让两个人的关系翻开崭新的一页。很多年后李哲在一个微博上看到说没有谈过长距离的恋爱不是真正的恋爱，他唯有苦笑，其中的酸甜苦辣只有自己知道。

常笑的离家，不适应的不止她，还有她的父母。她本来就是家里的活跃分子，她一走，连阳光和欢笑都少了很多。冷清萍一直是个不多话的人，保姆察言观色，连说一句话都怕丢下火苗，索性长时间保持沉默。

这些日子，这家里来得最多的就是方文静了。早、晚会各来一趟，每个星期为常家夫妻做一次例行检查，但除了分内事，她不知从何寻找话题开端。对常万峰，她是怕关心则乱；对冷清萍，她是怕开口泄露自己复杂的情绪。也许，沉默对她来说，是最好的相处之道。

在常万峰这里受过几次冷遇之后，常万山也很少登门看弟弟的臭脸，何况常万山现在大权在握，公司事务已经让他忙得不可开交，对弟弟的关心自然也淡了几分。

常家的房子很大，可却没有家的温暖。就连空气，也变得冰冷起来。

常万峰原本是最注重仪表的一个人，可车祸之后却变得不修边幅，行动因身体原因被限制的同时，思想也在这限制中扭曲起来。

就连冷清萍都捉摸不到他的脾气，好几次都被呛得说不出话来，只有常笑回来，家里气氛才会缓和几分，常万峰脸上也会露出笑容。可常笑长大了，她有自己的世界、自己的人生和天地，留给父亲的，只有无尽守望罢了。

常万峰也知道自己现在的脾气变得很古怪，连家人都不敢靠近，他也想回归曾经的自己，可每次看到那条残缺的腿，终生必须倚靠的拐杖，他就没办法令自己保持心平气和。

他想独自安静又渴望时刻得到冷清萍的关注，以前她总是随叫随到，而最近却有好几次都寻觅不到人影，一问，原来是外出未归。自结婚后，冷清萍相夫教子，一直是个居家型的人，鲜少外出。如今她的举动触动了他的敏感神经。他知道车祸之后，他不是一个好丈夫，不光在语言上挑刺，性事上也是淡漠应对。他无法面对自己残缺的身体，就连床第之间都需要妻子的协助。难道是因为长时间的冷淡，导致妻子的异心?

他很想偷偷地尾随冷清萍之后一探究竟，无奈他的腿是他的桎梏。只要有钱，没有办不到的事。不用他亲自出马，他依然可以监控妻子的一举一动。

常笑不知道的是，她不在家里这段时间，常家山雨欲来风满楼。

常万峰手里拿着从私家侦探处得到的一摞照片，禁不住双手颤抖，眼皮剧烈跳动。照片上清晰可见冷清萍和一男士来往过密，虽然都是在正经场合，咖啡店、茶馆，但那相谈甚欢的亲密姿态，刺痛了他的神经。他陷在自己的想象里不能自拔，那些画面不断地在他脑海里翻腾，提醒着他的头顶在冒绿光。

于是当冷清萍前来找他，还未开口之时他已经将一个巴掌重重地甩在她脸上。

“你……”冷清萍抚着半张肿胀的脸，不明所以。

一大堆照片如同雪花，劈头盖脸地朝她砸下来，砸在她脸上，尖利的相纸，生硬而疼痛。

他拄着拐杖，重重喘气：“你做的好事！”

她拾起照片，上面的照片同样震惊了她。

“你找人跟踪我？”她瞪大眼睛，不敢置信地说。

“跟踪你又如何？”常万峰哼了一声，“不跟踪，怎么能看到你那些见不得人的事情！”

“如果我说，我做一切是为了你，你信不信？”

“你认为呢？”常万峰像在看一个笑话，“你不甘寂寞你红杏出墙你说是为了我？”

“你有病，万峰！”

“我是有病，你他妈就嫌弃了我了是不是？”他越说越不甘心，反手掐住她的脖子，掐得她双眼翻白。

“你的心理真的有问题了！”冷清萍用力挣脱，抚着脖子，喘着气说，“万峰，你听我说，我现在……”

“住口！我不想听你们那些龌龊事情！”常万峰说完之后，愤愤离去，丢下一句警告的话语：“不要让我再看到这样的画面！”

冷清萍脖子上的伤势太明显，大热天里她也不得不穿上立领衬衫遮挡红肿淤青，有些事，越是遮掩越是掩盖不了，这场争斗，保姆和方文静均有耳闻，保姆保持着她一贯的沉默，方文静本想劝常万峰几句，但还未靠近他便被他冰冷的气场冻住了脚步，她如今又有什么立场劝人？她只有将药酒调好悄悄塞给冷清萍。

一年中最热的时节已经到来，到处都是热闹的气息，常笑也从学校归来，兴致勃勃地踏入家门。冷清萍和常万峰各有各的心事，互相掩饰，久未归家的常笑竟然没有看出来。在家待了几天之后，她撒娇般地向母亲请示："妈，我想和李哲一起去北海的涠洲岛。"

"好啊！"冷清萍一口答应。

常笑原以为得跟母亲软磨硬泡一会儿，没想到母亲如此爽快答应，倒出乎她的意料。

"妈，我是不是没有选择去国外，让你们失望了？"常笑忐忑地问。

"傻孩子，怎么会这么说呢？只要是你自己觉得快乐就好。"冷清萍轻柔地抚摸她的头发，擦了擦眼角。

"妈，谢谢你。"常笑抓住母亲的手，冷清萍不由自主地往后缩了一下，常笑问："妈，你怎么了？是不是有什么心事？"

"没什么，早点睡吧！"冷清萍不想让常笑知道太多，勉强掩饰着。

常笑也没有继续追问。对未来旅程期待的快乐让她身心充盈，没有过多地探究母亲此刻的表情是勉强多过欢笑。

那是她一生中最难忘的夏天。她和喜欢的男生一起见证了涠洲岛的宁静。

她和他并排坐在海边，在沙滩上光着脚丫奔跑着。晚上吃了很多海鲜，然后一起去看潮汐；步行去妈祖庙里求签，抽中一支上上签，笑得乐不可支。

李哲买了两个铃铛，上面刻着“莫失莫忘，不离不弃”。他拿了一个给她：“需要我时，摇一摇我就会出现。”她刮刮他的鼻子：“诺言如果不能实现便成了谎言。”

月光下她靠着他睡着了，睡颜恬静美丽，脸上的绒毛，嘴唇微微嘟着，粉嫩嫩的。这是她和他人生中最美好的时光。他亲吻着她的脸，她指着脸颊上的泪痣说：“如果我走丢了，你可以凭这个来找我。”

“我怎么可能会弄丢你，”他揽过她的肩，“你是我的小红豆。”

“那你，”常笑歪着头，想了一下，“你就是一块大石头。”她哈哈大笑。

那么多那么多快乐的片断，可惜不能永久保存。

她对于这个夏天后半段的记忆则是模糊的、混乱的、零散的。也许潜意识里，她就是想把它从记忆里完全根除。

可——怎么能忘呢，那样残酷的画面。

常笑和李哲归来那一天，天气如同前几天一样的燥热。也许是这燥热影响了常万峰的情绪，他看到冷清萍收拾妥当准备出门，心里便燃烧起了熊熊怒火。

“你又准备出门?”常万峰阴沉着一张脸问。

“是啊，我去接一个人。”冷清萍淡淡地说。

“接谁？那个男人?”

“是的，”冷清萍点点头说，“我让他到家里来给你看看。”

“你把我的话当耳边风，公然和别人出双入对?”

“万峰，你信我这一次好吗？我和他真是清白的。待会儿他来了你就知道了。”冷清萍耐心地解释说。

常万峰对着冷清萍高高地扬起拐杖：“你知不知道我这双腿是为谁而残废的?”

本想解释的冷清萍被他的这句话激起了压抑在心中许久的怒火。她闭上眼，任他打骂的表情：“我受够你了，这几年你永远是这种别人欠你的姿态。常万峰，就算我欠你的，我也受够了!”

常万峰忍无可忍地咆哮：“你他妈的受够我了，受够我了，你就滚，滚——”

拐杖落下，砸在她的腿上，她咬牙忍受，起来之后看了他一眼，那一眼含着悲悯，她说：“等着我。”然后绝尘而去。

也许是她的声音太轻，常万峰没有听到。

冷清萍走后，屋里的寂静凌迟着常万峰的神经，他如同困兽，惶惶不可终日，这样的日子，活着对他来说与死又有什么区别?所有人都会离他而去，曾经相濡以沫的妻子，曾经刻骨铭心的恋人，曾经百般疼爱的女儿……

生无可恋，死亦不可怕，绝望中的常万峰用刀划开了手上的静脉。看着鲜血流而出，他的脸上浮现出解脱的微笑。

也许是他命不该绝，这时候是方文静每天必来的时间，她扑到常万峰身边，吓得六神无主，紧握住他流血的手腕，泣不成声：“万峰，你这是何苦呢?”

“静静，你让我死吧……”常万峰推开方文静抓住他的手，抓起地上的刀。

“我不会让你死的。”方文静坚定地说道。

而冷清萍此刻也仿佛预知到什么，心神不宁地倒转回来。看到纠结着抢刀的两个人，同样也是吓得魂飞魄散。

“万峰，你这是做什么?”冷清萍去抢常万峰手上的刀。

他睁开眼，嫌恶地看她一眼：“你又回来干什么，没跟你的情夫出去风流快活？”

“万峰，要怎么说你才相信我？”冷清萍瞬间红了眼眶。

“我不相信你，除非你死了我才相信你。”常万峰把刀递到冷清萍手上。

“好啊，如果你想我死的话——”冷清萍幽幽地接口，“把刀给我。”

“他疯了，你怎么也这样？”方文静喊道。

常万峰充耳不闻，他将刀递给冷清萍的同时，方文静忙不迭地过去抢刀。三个人就这样抢夺着那把锋利的刀，你推着我，我推着你，纠缠不休——谁也没有看清那一幕是如何发生的——常万峰突然感到手上有温热的气息，他低头一看，那把刀，在他用力的推动中，已经刺入了冷清萍的腹中。

鲜血让他混沌的思维冷静下来，他颤抖地说：“怎么会……怎么会这样？”

越来越多的血，从冷清萍的腹中涌出，染红了她的身体还有他的手。

“你……你不要死，我马上叫救护车。”常万峰牙齿打着战，哆哆嗦嗦地说。

冷清萍呻吟着睁开眼：“你真的……那么恨我？”

“不，不是的……”他抱着她的头，彻底慌了心神，“我是因为爱你。”

“万峰，如果可以，我真的想把这条腿还给你，只要你不是那么折磨你自己……”

冷清萍头一歪，陷入昏迷状态。

“赶紧打电话啊，救她——”常万峰失控地大叫起来。

“把刀给我，你打急救电话。”方文静伸出手。

“你?”他惊愕地看着她。

“对，我。”方文静像是下定决心，“是我失的手。”

她不由分说抢过他手上的刀，拨通 120 将电话递到常万峰嘴边。

外面传来欢快的脚步声，是常笑和李哲回来了。打开门的瞬间，方文静下意识地用手挡了一下迎门而入的阳光。她看到李哲和常笑惊愕的双眼。

天堂和地狱之间的距离，原来只需要一步，或者一秒。

第十九章　遥远的伊人背影

警车和救护车的声音此起彼伏，由远及近，直击人心。

医务人员匆匆赶到混乱的现场，将渐渐冰冷的冷清萍抬至救护车，警察忙碌地检测着现场，常万峰、方文静、李哲、常笑作为现场人员，自然也被带到公安局讯问。

自看到母亲倒在血泊中的那一刻开始，常笑的世界便轰然崩塌了。她看着人群在她面前来来往往，忙碌地抬担架、取证、问话，眼神木然。直到冷清萍随着救护车忽啸而去，李哲递了一杯热水给她，她才从一片木然中惊醒。她一抬手打翻李哲递过来的热水，恨恨地看了他一眼，然后向着救护车的方向追去。

热水泼洒在手臂上的感觉，灼热钻心，李哲却感觉不到疼痛。他的震惊和痛苦并不比常笑少。他所在意的人，他的亲人，每个人都牵扯其中，陷入万劫不复的旋涡。

在去医院的路上，冷清萍彻底没有了气息，那一刀刺得太深，又正中要害部位，即使有医生的救治，也是无力回天。

常笑赶到医院的时候，只能看到母亲蒙着白床单的尸体。医生遗憾地将事实告诉她，她不能控制全身的颤抖，牙齿上下打战："医生……你说什么？"医生再一次宣告了冷清萍的死亡。

仿佛有重锤狠狠地敲击着她，她伸出手指，颤巍巍地想要掀开床单证明此事的真实性，手刚掀起一角便再也抑制不住内心的痛，她直直地朝后倒去，幸好护士眼疾手快，才免于她与地面的猛烈碰撞。

见惯生死的医生也对这个被突来噩耗击倒的女孩抱以同情地摇摇头。任谁高高兴兴回家，却见自己的亲人倒在血泊中都会受到刺激的吧。

常万峰此刻正坐在公安局的审讯室里，做第一次的审讯笔录。常万峰的手做了简单包扎，但他像被人夺了心魄，眼神涣散，嘴唇哆嗦，问他十句才勉强回答一句。警察对视着摇摇头，看来得让常万峰平静下来才能问出话来呢。

审讯只有从另一位在场的嫌疑人方文静着手。没想到方文静一口承认人是她杀的，她和冷清萍起了争执，夺刀的时候，她不慎将刀插入她的腹中。

而另一边，常万峰也默认了她这种说法。人总归是自私的，他不想让自己深陷牢狱，一想到暗无天日的牢狱生涯，他便觉得不寒而栗。于是在方文静愿意站出来为他顶罪的时候，他选择了缄口不言，也许是他尚想给常笑留下一丝丝的幻想，不想让她终生背负父亲杀死母亲的心理负担。

红尘中，为爱痴狂的永远是女人。哪怕多年来心如止水地度过每一天，哪怕她韶华已逝，哪怕她与别的男人生儿育女，在这等危急关头，只有她愿意以她的自由换取他人生的清白。深藏多年的秘密被曝光，她也在所不惜。

冷清萍被杀的案件初步调查为：常万峰由于意外的车祸导致心理抑郁，在想要结束生命之时被方文静劝慰而引起冷清萍的误会，两人起了争执，在打斗之中方文静误杀冷清萍，加上有常笑和李哲的亲眼所见，一切矛头都指向方文静。

在公安局里被问完话之后，李哲急忙赶到医院，他已经从警察口中得知冷清萍身死亡的消息，他的心中充满着苦涩，他亲身经历过父亲的意外离去，直到很多年后都不愿回想。他不知道常笑如何承受这种失去亲人的巨变。

常笑一直守着被白布紧紧包裹的母亲，陷在母亲离去的悲痛里，回想着母亲生前的温柔目光，软语叮咛。离开也就几天而已，回来却是天人永隔，往事不能回忆，一碰便觉得痛不能当。

远远的，李哲就看到常笑的单薄身影，连抽泣都变得失去力气。他不知道能够说什么，如何安慰她，他只有伸出双臂，紧紧拥抱住她。排山倒海的苦痛和悲哀将常笑彻底淹没，她把头埋在他的怀里，双肩剧烈地颤抖，想要极力压抑自己的情绪，却终于无法掩饰，在刹那间爆发。

她一个激灵从他怀中挣脱，恶狠狠地看向他："你母亲，是凶手。"

李哲虽然觉得事有蹊跷，但在常笑如此凶狠的目光注视之下也说不出个所以然。他颓然地低下头看着自己的足尖，苦涩弥漫，尽管他知道，常笑知道，按情形方文静是失手酿下大错，此事与李哲也没有什么关系，可常笑没办法心平气和地面对他，没办法接受杀她母亲凶手的儿子的怀抱。

常家的这场命案以方文静的主动认罪结束第一轮调查工作，虽然对外封锁了消息，但免不了有走漏风声的闲言碎语。人们在茶余饭后将此做为谈资，津津乐道，这是一个多么吸引眼球的八卦题材啊：暗恋男主人多年的家庭女医生，失手错杀女主人。到底是失手还是故意，也许只有她自己才心知肚明。

冷清萍的意外离去使常家蒙上了一层愁云，常笑终日将自己关在屋里，对着母亲遗像流泪或者喃喃自语，哭累了说累了便蒙头大睡，醒来又继续哭，周而复始，精神状态令人担忧。

常万峰看着女儿失魂落魄的样子，有好几次想告诉常笑真相，走到门口举起手又不敢敲下去。他不知该如何面对女儿，整天郁郁寡欢，一个美好的家庭因为女主人的离去变得支离破碎。

此刻，也只有常万山出来主持大局，每日都抽时间过来看看弟弟和侄女，吩咐保姆有条不紊地做着一日三餐，打扫脏乱的房间，冷清萍的身后事也大多由他办理。

也许只有在痛苦面前，相互隔阂的两个人才会放下成见，感受血缘亲情的可贵。

在冷清萍下葬之后第十天，有个陌生男人突然找上门来，开口便是找冷清萍女士。

“你找……太太?”保姆张口结舌，不知如何作答：“你难道不知道她已经……已经……”

“已经怎么了?”男人不明所以，问道。

常万峰闻声从屋里走出来，现在还会有谁找他太太呢？面前这个人似曾相识，他仿佛在哪里见过他。他在记忆里搜索着这个男人的面孔，想起来了，他……他就是和冷清萍见面的男人！他来这里做什么？难道他们真的有不可告人的关系？

常万峰陷在自己的想象里，拳头不由自主地捏紧。

“你好，我是阳光心理咨询所的李医生，半个月前冷清萍女士和我约好来见她的家人，但我与她联系之后，她就再也没有出现了，于是今天公司派我来看看。您就是常先生吧，常太太跟我说起过您的情况，我还跟她推荐过几个治疗方案，不过都需要您配合才行。”

常万峰握紧的拳头开始放松，心却紧缩起来：“你……是心理医生?”

“是啊。常太太来咨询过几次，都是谈论您的病情。”心理医生说着，却见常万峰的身体慢慢倒下去，顿时急得大喊，“常先生，常先生……请问你怎么了？”

常万峰真想一睡不起，他陷入很深很深的梦境，他看到妻子的笑脸，在他面前慢慢涣散。如果时光可以倒流，如果他没有在残疾的阴影里看不到一丝光明，如果他没有患得患失，如果他对妻子保持足够信任，不疑心重重以至于听不进冷清萍任何解释，今日他就不用在梦里追忆她的笑颜。

他睁开眼的那一刻，所有温存画面灰飞烟灭，那一刻他下定决心，他要为自己所犯的错误付出代价。

警察恰好也在此刻找上门来，没待他们说什么，常万峰主动伸出手承认：“不用查了，凶手是我。”

常万峰的供词与新的证据完全吻合。经法医鉴定，常万峰当天所穿衣物上的几滴血液是喷溅上去的，只有执刀者与死者正面接触才会被喷溅到血液。

法庭上，法官宣判了对常万峰的判决：常万峰，因意外杀人罪，罪名成立，被判入狱十一年。常万峰低下头，他的敏感多疑，最终让他断送了最爱的人的性命，他想用自己的后半生为妻子赎罪。

他唯一觉得无法面对的，是他的女儿常笑。

常笑自然无法接受这现实，如果说方文静的失手令她震惊悲愤，那么父亲的认罪无疑是在她心上原有的伤痕处剜上了几刀，已然破碎的心在其中反复煎熬，听到父亲俯首认罪，她失控地在听众席里悲愤大喊：“为什么……为什么是你？是不是她指使你改的供词，是不是？是不是？”

法官敲了很多下梆子都起不到警示作用，只有叫法警把她带出庭外。

李哲不放心地追出去。

方文静当庭释放，她和常万峰对望，一时百感交集。她原以为自己的后半生就这么过了，在暗无天日的牢房里，重复着一天又一天，没想到常万峰在默认之后又推翻之前的一切，她由此重新获得了自由，世事变化，从来都由不得人心。

这次常笑没给李哲机会跟在她的身后，一出法庭，她便不见了人影。

李哲问了很多人，都不知道有这样一个女孩子离开法庭之后坐的什么车，走的什么方向，去了哪里。李哲辨不清东南西北，他第一次知道即使在不大的C城里想要找到一个人也不是那么容易的。只要她不想告诉他，就像一滴水融入大海般无处寻觅。

他去了冷清萍的墓前，看着她昔日的笑颜如今只能嵌在石碑之上，心里也是悲凉不已。常笑不在这里。他祈求着冷清萍能够保佑常笑平安无事。

常笑并没有走远，她躲在法院外的墙角里，看着焦急地李哲寻找她。只是此刻的她，只想沉浸在自己的世界，伤痛也是她一个人的事情。即使亲密如李哲，她也不想向他敞开心扉，他们如今的关系，已经因为这个意外事故降至冰点。

从法院出来之后，她不知道能够去哪里，如一缕轻烟般游荡在C城的大街小巷，只有不停地走，走得双足酸软疲惫才不会有多余空隙去思念，去伤痛。

她不知走了多久，等她实在走不动时，看到路边有一个公用电话亭。她拿起电话，拨了十一个数字：“妈，你在那边过得怎么样?”

“我过得很不好……不好……”

“妈妈，我过得很不好，你看见了吗?”

“妈……”

回答她的，只有“您拨打的用户已关机”这机械的话语。她的力气终于消失殆尽，蹲下身在电话亭里悲恸大哭。

她的心里，满是这碎裂般的疼痛，撑得她整颗心满满的，眼泪也缓解不了这钻心刺骨的痛。

李哲奔波找寻了一天，常笑依然没有踪迹。眼看夜幕降临，方文静做好简单的饭菜，母子俩相对无言，默默吃饭，方文静问道：“还没有找到她?”

李哲点点头，掩不住眼里的担忧之色。母亲说：“如果她存心让你找不到，你便找不到。”

好像每个人都是这样，有洞察人心的眼睛，看穿别人的心，到自己这里之时，却往往被感情蒙蔽。

仿佛知道李哲想的是什么，方文静说：“李哲，常笑不信我，你信不信我?”

李哲默不作声，他已经被他们上一代的恩怨搞得筋疲力尽，不愿再去轻易说相信。母亲重获自由，对他来说当然是一件好事，可一想到常笑，母亲死父亲坐牢，他的喜悦也蒙上一层悲凉色调。

夜幕深重，躺在床上的李哲翻来覆去，却怎么也无法入睡。忽然，他听到一阵敲门声，敲碎夜的寂静。

他翻身下床，方文静也被这敲门声惊醒起来，一边走到门口一边问道：“谁啊?”

“我。”细微的女声回应。

李哲心跳加快几分，是她，真的是她。

李哲先于母亲几步打开门，门外的人头发凌乱，满脸悲痛之色，与之前无忧欢笑的她判若两人，被泪水浸泡的眼睛布满血丝，憔悴堪怜。打开门的瞬间，她的眸子突然一亮，寒光一闪，狠意乍现，随身抽出一把刀对着方文静不管不顾地扑了上去。

“妈，小心——”李哲下意识地挡住那把刺向母亲的刀，尖利的刀瞬间划破他的胳膊。

滴在地上的血迹使常笑停止了疯狂的举动，手一软，刀哐当一声掉落在地，她咬咬下唇，默不作声地转身离去。这一刺似乎耗尽她的全身力气。

“你怎么样了，让我看看。”方文静焦急地查看李哲的胳膊。

李哲这才觉得胳膊火辣辣地疼痛，让他更痛的是他的心，常笑眼里的快乐一去不复返，只有恨意和绝望，一切让他心痛而无能为力。

那天晚上，他在她家门外站了很久。她知道他在外面，但她不会出去，他们之间已经没有未来，从看到那把刀开始，她便知道属于他们的美好已经灰飞烟灭，未来也无路可寻。

这样的常笑，境况也确实让人堪忧，常家现在已经无人看管，常万山自然得以入主公司。常万山去监狱里看望了常万峰，他自然也是焦急如焚，于是在做出深思熟虑之后，关于常笑的未来，他和常万山签署了一份协议。

然后，他对前来看望他的常笑说：“离开这里吧，笑笑。”

“去哪里?”

“我已经让伯父给你安排了伦敦商学院。”

“嫌我在这里碍手碍脚了吧，”常笑冷冷地哼了一声，“放心，我没伤着她。”

“你——唉!”常万峰不知怎么劝说走进死胡同的女儿。

他现在已经无可奈何，唯有希望时间过得快一点，再快一点，可以平息她心中的创伤和怨气。

第二十章　伸出手却只能抓住风

时间不会为任何人的悲伤而停住匆忙的脚步。暑假很快过去，李哲即将启程返校，等待常笑的，却是茫然的未来。学校她自然是不愿意再回了，她家所发生的事，足以令她成为同学们关注的焦点，她不想活在大家同情或怜惜的目光里。

也许离开，是她唯一的出路，反正这里的一切，亦无可念之处。

除了，那个他。

回到学校的李哲自然也是心神游离，女生总是愿意将自己的心情和别人分享，不管是喜悦还是悲伤，而男生却恰好相反，他们宁愿将心事深藏于心，面对最好的朋友也保持着沉默。章凡看出了李哲的无精打采，好几次问他，他都缄口不言，不肯透露半句。所以即使章凡知道他有一个很要好的女朋友，但他从来没有见过她，连她的姓名都不知道。

这是常笑的家务事，他有保护她的义务。章凡只当是恋爱的两个人闹了别扭，嘻嘻哈哈地不当回事，谁的恋爱不是这样呢？他也如此，尽管他一心一意地对待着女友谷穗，但天性油嘴滑舌的他总是喜欢和别的女生调笑几句，常常惹得谷穗脸挂冰霜，几天不搭理他。恋爱不就这么回事么，高兴有时，生气有时，但只要你的心里只有她，天大的问题都可迎刃而解。

这时候的章凡，心境是如此的积极向上，所有问题在他眼里看来都可迎刃而解。

李哲只有用电话线传递着自己的关心，但两个人在电话里除了例行公事般的问候，更多的是可怕的沉默。她不想改变，他也是无能为力。

心事如此压抑，无法排解，何以解忧，唯有杜康。他只有叫上好友章凡，一杯酒下肚，他的脸就被酒精烧得通红，皮肤也有着微微的刺痛。章凡问："喂，老兄，你最近是失了心还是丢了魂，横竖看你不对劲啊。"

"呵呵，是吗?"李哲傻笑着反问。

"和你女朋友吵架啦?"章凡试探地问，"你啥时候让她过来，我帮你开导开导。"

李哲摇摇头，他倒希望这一切真的只是吵架那么简单就好，他理着头绪，思索着怎样对好友开口，正在这时，他的电话响了，上面是一个陌生的电话号码。

"喂，你好。"他接听。

"是我。"声音清清楚楚地从话筒里传出，是她。

他将电话拿到眼前，陌生的号码，是一个本地的座机电话。

"你在哪里?"他的声音不自觉地有些发抖。

"在你的学校门口，"常笑说，"你会出来吗?"

"你等我。"说完他挂断电话，抑制不住猛烈的心跳，常笑竟然会在这个时候出现在他的校园门口。他跟章凡交代一声，朝校门口跑去。远远地，他就看见路灯勾勒出她单薄的身影，李哲不敢眨眼，他怕眨眼的瞬间她便会从他眼前消失。

等快到她身边时候，他停住脚步。双目对视之时，流走的滔滔时光重聚。有千言万语堆积在胸口，问出口却只有一句："你，好吗？"

这是她家庭变故以来他们两人第一次相聚。

常笑微微一笑，不胜凄然："我很不好。你呢？"

曾经的她，就像一个云端的公主，受到万众瞩目，千般宠爱，在云端闪耀着灼灼光华，如今一场惊天变故，她从天堂跌入地狱的深渊。这一道划在心上的伤痕，恐怕永远都无法痊愈。

李哲不知道可以说什么做什么才能令眼前这个女孩停止悲伤，他只有和她一起承担，不管是现在的悲伤，还是未来的迷茫，只要她愿意。

他一生最美好的场景，便是遇见她。她在他心里留下的一粒沙，在心里早就被时光打磨成一粒珍珠，他珍视着她的光华并想保留到永远。

校门口并不一个倾谈的好地方，加上天色已晚，他也必须为她找一个栖身之所。李哲将常笑带到校外的旅馆，摸遍全身上下才勉强交齐住宿费和押金，在旅馆老板暧昧的眼神里，他接过房卡。

他带她上楼，用房卡打开门，正准备插卡取电之时，她的手覆盖上他的手，低语道："别开灯。"

她的手很凉，随之而来的是她的唇，似有一种奇异的热度，覆盖到他唇上，点燃他体内的熊熊大火。他们如同两条鱼，彼此需要，彼此索求。

她狠狠地在他手臂上咬了一口，不给他任何思考的机会，极致的欢乐之后竟然是这样的痛楚，他只有咬牙忍受。

她终于松开口，腥甜的血在口腔里弥漫，鲜血渗出来。她蒙在被子里，哭得不可抑制，李哲轻抚着她的黑发。如果，这样能够让她好过，他甘心承受。

他和她，如飞蛾扑火般的热情终将在天将破晓之时消退。良辰即将逝去，面临分离时分，不管多么用力的拥抱都无法阻止时光的逝去，不免怅然。

“和我一起走吧，李哲。”常笑终于说话了，却是这样一个大胆提议。

“走？去哪里？”黑暗中李哲看不清她的脸，他茫然地开口。

“随便去哪里，”常笑说，“只要不在这里。”

她想离开C城，那里的一切都让她窒息，家已经不再是以前的家，她犹如一株浮萍般独自漂泊，曾经给她温暖和欢声笑语的家，如今已经变得冰冷凄清。

即使常万山一家在看到她的可怜处境之后搬进来也丝毫没有填补她心里残缺的那一块亲情。在常万山的关照之下，常心不再和她争锋相对，伯母余丽看到她也是嘘寒问暖，只是在那些笑容里，依然透着疏离，常笑知道她们已经尽力。她并不想埋怨谁，只是想逃离。

还有一年，李哲便可以学成毕业。此刻的他，依然无法潇洒地独立自主，就连给旅馆的钱都要倾其所有。他的学业已经到了关键时期，此时的他有什么，热血和青春，谁会稀罕？

可是，再过一年也许会不一样，带着鲜红的毕业证是他闯荡社会的唯一凭证。如果此时放弃，他的前途将会有着怎样的变化和未知？

问题太多，都不是现在的他们所能够解决的，但既然她已经下定决心，他不会让她一个人承受未知的迷茫。

在他思考的间隙，他突然听到一阵清脆的摇铃声，是常笑摇着他送她的铃铛。

莫失莫忘，不离不弃。

他拥她入怀，赤裸火热的身体，坦诚的相对，紧紧的依靠，他下定决心，说："我和你一起走。"

在黑暗中她微笑着入睡，任世事变幻莫测，至少还有一个人在她身边，这多么好。

第二天李哲以家中有急事为由向老师请假，在他和她携手远走之前，至少得回家和母亲告别，他的母亲多年来对他的教导，谈不上尽心，但已经尽力。现在他连一个回报都不曾给予，便要留下母亲一人独自对抗生活中的孤苦，他心里也是苦涩不已。

人的一生仿佛总是面临着很多选择，选择情，选择义，好像都不免留有遗憾。

常笑也去看望了牢里的父亲，他剃了头发换上囚衣，完全不复曾经的儒雅风范，看到常笑出现，常万峰沉寂的眼底呈现一点活泛的颜色："笑笑，你来看我？"

常万峰老了。这件事不仅毁了她的母亲，还有她的父亲。他消沉颓废，成了一个不折不扣的踏入暮年的中老年男人。

"是的，"常笑平静回答，直言不讳，"我要离开这里了，和你告别一下。"

"你去哪里？"常万峰问，"你准备接受我的建议，去国外念书？"

"不，不是。"常笑摇头。

"那你去哪里？"常万峰急促地追问。

"爸爸，我去哪里不需要让你知道。"常笑冷冷的眼眸扫过他，"总之不是听从你的安排，而是听取我自己的心。"

"笑笑，你完全没经过考虑就冲动做的决定，你会后悔的。"

常万峰劝着她。

“爸爸，让我告诉你什么叫后悔。”常笑的一双眼睛，燃烧着熊熊怒火，“我后悔我亲手打开了那道门，我后悔我的眼睛为什么没有在当时瞎掉，我后悔有你这样的父亲!”

她带着恨意转身离去。

常笑的愤怒让常万峰手足无措，他清楚地知道冷清萍的意外身亡对常笑的打击是多么的巨大。比起女儿，他的后悔更为深重，可是他向谁诉说？如今说这些又有什么意义？对于常笑，他的一切解释和语言都显得过于苍白无力。如果用余生可以换取心灵的平静，赎清他当日的冲动，将后半生的自由交付在牢里他也愿意。

与此同时，李哲也回到家中，冷清萍的死让方文静的身份在常家也变得尴尬起来。虽然常万峰曾经有留话继续关照她的生活，但她已不愿再踏入常家家事纠纷中，凭着多年行医经验，找个工作倒还不算是难事。她在社区外的药房里找到一个营业员的工作，从大医院的主治医师到药店营业员，李哲不是不为母亲唏嘘的。

趁着方文静不在，他把衣物、证件和一些重要东西打包放进一个皮箱里，收拾东西的时候，他努力要让自己快一点，思考得少一点。这样，他才不会想到母亲离开他的孤苦无依，他的心才不会在软弱中颤抖。收拾完东西之后他又将家里打扫一遍，为母亲做了她喜欢吃的饭菜。

屋里的整洁和亮堂让方文静以为踏错了家门，直到看到端出菜的李哲，她才回过神来。

“咦，你怎么回来了?”方文静边放下包，边问道。

“我……临时放假。”李哲吞吞吐吐地说。

方文静来来回回地巡视，特意到他屋里查看一番，李哲有些心虚。幸好他已经将皮箱藏在柜子里，方文静没有看到。

母子俩坐到饭桌前，李哲夹起一个红烧狮子头放在母亲碗里，方文静咬了一口五味杂陈的狮子头，用调侃的语气说道：“如果我没有记错的话，这是你第一次给妈炒菜。”

“妈，你多吃点。”李哲实诚地说。

“好难得啊。”方文静看了看桌上的菜，“都是我喜欢吃的，你做这么多，好像是怕我以后吃不到似的。”

李哲的心，无端地惊了一下。

吃完饭之后，李哲主动把碗筷收拾进厨房里清洗，水柱打在手上，他思索着怎么对母亲说出口。方文静已经坐在电视机面前，对李哲说道：“李哲，过来，今天你给我洗洗脚吧。”

李哲端来一盆水，将方文静的脚浸泡其中，他的手抚摸着方文静瘦骨嶙峋的脚，来来回回细细地揉搓，比起当年方文静的风华正茂，岁月已经让她改变了太多、太多，他愧疚得不敢抬头。

“你要离开，是吗？”方文静问道。

他们毕竟是母子，身体里流着同样的血液，李哲的一丁点变化，方文静岂能不感知？一向重视学业的李哲无端端跑回家中，为她做了一桌她最喜欢吃的饭菜，屋里收拾得异常干净，她明白他的心思。

眼见李哲不回答，方文静再次问道：“你要丢下我，和常笑一起离开，是吗？”

“妈，我对不起你。可是，我不能丢下她一个人。”

方文静叹了一口气：“你没有对不起我，你只是对不起你自己。”

“妈……”面对母亲，李哲有太多的话语说不出口。

“你们走吧，能走多远？你以为这叫付出？不，等到你们贫穷度日，相对争吵你才知道现在的决定是多么愚蠢。她现在也只是一时昏头而已，你们俩到一个陌生地方，拿什么来生活？你的劳动，她的身体吗？你们的爱情会维持多久？”方文静的话，句句尖锐。

“不，不会这样的。”李哲摇头，他更想说服的，也许是自己的心。

“李哲，一段平淡的岁月，足以杀死所有的爱情。清醒过来吧，你和她都有更好的未来。”

李哲从来不知道母亲这样雄辩，更可怕的是，她似乎字字句句说中了他的内心。

于是，第二天到了约定地点，约定时间，常笑没有等到李哲。从早到晚，从日出到日落，他都没有出现。方文静把他锁在屋里，外面加了两把锁。她还是不能确定儿子最后关头会不会头脑发昏，走岔他一生中最错的那条路，于是只能用这种方法，替他断了那个念头。

常笑一遍一遍地打他的手机，电话不在他的手上，方文静也没有接听，任它一遍遍地响着。

电话铃声一次又一次地响起，凌迟着李哲的神经。

“妈，你把门打开。”李哲在屋里喊道，“我去跟常笑说清楚。”

方文静冷静地回绝：“你这是何必呢？再见一面，也同样无济于事。”

“那你把手机给我，给我——”最后两个字，他几乎是吼出来。

方文静帮他接的电话。仿佛已经知道电话那端的人是谁，她先一步开口说道：“莫失莫忘，不离不弃，结果还是会成为谎言。你告诉李哲，我曾经等过他。”

等待是何等的煎熬，只有她自己才知道。如果不是下一秒的希望在支撑她，恐怕她会崩溃当场，直到最后，他都没有出现。

在年幼的时候，冷清萍曾经给她讲了一个故事：一个士兵等待了公主九十九天，却在一百天到来的时候，放弃了对公主的爱。李哲，就是那个士兵。他守候了她十年，却用一天的时间来放弃。

一个月之后，她在家人的簇拥之下，启程去了英国。那边已经安排好学校，只待她过去便能够顺利入学。电视剧里，男主角都是最后关头拉住女主角的胳膊，留住她远行的步伐。常笑知道，她等不到这偶像剧里的一幕。

他一直都躲在她的身后，偷偷地凝望和注视，却不敢张口呼喊。

“你怎么还在这里？该登机了。”常万山站在她身边，对她说道。

她知道他的目光在她身后，可她偏不回头，偏不让他看到她脸上的表情，既然他选择站在她的身后，那么她不会让他看见离开之时她脸上的表情是欣喜还是眼泪。

“你来，我们一起走，你不来，我一个人走。保重。”

她用手机编辑了这条短信发送出去又觉得矫情万分，于是取出手机卡，想了想，索性连手机一起都扔进垃圾桶里，到英国的她，是全新的无任何牵挂的她吧。

“小姐，你的电话。”机场工作人员喊住常笑。

她笑笑对工作人员说：“送你了，你要不要？”她这个时候还有心情开玩笑。

笑着笑着，她伸手抹去眼角的两滴眼珠。

看着她渐渐远去的身影，李哲伸出手，却只能抓住风。

就这样，她留在了他记忆的时光里。

第二十一章　爱和恨的距离

当常笑的身影渐渐走出李哲视线，他无论多么用力也只能看到一片空茫之时，他再也抑制不住内心的颤抖。此去经年，相见无期。

他看到常万山一家在送别常笑之后，离别的愁绪并没有在脸上作过多停留，开始讨论着晚餐的菜式；他看到机场里送别的情侣，执手相看泪眼着不舍；他看到旅人回归之时脸上幸福的疲倦；他看到出游人士侃侃而谈的期待……每个人好像都有着自己的旅程和故事。

他不知坐了多久，手底下丢了一堆烟蒂，袅袅烟雾也带不走他的愁绪。

李哲那天回家之时已经很晚，方文静却坐在客厅里等他。一见他回来，方文静紧绷的神经松弛下来，嘴里却依然淡然地说："你回来了，那我休息去了。"

李哲点头，这是他的家，他千百次想逃离却迈不开步伐的家，他和母亲，彼此疏离却又牵连不可分。他没有办法选择自己的亲人，也没有办法选择自己的环境。家是他一直不停抱怨的地方，他却没有勇气真正离开这里。

心再破碎，他也会感到疲累，晚上洗漱的时候他看到自己的脸，青绿得骇人，似有一层灰败之色，那是绝望铸的壳，将他紧紧包裹。

那之后，他将自己丢在无尽的睡眠里，不知睡了多久，母亲的呼喊、闹钟的噪声他充耳不闻，直到章凡的一通电话打来，叫醒他："哥们，你玩失踪呢！"

"唔。"在被子黑暗的世界里，他应了一句。

"你到底怎么了？还准不准备回来？"章凡急急地问了一句。

"我，不知道。"他懒散地回答，这一刻他真的想放弃一切，什么学业前途，去他妈的！

"我说，你这性子耍得太过了吧，学校多你一个不多，少你一个不少，如果你再不回来，校务处马上给你办理退学手续，你等着吧！"章凡的话虽然不中听，却是事实。犹如当头棒喝一般，他从沉溺和颓废中醒来。

他最后的放手，到底是为了什么？如果连手里仅剩的都不能抓住，他还剩有什么？既然已经选择朝前走，那就不要回头。忘不掉，那就把她封存在时光里吧！

第二天他便收拾行装回到学校，章凡对他的事多少知道一些，不过他现在和女友谷穗的爱情正是好得蜜里调油之时，对李哲的失落无法感同身受。他只有豪气万丈地拍拍李哲的肩："兄弟，这女人嘛，旧的不去。新的不来，改天我给你介绍几个低年级的学妹，嫩得可以掐出水来……"

"得，你老兄自己留着吧。"李哲苦笑道。

"我有这个心没这个胆啊！你知道我这一上贼船就……哎哟，谁扭我耳朵？"正说得热火朝天之时，章凡大叫起来。

扭头一看，原来是他的女友谷穗，带着七分戏谑三分威胁地望着他。

“轻点，我的小姑奶奶。”

“怎么，你还想有其他想法？”

“不敢，不敢，我是那孙悟空，你就是那如来佛，我哪翻得出你的手掌心啊！”

“贫嘴！”谷穗笑着打他一下，两个人笑笑闹闹着打成一团，李哲有些无奈地看着章凡和谷穗相互打闹。这哪里是兄弟之间的安慰，分明就是赤裸裸地显摆。不是每个人的爱情，都像他的爱情一样，未盛开到极致便颓然得只剩下灰色剪影。

常笑离开之后，时间于他，仿佛成了无尽的荒芜。他把所有的精力和时间都投入到书本中，试卷上的分数回报了他的努力。章凡倒也说到做到，给他介绍了几个低年级的学妹，结果都以李哲的不解风情告吹，章凡几次都好奇地追问是何等佳人才令他念念不忘，但李哲不愿意触及伤心往事。

而到了后面，章凡也没有兴趣对李哲的私事紧追不舍，他们毕业了，找工作成了头等大事。李哲因为成绩优异被校方推荐进了一家律师事务所，而章凡在学校里度过吊儿郎当风花雪月的四年，出来才知道美好的理想只存在于想象之中。

他像每一个初出茅庐的大学生一样，心怀理想却屡屡在现实中受挫，每一份工作都好像只能给他带来问题和烦恼，工作走马灯似地换，积蓄日渐稀薄，每次谷穗怯生生地说可以找她在国外的母亲帮忙的时候，都被章凡粗声粗气地吼了回去。

为了证明自己，太想成功的他寻遍所有亲戚和朋友，筹得十万块钱买来一批建材产品，兴致勃勃地开始创业征程。那段时间，章凡每天沉浸在自己编织的发财梦里，以致忽略了谷穗越来越苍白的脸和偶尔纷扰她的头痛。

谷穗独自去了医院，得来的消息却令章凡措手不及：她怀孕了。这个孩子来得真不是时候，章凡完全没有要做父亲的喜悦，他没做任何思索便叫谷穗去打掉这个孩子。为此事，谷穗和他爆发了激烈的争吵，不过最终拗不过章凡的固执，含泪去了医院。

即使章凡用尽全部心力投入到生意上，也改变不了他的创业之路走向绝境。而在这个时候，他最信任的人没有站在他的身后给予他支持，反而给了他最致命的一击，某天他回到家中，谷穗却不见了踪影。

她走了，带走了她所有的东西，切断一切可跟她联系的通信方式，没有留下任何语言。她的离开是压倒骆驼的最后一根稻草，章凡觉得心灰意冷，生无可恋，他将自己沉入到冰冷的海水中，是尾随而来的李哲救了他，在他再次走向海水的时候给了他重重一击，打得他的嘴角溢出鲜血，也令他在海水的倒影中看到自己令人生厌的模样。

一般寻死被救起的人都不会再犯同样的错误，章凡也是如此。他本一心一意对待爱情，谁想到落得这般下场。他发誓以后再也不会对谁袒露真心，再也不会。爱情，给过他无法忘却的美好，更多的却是蚀骨的伤。

两个伤心人，只有把大把时间投入到工作中。只是和恋人分开之后，两人对待感情的态度，开始大相径庭。李哲心如止水，而章凡在伤心欲绝平静之后，仿佛看透人生和爱情，开始游戏人生。

一段陈年往事说完之后，东方已经泛起白色曙光。

“果真是，荡气回肠的一段往事啊！”听完李哲的诉说，江微感叹一句，“从那之后，你们有过联系吗？”江微问。

“没有。”李哲说。

从那之后，李哲再也没有见过常笑。她在他的生活中消失了踪影，只是，她的影像铸刻进了时光里，封存在了他的心里。一直都在。

江微握握他的手，说："你的以前我没办法参与，你的未来，我们会在一起吧?"她的声音一如平常般温婉，却带着压力。这就是江微，她以以退为进的方式步步紧逼。

"我……"李哲不敢，也不能在此时做出承诺。

没等他回答，江微吁出一口气："睡吧，明天还得早起呢!"

她背对着他躺下，同睡在一张床的两个人，却是各怀心思，同床，却是异梦。

李哲发现他好像比以前更不了解江微，他不知道她现在的心里到底想什么。她这样的好脾气，反倒叫他心里难受，即使承诺一生共度，枕边人的心思，他却从未看透过。

江微睁着黑白分明的一双眼睛，望着白昼之前的点点曙光，不能成眠。常笑这个名字，她并不陌生，早在很久之前，她就把这个名字记在了心上。

男人和女人来自不同的星球，他们对彼此的认知总是隔着一层薄纱，看似分明，却又模糊，江微对李哲是如此，李哲对江微，也是如此。

年少的一场恋爱已经耗尽李哲的心力，以至于在常笑离开的几年里，他所有的心思都放在学业里、工作上。以优异的成绩顺利毕业，然后进入一个律师事务所担任律师助理，开始谁也没有把他放在眼里，他就像一块石头，沉稳是他的标签，不多言语的他在一群实习生里并不是最出色的。

可天长日久下来，谁也不能如他一样，每天花十几个钟头的时间在工作上，他们要恋爱、要逛街，要成群结伴寻乐。付出与收获总是对等的，他把全部的时间交付给工作，工作也给予他最大的回报。这种拼命三郎的精神得到领导的赏识和业绩的回报。

他偶尔的空闲时光便用来守望，沉默中带着执着，始终如一。走到后来，他也不知道自己在守望什么，坚持什么，没有任何人需要他做出承诺。好像是他自己与自己的战争，一个人走在荒漠里。烈日当头，救援无助，然后除了继续走下去，别无他路。

他去过常家，常家的别墅虽然没有易主，却已经成为别人的家园，这里已经寻不到她的任何气息。李哲每次都失望而归。有两次他遇见了常心，他们之间没有交流，常心肆意飞扬着青春和美貌，对他的这种痴守报之以轻蔑一笑。

他都不知道自己等了多久，也许两年，也许三年。方文静从来不催促他的人生大事，也和他很有默契地闭口不提常家，尽管他和方文静都知道，他们没有离开。左邻右舍看到独来独往的李哲总是善意地调笑着要给他介绍女朋友，方文静总笑着打哈哈而过，儿子的心结，她一清二楚，她已经勉强过他一次，没有把握再勉强他第二次。

他和江微认识，还得归功于江微的哥哥江淮。

那是李哲接到的一个知识产权案件。

江淮如同每一个理工科男人一样，在专业方面颇有心得，脑里却少了一根精明的弦。明明是自己的劳动成果，却被同事剽窃之后洋洋得意地四处宣扬。偶然得知此事的江淮怒火中烧，咽不下这口气的他一举将同事告上法庭。

江淮有足够充分的证据，赢得这场官司并不是难事，事毕之后他非要请李哲吃饭以示感谢，同时带上自己的妹妹江微，明显的醉翁之意不在酒。

和李哲见面之前江淮对妹妹告知了他的情况，怀着一颗成就好事的心，自然说的都是溢美之词。李哲的条件也颇得江微的心：五官端正、举止得宜，话不多但简洁有力，工作体面，目前的薪水虽然不算丰厚，但凭他的用心和拼劲，大好前途依稀可见。她对他，虽谈不上一见钟情，却委婉表示可以继续交往。

此时，江微正处于感情空窗期，在此前谈的一场恋爱，让她身心俱受创伤。这两年来她都不敢再碰触感情。随着年龄的增长，解决个人问题好像已经迫在眉睫，她突然发现想找一个合心意的伴侣怎么就那么难？

放眼四周，皆是感情有问题的男女。有专门为吉祥日子挤得头破血流去结婚登记的夫妻却在四天之后为买苹果四代还是四袋苹果吵得不可开交，愤而离婚；看似精明的上司，却偷偷摸摸地做着别人的小三；坐在宝马车里笑着的，你不知道晚上她会在面对着深重的夜幕黯然流泪多久……江微心生黯然，这年头找个好男人，犹如沙里寻金那么难。

那段时间江微多次相亲，一个个面目模糊的男人在她面前微笑，李哲也是其中之一，而他的条件最符合她的标准，寻觅已久的江微沉吟，就是他了吧。如今她回想往事，她分不清是他的条件刚好符合她的要求，还是他这个人吸引了她。

李哲焉能不知江微的意图，席间谈笑风生，那女孩的眉眼在他眼里看起来始终是那么遥远而又疏离，他不知道自己在坚持什么，却又舍不得把心空出来，让另一个女孩进驻。可是那个人却一直杳无音讯，她在离开之时给了他一个决然的背景，也在离开之后让他陷入无望的等待之中。

由于李哲的不甚热情，想让妹妹觅得良人的江淮只有主动出击了。他经常在李哲下班之后找他一起吃饭聊天，席间江淮又以老婆怀孕为由离开，剩下李哲和江微两个人，默默地吃完饭，然后，他再送她回家。

有好几次李哲想拒绝，可他也会害怕，害怕寂寞如水将他吞没，害怕家里只有他和母亲两个人，往事将他吞噬其中，苦苦挣扎也找不到出路。那些欢笑的、哭泣的、离开的场面，一幕幕在他脑海里回放。

有个人陪伴着他，在热气腾腾的蒸汽里享受美食，陪伴着他走过一路，他也会依赖和习惯。离不开，不仅仅是需要，也有可能是习惯，习惯自己被某一个人放在心里想念着，因为太害怕孤独。

虽然一直淡淡地交往着，他却从来没有牵过她的手，更没有强烈的爱意表达，江微萌生了退意，她的青春和时间不想耗在一场虚无的等待上。

寂静的夜里，江微还是先给李哲打来电话，声音里带着哭腔。江微的大嫂即将生产，医生检查说是一对龙凤胎，大嫂非要坚持自己生，挣扎得痛不堪言。李哲匆匆赶到，江微坐在医院走廊的椅子上，不停地绞着手指，心里很是紧张。看到她为家人紧张焦急，李哲伸出手握住她的手。

经过二十多个小时，江微的大嫂平安生下一对龙凤胎，江微在李哲面前喜极而泣。李哲从来不知道一个孩子的出生，母亲要经历这样炼狱般的痛苦，对自己母亲的怜惜又增加一层。忙碌了一晚上的江微累了，靠在李哲肩头，轻轻地闭上双眼。

一个人总觉得孤单，两个人正好，疲惫时一松懈，身边至少有个可依靠的肩。两个人在一起，没有那么多的爱也是可以的。至少，它可以抵御生活中的突如其来。相濡以沫，不需要这么浓烈的爱，平淡如水的感情，也许更好。

和李哲确定恋爱关系之后，江微并没有感受到那种浓烈炽热的爱。她对这个人，其实知道的确实很少，很少。她不知道他平静如水的眼眸里偶尔闪过的悲伤是为什么，她不知道他如此循规蹈矩的生活其实也在暗中含有期待。

他如今所有的希望，都寄存在这个手机里，几年来他从不让它停机，期待着有一天从遥远的国度传来一点点她的信息。即使手机已经十分老旧，他也舍不得更换。为了工作关系，他添置了新的手机，换了新的号码，这款老式的诺基亚却一直被他保存完好，每隔一段时间便会蓄满电，等待着远方的召唤。没有人知道，这款手机，这个电话号码，他只为一个人而保留。

江微因此对这个手机上了心，而它日复一日的沉默也让她寻不到那个答案。趁李哲不注意时，她将这手机的来电转移到她的手机上。做这这些事的时候，她的心中没有对错，有的只是一探究竟的好奇。

在电话一如往常沉默的日子里，江微都已经忘记这件事了。而在某一天她上班的下午，她的电话突兀地响了，她接听，电话那头没有声音，只有细细的呼吸声萦绕。

“喂，你好……”江微问道。

“喂……”鼻音很重的女声，似有哭腔。在听到江微的回应之后明显停顿一下，然后电话那端默不作声地挂断电话。

电光石火间，江微知道这个人，是她。李哲一直等待的她。

在那段时间里，她一共打来三次电话，每次都是一声呼唤之后是挂断电话。如果说第一次是偶然的结果，那么第二次和第三次则是必然的等待和回应。江微对电话的秘密守口如瓶，每个人都有自己的秘密，只是男人更粗心一些，他们自以为女人跟他们一样神经大条，不以为然。殊不知每个女人在守护自己感情之时，都是天生的福尔摩斯。

李哲的工作繁忙，可他每天必看的一个节目是国外的天气预报。在他当日不敢迈出那一步的时候就应该知道他会有今天，他必将面临无尽的煎熬和等待，也等不来她的一丁点信息。

不，其实中途曾经响起过远方的召唤，只是李哲错过罢了。也许，这就是他和她之间的宿命。命中注定的错过，有时候是天注定，有时候是人为之，但不管怎么样，错过就是错过了。她就这样头也不回地了，留给他一个孤独而决然的背影。让他魂牵梦萦，让他不能忘怀，让他在时光里苦苦追味。

她一定很恨他或者她过得很好吧，所以才将他彻底忘记。

他希望是哪一种结局？李哲希望是后一个。

所以他还心存爱意。

第二十二章　离人的眼泪有多冷

从一开始，她是从来没有打算再和他联系的。

“你来，我们一起走；你不来，我一个人走。”

最终，他还是没有来。

不同于其他留学生的意气风发，常笑带着一身的疲惫和伤痕走进她的新环境。她从来没有经历过这么长时间的飞行，睡了醒，醒了睡，看了两张DVD，十六个小时，闭上眼睛再睁开，以为就到了一个新的世界。睡着的时候很想做梦，可却总是迷迷糊糊又睁开眼睛，连梦都不曾光临。

伦敦和C城比起来，亦有相似之处，下了飞机，在那一片茫茫雨雾中，她突然找到一点C城的熟悉，贪婪地嗅着那一点水雾的气息。突然想笑，她一直拒绝着父亲的安排，却冥冥中自有天意，她最终还是走上了这条既定的轨道。

这是伦敦的夏天，也是经常下雨的季节，空气中有一种微凉，雨水滴落的点点涟漪在河水中漾开。

她只是觉得冷，炎热的夏天也要紧紧地捂着被子，把全身裹得严严实实才能抵抗从心底蹿出来的那股凉意，她也不喜欢和人交流，除了上课就是发呆。

每天晚上是她最难熬的时光，眼睁睁地看着天色渐白，明明还带点灰色的残夜，转眼间就见到天一点点白起来。她想起母亲温暖的手总是轻轻拂过她的发丝，偶尔母亲心情好的时候会给她做一次早餐，她出门时母亲絮絮的叮咛是她从来没有重视过的温暖所在……思念如雪纷纷落下，却消融在荒凉和恨意里，寂寞层层堆积，日出日落，一天又一天。她无法像其他留学生一样，展颜欢笑。

同寝室的三个女孩来自全球各地，她们青春活泼，对这个室友大为好奇，叽叽喳喳地对着她问个不停。三个人笑闹惯了，于是以为新来的她会很快融入这个团体，没想到她性格孤僻，不喜与人交流，从来都是独来独往。每天的活动都是标准的三点一线，集体活动也甚少参加。她也不过二十岁，一张脸如同所有少女般明媚、饱满，却有一颗死寂的心，心犹如荒草蔓延，堪堪老去。

周末是女孩们的轻松时光，室友们妆容精致，笑容明媚，成群结伴准备去度过一个快乐的周末。

“常，你呢？准备干什么？”来自意大利的女孩莎莉心情大好，问道。

常笑摇摇手里的书，以示作答。

“你不和我们一起吗？”莎莉紧追不舍。

她垂着眼帘，沉默地拒绝了她们的邀请。可是今天莎莉另有目的，她中意的韩国男孩金，在数月的冷淡对待之后，竟然邀请她在课后喝了一杯咖啡并和她攀谈起来：“莎莉，思密达！”

“金，你好！”在喜欢的男孩面前，莎莉脸色绯红。

“周末准备去哪里？”

“还没想好呢！”莎莉歪着头，露出一个可爱笑脸。

“不如咱们去酒吧？”

“好啊！”莎莉笑着点头。

“对了，和你们住在一起的，是不是有个女孩叫常笑?”金看似不经意地问道。莎莉知道，这句才是重点。只是她这样的女子，豁达豪爽，自然不会把这些放在心上。既然他喜欢，就让常笑和她们一起。她就不信比不过常笑那张寡淡的清水脸!

常笑可不知道她的心思，继续埋首于书本间。莎莉将她的书本合上，亲昵地靠在她身上：“去吧!”

常笑已经很久没有与人这样亲密，她从莎莉手臂下挣脱出来，她一直随身携带的那个铃铛也从身上滑落下来。

“你这是什么，给我看看。”莎莉捡起她的铃铛。

“还给我!”常笑伸手去抢。

也许是她的态度不甚友好，激起了莎莉的反感，眼看常笑即将抢到铃铛，却被莎莉反手从窗口扔了出去，铃铛在空中呈现出一个抛物线，然后掉落在窗外的草丛里。

“你在干什么?”常笑一扭头跑了出去，到处寻找着她的铃铛，草丛里蚊子众多，还有草蛇出没，常笑此时也顾不得那么多，最后的结果却令她失望了，任她翻遍了草地都寻不着那只铃铛。

“你在干什么?”有人向她打招呼。

她抬头，原来是那个韩国男孩子，金。不待常笑回答，他便踩进草丛里和她一起寻找，仰起一张笑脸：“你是在寻宝吗?”

呵，真是一个单纯的男孩。常笑不想跟他解释太多，反正也找不到了。也许，有的执念从一开始就应该放掉，这样反而帮她了结一桩心事。

看到她从草丛里走出来，金咧开一个微笑：“常，你不寻宝了?”

“不寻了，怎么，你有好节目?”

“当然。”金兴奋得脸有点通红，“校外的COCO酒吧。”

她跟他去了校外的酒吧，点了一杯龙舌兰日出，金为她点燃了一支烟，她没有拒绝。薄荷的清凉蹿至喉咙，一阵孤独的凉意。

其实他早就注意她了，这个来自中国的女孩，好似一朵兰花，清高孤傲。

这之后，她经常和金结伴，寝室女孩子们对她怒目相视，集体孤立她。她也对她们冷眼相对，反正再好的宴席都有散场的时候，不管是友情，还是爱情。这本来就是她想要的结果，她们扔掉了她的回忆，她就搅散她们现在的快乐。

她和金还一起结伴去看电影，看的是法国喜剧片《天使艾米丽》，享誉全球的喜剧片，她看得笑出了眼泪。

“很好笑吗?”金轻轻吻去了她的眼泪。

“难道你不觉得好笑?”常笑继续笑着说。

“不，我……”他的呼吸急促，扯掉她衣服的纽扣，手伸进她的衣服，冰凉的触感让她浑身一哆嗦，她拒绝了他的再次深入。

金很绅士地说：“好吧，你想好再说。”

从那之后，金和她渐渐疏远，他不可能为了她而放弃整片森林。没过多久，莎莉便回来大肆吹嘘金的床上功夫，常笑不以为然。她们都以为那是对她的打击，一个人心中没有了爱，再多的风花雪月也刺激不了她的神经。

常笑在伦敦商学院的日子，就这样一天天地滑过。生活的好坏，平淡或精彩，都总会成为昨天的记忆。

第四年，当学校的垂柳在春风中吹出绿色之时，不知道什么原因，从国内寄来的生活费开始减少。

她往家里打电话，那个烂熟于心的号码，拨过去却是忙音。网络上也是遍寻不着常心的踪迹，于是她知道，他们在躲避她。

无可奈何之下，她只有将电话打至常万山处，向他委婉地诉说了现状，她努力地说服自己伯母和常心不是故意遗忘了。当然她心里也明白，她们是因为什么原因而遗忘她。

果然，常万山在听了之后很生气，安慰她一阵，继而找到两妻女兴师问罪："你们为什么这么久没有给笑笑寄生活费？"

常心首先站出来承认，但她不认为自己错了："是我的主意。"

"你这是什么意思，我和常万峰可是有协议的！"

"爸，反正叔叔在牢里，难道你还怕他不成？"

"我是不怕他，可你应该知道我和他已经签订了协议……"

"反正你已经找到了那份原文件是吧，你怕他作甚？叔叔让她学的什么专业，她将来会怎么样，爸，你考虑清楚！"常心振振有词。

一席话说得常万山沉默不语。此刻他的江山已经很稳固，他不想轻易被人夺走，虽然这是常万峰打下的江山，可却是他守的，这些年守得有多辛苦，只有他自己知道。他早已经习惯高高在上，不想再做俯首听命的臣子，要想成就一番事业，也许必然要割舍一些情意，比如，亲情。

常笑再一次拨通常万山电话时，常万山的回答也变得言辞闪烁起来，与前一次的言之凿凿相比，带着闪缩和推脱，大意是公司周转有些困难，正在想办法之类云云。末了常万山问："笑笑，你想不想换一个专业，你以前不是喜欢弹琴吗？"

话已经说得很明白，不是没钱照顾她，而是不想她在这条路上继续走下去，最好一辈子不要接管公司。她并不喜欢自己的专业，但她还是生硬地拒绝了常万山的要求。

于是当她再次接到国内的汇款时，上面的数字少得让她心里一紧。她不是傻瓜，伯父、伯母、常心的意图，她懂。她的父亲千方百计为她铺设康庄大道，可这条路的尽头也许太过辉煌，不是每个人都想她达到终点。

没有来自国内的经济支撑，她的生活突然之间就变得窘迫起来。她一直没有积蓄的习惯，这个时候才后悔莫及。

沉重的心事和生活压力压垮了她，她生病了，伤风感冒发烧，额头烫得厉害，久久不能消退，室友轮流照顾她，给她喂药、敷冰袋、量体温，莎莉还给她买了一个类似的铃铛还给她。她握着铃铛，眼角汩汩地涌出眼泪。

尽管她将自己的事瞒得密不透风，谁也不知道她的心事，但生活困窘怎么瞒也瞒不住。她偶尔会在包里翻到一两张零散的钞票，开始她以为是自己的运气，后来才发现是室友的接济，以各种理由带她一起去吃饭，她为自己以前的冷漠赧颜，人心都是温暖的，于此她感受到了友情的可贵，于家却只感到一片黯然。

因着生活的捉襟见肘，她也如同其他留学生一般，在外面找起了工作。当时留学生找工作的很多，有需求便有市场，有一个网站的论坛专门集合了所有的招聘信息，常笑花了十美元注册登录进去，工作虽多，合适的却少，竞争之激烈，是她没有想到的。她苦笑：果真是天将降大任于斯人也，必将苦其心志，劳其筋骨。如果她再找不到工作，估计“饿其体肤”也会随之而来。

人在残酷的现实面前，首先想到的是满足温饱和找一个遮风避雨之处。那些忧伤的过往，彻底成为她回忆中的剪影。

寻找和等待，都需要同样的耐心，在投出十八份简历之后，忍受多次拒绝的她终于找到一份工作——一个超市的兼职收银员。这个超市的老板对待华人有着异样的包容，知道她是学生，没有占用她的上课时间，只是下班时间会很晚，这样一来，她又不得不重新找栖身之所。

房屋倒是不难找，只要你低得到尘埃里，总有适合的土壤栖息。她的新房东是一个怪老头，因为子女全部离开所以有多余的空房间出租，他脾气古怪得如同《欧也妮·葛朗台》里面的老葛朗台，屋里的灯光开得太久，回来得太晚都会惹来他的唠叨，他还养了一只黑色的大猫，经常在几个出租屋之间乱窜，留下污秽的排泄物。

住在这样的房子里，唯一的好处是可以省钱。租客也不止她一人，还有好几个也是在外打工的留学生，每天都筋疲力尽地回家，恨不得马上倒在床上。虽是天涯沦落人，大家却没有多余的时间和精力来发展友谊。

超市的同事大部分来自异国，只有常笑和一个华人，常笑见到她的第一面便感觉亲切万分，远在异国他乡，才感觉同胞与同胞之间的惺惺相惜，常笑与她渐渐熟络起来，她叫唐柯。

常笑和唐柯，在中国分属于不同的区域，相隔几千里的距离，却在遥远的异国他乡因为工作原因有着交集。

你永远都不知道缘分是多么奇妙的事，它会指引你的下一步会如何迈步，旅途中又会看到什么风景，认识什么人。她和唐柯从开始的点头微笑到后来的偶尔问候，再到后来的倾心交谈，友谊在日复一日中萌芽、生根。

每个人都觉得自己的人生与众不同，书写出来就是一本波澜壮阔的书，包括常笑。公主一般的曾经和孤苦凄凉的现在是太过鲜明的对比，她的心中对父亲、对伯父、对李哲、对方文静都有怨怼和恨意。蚀骨的痛，令她经常在午夜梦回时流着眼泪醒来，恨像把双刃剑，伤人七分之后却自伤三分。

唐柯却是一个乐观的女孩，她是一个孤儿，从小被重男轻女的父母扔在垃圾桶边，是早起的环卫工人将她送至孤儿院，如果不是乐观豁达的性格，恐怕她早已经在心理重压下郁郁死去。在孤儿院里，她每天都在翘首企盼着能够有一双手将她从孤寂中拉到温暖之境，但这个梦做了很多年，却从未实现。不是每一个有梦想的听话的乖孩子都能实现自己的愿望。

唐柯在孤儿院里待到十六岁时离开，靠着社会和好心人的资助，她勉强上完职高。幸好她从小就学会自力更生，懂得如何在逆境里微笑。

在这时，丹尼斯闯进她的生命里，丹尼斯是一个英国人，外出旅游时认识唐柯，被她乐观积极的生活态度所吸引，她毕业之后执意带着她回英国。丹尼斯在一间比较出名的建筑设计师事务所工作，唐柯本不必那么辛苦，但她不希望成为别人的负担，于是在这个超市找到一个工作。

后来常笑和唐柯才知道，她们能够如此快地找到工作，不是因为运气，而是因为超市的主人是一个华人，宋可女士。宋女士是二婚，现任老公史蒂芬和儿女们一起生活，而她则在此独自经营超市，照顾着自己的女儿谷穗和外孙女谷粒。

她的女儿谷穗常笑见过两次，看起来身体很羸弱，脸上也带着病态的苍白，呼吸过于急促都会使她脸上染上不正常的红晕。她到底是靠何种毅力才生下孩子，为什么又从来没有看过到孩子的父亲，常笑觉得很好奇。只是她连自己都自顾不暇，也就没有多余心思去展开想象的空间。

秋天在她不知不觉中来临，可她却无心欣赏这灿若朝霞的秋色。自冷清萍离开之后，生日成了她最不愿期待的日子。前几年，伯父常万山还会在这天给她寄一份生日礼物，日子一久，也就淡了。枫叶玫瑰、白纱裙……遥远的过去，有谁会记得她，有谁会在意她？没有人，没有一个人。曾经种种紧缩成她心口的朱砂痣，手指抚上去，它还残留着一点温热的红，烫得她心痛。再深的思念又如何，终究还是抵不过时间。

于是，当她踏进屋里，看到床上那堆东西还冒着热气之时，那一刻，常笑所有的伤心化为满腔怒气。那只肇事的黑猫还颇为得意地咪呜直叫，绿眼珠里带着骄傲的光芒。它不怕她，它似乎早已经见惯她低眉顺目的模样，流浪漂泊的异乡人，境遇还不如一只猫。

她拎着猫耳朵，狠狠地摔它出去，黑猫凄惨地大叫一声，摔向墙角，骄傲惯了的猫这才害怕起来，匆匆逃离。

当天晚上，黑猫没有回家。房东老头用各种语言谩骂着他的租客，诅咒着令他心爱之猫离开的那个闯祸者。所有留学生只有不发一言，忍受着这无尽的谩骂，希望能够尽早结束这吵闹。第二天，猫依然没有回家，怪房东的谩骂依然，比第一天更甚，常笑主动站出来，提着行李离开。

迎着秋风的萧瑟，她打了几个喷嚏，傲骨不能当饭吃。提着行李行走在大街上，看着暮色慢慢将自己包围，她一点一点陷入到黑暗的惶恐里。路边有流浪者向她乞讨，她摸遍全身也摸不出一个硬币，流浪者肮脏的手伸出来，反倒递给她一个硬币，用英语嘟哝几句然后离开。常笑在这刻骨的寒冷中，瑟瑟发抖。

原来最痛的，不是离别，而是离别之后，那么窘迫的时光。

第二十三章　忧伤也要笑得灿烂

万般无奈之下，她回寝室里挤了一晚上，但那也不是长久之计。她离开的位置，已经有一个美国女孩填补。她唯一能够依靠的也只有唐柯这个朋友。唐柯和男友住在一起，不方便收留常笑。不过唐柯带她找到一个人，她们的老板娘，宋可女士。

或者是常笑的遭遇打动了她，或者是对来自祖国同胞的那一点怜悯，宋女士收留了常笑，让她和自己女儿、外孙女同住，常笑感激不尽。古语有云：祸兮福之所倚，福兮祸之所伏。上任房东的古怪阴沉，这任房东却又温柔可亲，常笑一时之间还无法适应这天差地别。

在生活平稳之时，一个人总是欲壑难填，想要远大的前程，也想要无尽的爱情。而此刻生活窘迫，要求却是这么简单，一份可供她维持温饱继续读书的工作，一个可栖身的场所，已经足矣。

在她四处求助无门，陷入绝境之时，她拿起电话拨通那个深藏在心中的电话号码，电话接通的那一刻她才知道自己有多么错误，接电话的分别是个女声。她再打过去两次，依旧如此。

挂断电话，也是挂断最后一点念想，眼里酸涩，却哭不出来。心里的那个人，终究是远去了。人生总是要朝前的，没有谁会在原地等待。不是每个人，在蓦然回首时都可以看见灯火阑珊中等待的那个人。没有人在灯火阑珊处等她，也没有人值得她回首。

常笑每天很早起床，早早温习好课本，正襟危坐在课堂里倾听，她比以往都更努力地学习，好像除了学习，她也没有其他可以做的。

家里寄来生活费的次数越来越稀少，更可怕的是，新学期即将开始，却迟迟不见学费的到来，那是她学业的最后一学期，如果不能顺利毕业，那么前面所有的知识积累都得不到官方认可。那笔庞大的开支不是她在超市打打零工便可以积攒的。她往家里打电话，伯父的语焉不详，伯母的支支吾吾，常心的避而远之都让她认清一个事实：如果她不妥协，伯父便会用自己的方法，让她达不到终点。

她始终只是常万山的侄女而不是女儿，得不到他毫无保留的爱。常笑从来都认为自己不是经商的材料，她也没有想过回去就从伯父手里夺得大权，她只是想走完父亲给她铺设的路而已，他们防备她如此之紧，让她连解释都成了多余。

当以前同寝室的女孩们知道她又在找第二份工作时，全都震惊又愤怒。性格直爽的莎莉更是用英语和意大利语问候了她的伯父一家。只是发泄完愤懑情绪之后，面对那一笔庞大的学费，大家依然爱莫能助。有个女孩说倒是可以介绍一份工作，给一个行动不便的太太当护工，只是她的性格很古怪相当不好侍候，动辄还会打骂别人，不知道常笑能否适应。

常笑的嘴角自嘲地翘翘，似笑，却带着浓烈的苦涩。如今她早已经不是被父母捧在手心的公主，有什么不能适应的？在困窘的现状面前，她除了拼尽全力用劳动换取每一分钱，别无他法。她终于亲身体会了什么是贫穷，那是一种绝望中夹杂着自暴自弃的感觉。如果她不能靠劳动，也许她最后只有卖了自己才能凑到想要的那笔钱。

她谦恭的态度、大方得体的表现使她很快得到这份工作。她的主要工作是周末和假期陪护一名叫菲亚的太太，她的双腿残疾行动不便，常笑负责照顾她的饮食起居。

第一次上门之前，她已经听说菲亚太太的事迹，菲亚太太的暴戾脾气使她一年之中换了八个护工。常笑如同林黛玉进贾府般的小心翼翼，菲亚太太还是扔过来一个杯子砸在她的脚边，清脆的碎裂声惊得常笑颤抖一下。

“你有没有时间观念?”菲亚太太冲她吼道，“说四点钟到，现在多少点了?”

“对不起……路上有点堵车……”常笑急急地解释。

“我不想你的解释，你回答我现在多少点了?”菲亚太太不客气地说。

“四点十分。”常笑回答。

“那十分钟的钱，我会扣出来。”

“好的。”常笑低眉顺目地应道。

菲亚太太真的不是一个好相处的人，常笑第一次见她，就遇到这样一个下马威。在与她接触之后，常笑才知道为什么她的子女宁愿请外人照顾，也不愿意和母亲同住亲自照料她。

她的下半身已经瘫痪，患有严重的白内障和糖尿病，也许是因为如此，她的脾气特别暴躁。嘴里不是抱怨便是挑刺，为人相当苛刻，对别人轻则责备，重则打骂，只要护理人员有一丁点做得不如意，她顺手抓起物什便往护理人员身上招呼。在她之前的七八个护理人员，不是被她辞退，便是受不了她的暴戾而自己离开。

子女们一个月轮流回来看她一次，稍不注意便会衍生事端，常常闹得不欢而散。不回来看她，她便把气撒到常笑身上，常笑再小心翼翼，也躲不过她的喜怒无常。菲亚太太的住所离常笑住的地方很远，每次服务完毕她都是坐最晚的公交车回去。在车厢苍白黯淡的灯光之下，她看见自己映在玻璃上的脸，干燥得失去水分和颜色，空洞得没有任何表情，只有深深的疲惫。

常笑不止一次想离开，可都在离开的话即将冲口而出的那一刻继续忍耐，如此负气一走，自尊倒是得到了，但又有什么用？明天照样又得面对同样的困难和窘境。

如果可以，她宁愿把自尊称量着卖钱。这样想着，菲亚太太骂人的声音似乎没那么刺耳，身上好像也少了一些痛感。

生活的苦痛，好像永远没有尽头，常笑除了坚持每堂课不落下之余，还是匆匆赶两份工作，坚强地对待生活中的苦难。她不再胡思乱想，只有悠闲的人才有资格思念，她没有。生活这么累，她偶尔还会失眠，梦到和她共同走过二十年生涯的那些人，记忆翻涌而出，鲜活的镜头宛如昨日，他们的面孔都鲜活如初，还有那把刀，方文静手上握着的一把刀……醒来脸上都是泪水。她就是这个时候爱上了抽烟，薄荷的清凉在口腔里流转，烟雾带走一些愁绪，抚平她的心结。

寝室的几个女孩以及唐柯、谷穗都问过她，需不需要什么帮助，常笑笑着摇摇头，回忆于她而言是无法跨越的伤痛，于旁人而言都无关痛痒。而每个人终究要学会，如何带着痛苦活下去。如何将伤痛藏在一张面孔之下，若无其事地对着别人微笑。

常笑手中拿着菲亚太太的全家福细细擦拭，照片上的她明媚亮丽，身边站着高大魁梧的爱人，拥着几个可爱的孩子，那时候的她双腿健全没有病痛烦扰，想必也是一个脾气温和的母亲吧，只可惜，韶光匆匆，世事无常。

“你在看什么?”常笑身后，响起菲亚太太冷冷的声音。

常笑冷不防被吓到，手一抖，相框从手里滑落，重重地摔在地上。

常笑捡起照片的同时，头上一阵吃痛，菲亚太太随手捡起一个茶杯对她砸过来，伴随着她的训斥：“笨手笨脚的，叫你小心一点!”常笑自知理亏，忍痛含泪应了一声。

吃过晚饭，菲亚太太叫常笑推她出去。她凝视着即将落下的夕阳，夕阳在她身上洒下灿烂的光辉，她手里拿着的，正是那张有着玻璃划痕的全家福。这一幕让常笑动容，如果她的母亲尚在人间，不管她的脾气变得有多么差劲，常笑都会觉得庆幸万分，她不至于孤苦一人，远到国外。为什么总要在失去之后，才会发现拥有的美好?

常笑拿了一张毛毯，轻轻盖在菲亚太太身上，说：“太太，外面风大，小心身体。”菲亚太太眼神古怪地望着她，常笑的眼眶慢慢红了，她想起了她的母亲。

在回去的路上，常笑打开包时，看到一支跌打药膏，想必是菲亚太太趁她不注意时放进去的。她挖了一块药膏涂在红肿的头部上，无声地接受了菲亚太太的歉意。

从那之后，常笑和菲亚太太谁也没有开口提那天的事情，彼此却产生一种相惜的感情，在常笑面前，菲亚太太也努力克制着自己的暴躁脾气。

菲亚太太的儿子每个月会回来一次，这天跟着他一同前来的，还有一对年轻男女。一个中国男人和一个金发女孩。男人有着深邃的眼，脸上挂着玩世不恭的笑容。

“想要喝什么?”菲亚太太的儿子问道,“咖啡还是水?”

“你们这里什么时候来了一个……”男人指着常笑,毫无顾忌地问,“长得还不错啊!”

“薛晨,比起我如何?”金发女孩有些不高兴了。

“当然,你比她漂亮。”薛晨轻佻地捏捏她的下巴。他的眼睛继续盯在常笑身上,喊道:“喂,我想要杯咖啡。”

从常笑手里接过杯子的时候,薛晨的指尖看似无意地划过她的皮肤。

“嘿,你叫什么名字?”他眼里含着笑问。

“常笑。”

“名字很好听啊,想不想知道我叫什么名字?”他问。

常笑沉默着,他自顾自地开口:“我叫薛晨。”

常笑“哦”了一声,没有停止手上的忙碌。薛晨凑到她身边:“你想不想知道是哪两个字?”

说完不待常笑反应,他抓过她的手,摊开常笑的手心,在上面一五一十地写着两个字:“薛晨。”

“怎么样,你清楚了吧?”薛晨带着一脸痞痞的坏笑,“要不要在我手心写下你的名字?”

常笑无声地转过身去,他可真是大胆,当着女朋友的面,也敢公然挑逗另一个女孩。金发女孩的脸都气得变了颜色,却敢怒不敢言。

从菲亚太太家出来之后,常笑看到那辆锃亮的跑车和跑车边戴着墨镜的主人,酷劲十足,颇有点像明星,但跑车主人的动作可没有明星会耍酷,一开口便暴露了他戏谑的本性,他伸出手拦住她匆忙的脚步:“怎么样,有没有兴趣喝一杯?”

这可不是在菲亚太太家里,常笑不需要对他有好脸色,她说:

“没有。”

薛晨不以为然，直截了当地说：“做我女朋友吧，如何？”

常笑哭笑不得：“那你的那个她怎么办？”

“分手呗。”薛晨满不在乎地说，“刚才出来我就让她走了。”

“你为什么选中我？”常笑问。

“不为什么，也许是我想换换口味罢了。”

“那我的面子可真大。”常笑讽刺地说。

“你答应了吗？只要你答应我，这辆车就是你的。”

常笑觉得有些好笑：“你就是这样追女孩子的吗？”

“当然，这世界上没有钱办不到的事。”薛晨相当地理直气壮。

“怎么样，想听我的回答吗？”常笑说。

薛晨做出一副很期待的模样。

“我不答应。”常笑缓缓地对他说出这四个字，然后说，“对不起，让开，我得去坐公交车了。”

“呵，越发有意思了，很少有拒绝我的人。”薛晨偏不让她，“你让我兴趣大增哦！”

常笑眼睁睁地看着最后一班公交车在她面前缓缓开过，她跺跺脚，这下可怎么办？

“不如我送你回去吧。”薛晨打开车门。

常笑气呼呼地坐上他的车，以前家里还有这款车的海报，常万峰还开玩笑说将来常笑出嫁之时就送这款车给她。薛晨怎会知道，她曾经拥有整个花园，又岂会为一枝玫瑰折腰？而且这枝玫瑰是由一个不明不白之人所送。

行走中，有物体随着车的震动到她的身侧，她从屁股底下摸出一支口红，座椅边还散落着安全套包装的边角料，一切的信息告诉她，他是一个不折不扣的危险人物。

她每次回去都很晚，但即使她们都已经睡了，也要给她留一个灯。看到灯在夜空里闪发出黄色的光晕，她便会想到家的温暖。

她蹑手蹑脚地开门，进屋才发现家里到处都是沉寂。宋女士、谷穗母女、唐柯都不在家。常笑洗漱完毕，迷糊中正要睡觉之时，她听到门吱呀一声开了，原来是唐柯带着粒粒回来了。

“咦，怎么只有你们两个?”常笑问。

“谷穗的头今天疼得很厉害，去医院了。”唐柯说。

说完之后，两个女孩全沉默了，谷穗患的不是一般的病，而是脑癌。当年查出她的脑部有肿瘤之时，医生曾经告诉过她，虽然她的脑部肿瘤是初期阶段但肿瘤位置极为特殊只有采取保守治疗方案，就像她身边装置的定时炸弹，无法根除，也不知道什么时候会爆炸。为了不拖累男友，谷穗选择毅然离开，独自在异国生下孩子，这种勇气不是人人都有的。撑了这么几年，谷穗的病始终没有缓解，反而有恶化的征兆。

唐柯打来一盆水为粒粒洗脸，洗着洗着却发现孩子脸上的水珠越来越多。

“姑姑，我会失去妈妈吗?”谷粒哽咽着问，稚嫩的童声让两个女孩不知如何作答。

“不会的，粒粒。”常笑抚着她的肩，说道。

粒粒哭累了，带着眼泪进入梦乡。由于太晚，唐柯没有回去，丹尼斯也没有打电话过来追问。一晚上她不停地辗转反侧，半夜常笑还听到她发出几声感叹，常笑索性拉亮灯。

“吵醒你了，真是不好意思。”唐柯带着歉意，“我睡不着。”

“你到底怎么了?”

唐柯犹豫良久，终于说出来：“我在他的手机上看到他们公司副总女儿的照片，穿的是三点式。”

常笑安慰她："不要多想了，外国人比咱们开放，照相也比咱们出位。"

"可我……看到他们开房的短信了。"

"你别想太多，也许只是一场误会吧！"

"唔，睡吧！"唐柯叹口气说。

有时候，女人的直觉简直比精密的仪器还准确。唐柯的担忧不是多余，丹尼斯和副总女儿好上不久便提出分手，虽然她一直是一个积极乐观的女孩，这样的打击也是她不能承受的。跟着爱人远赴异国，就像一场豪赌，她放弃一切以为自己找到终身依靠，如今他找到新的生活，而她一个人在异国如同无根的浮萍，剩下的只有自己和回忆。

唐柯从丹尼斯家中搬出来和常笑一起住，工作一向勤勉的她请了三天假，在屋里睡到昏天黑地，如果一切只是一个梦该多好，可惜山盟虽在，情却成空。失恋不可怕，失恋之后的回忆才可怕，尽管唐柯很想入眠，却始终找不到睡意。常笑不放心唐柯，下班之后就赶紧跑回去看她，打开门时一眼就看到她床头滚落的安眠药瓶子。

那一刻，常笑吓得魂飞魄散："唐柯，你别吓我！"她的手，哆哆嗦嗦地拿起手机，拨打急救电话。

唐柯悠悠醒过来："笑笑……别打电话，我没有事。"

"那你吃安眠药干什么？"常笑扔下电话扑到她身边，想笑却差点哭出来，"我还以为……我还以为……"她激动得语无伦次，泪花闪烁。

唐柯恍然明白过来："你以为我自杀？放心，我还不至于这么脆弱，我只是睡不着而已。"

"该死的丹尼斯！"常笑狠狠骂道。

“算了，跟着他来到这里，本来就是一场赌博，只不过是我输了而已。”

这两天里，唐柯似乎想明白了很多。爱已逝，苦苦哀求也没有意义。

常笑却气不过，她找到丹尼斯的公司，横冲直撞到他的桌前。他见过常笑，知道她是唐柯的好友，常笑的气势汹汹吓他一跳：“常，你要干什么?”

“你说我想干什么?”常笑拍着他的桌子，“你怎么对唐柯的?”

“这是我们之间的事，不需要你这个外人多嘴!”

两人吵闹的声音很大，有同事伸头朝这边看过来，丹尼斯脸上挂不住，挥挥手，像在赶一只讨厌的苍蝇：“你赶紧出去!”

“我偏不走。”

丹尼斯也有些恼了，一双手将常笑往外推：“你赶紧出去!”常笑一个趔趄差点跌倒在地。

“住手。”有人出声制止了这场闹剧，一双手将常笑从地上扶起来，她抬头一看，原来是薛晨。丹尼斯立即变得毕恭毕敬，看来在这公司里，薛晨的地位比他更高。

“想不到我们真是有缘啊，在哪里都能够遇见。”薛晨眯着一双狭长的眼睛说道。

“谁跟你有缘，我是来找他的!”常笑指指丹尼斯，“你最好给唐柯一个交代，不然我还会来。”

薛晨笑：“又见识了你的另一面，真是不欣赏都不行。”

“我不需要你的欣赏。”常笑傲然而去。

薛晨看着她离去的背影，嘴角有一丝玩味的笑容。

不知不觉中，菲亚太太的生日到了。这天，她的一双儿女都赶回来，还有他们各自的儿女，一家三代其乐融融。薛晨也来了，当然他来的目的是司马昭之心，路人皆知。菲亚太太宠溺的目光追随着满屋的子孙们，露出鲜有的笑脸。他们走后，这样的时光，她又会期待上一年。

她只是需要爱，很多爱和很多关怀。病人对于亲情上的需求、依赖更甚于常人。常笑想起往事，如果当年他们对常万峰更多一些关心和理解，结局会不会不一样？第一次想起在牢中的父亲，常笑不再只是怨恨，而是多了一丝理解的叹息。

晚饭之后，薛晨和菲亚太太的子孙一起离开。他们走之后，常笑和菲亚太太都拿出一个盒子，相视而笑。常笑送了菲亚太太一条羊毛围巾，菲亚太太送了常笑一双鞋。

“孩子，走你自己想走的路。”菲亚太太笑着对她说。

常笑的眼角泛有泪意，在这陌生的城市，偶尔的关怀也能让她的心中泛起温暖的涟漪。

和她猜想的一样，薛晨没有离开，而是在同样的地点，倚着同样的跑车等她。

“你觉得这样很有意思吗？”常笑极尽讽刺。

薛晨递过来一张空白支票：“只要你答应，上面的数字，你可以随便填。”

常笑弹弹支票：“口气可真大啊，我在你心里，价码这么高！”

“每个女人对我来说都是有价码的。”薛晨得意地哼一声，“只不过，你最高。”

“那我好好考虑考虑。”常笑收下支票，翩然离去。

这一次，她赶上了最后一班公交车，不用搭乘薛晨的车。

让她欣喜的是回去之后，她看到谷穗和粒粒做游戏乐成一团的幸福笑脸，谷穗的一头秀发因为化疗已经脱落，宋女士给她买了几顶漂亮的帽子，让她轮换着戴。

“你的这个小红帽真漂亮。”常笑说。

谷穗也含着眼泪笑了。

生活就像王八蛋，你要哭，他就笑。所以即使再忧伤，也一定要笑得灿烂。

第二十四章　哪怕给我一点点的温暖

薛晨并没有因为常笑的拒绝而萌生退意，反而激发了他更多的挑战欲望，自此之后，他更加大张旗鼓地追求常笑。有很多精彩浪漫的桥段轮番上演，比如在女生寝室楼挂出“I LOVE YOU，常笑”的条幅；寂静的教室里突然飞来一只遥控飞机，上面悬挂着一朵玫瑰花；夜晚在女生寝室楼外用许多烛光摆成常笑的名字……他最不缺的就是钱，加上有时间和精力，自然而然可以做到尽人皆知。

寝室女孩被他挥金如土的气势所迷惑，眼睛纷纷做桃心状：“我说笑笑，你咋那么好的运气呢，赶紧抓住啊！”唐柯和谷穗也说：“要不要考虑一下，至少以后不会那么辛苦。”

若说没有一丝感动，那连她自己都不会相信。谁不虚荣，但不要忘了自己。在欣喜之余，那个冷静的常笑便会跳出来劝阻她。薛晨如此待她，不是因为她是她，而是因为她的拒绝挑起了他的斗志，当她走在他的身侧，她的命运恐怕跟那个被他赶走的金发女孩无异。如果当她沉沦之后，而他及早抽身而去，让她上哪里自救？

连她一直深信不疑的李哲都会在最后关头退缩，更何况是玩世不恭的薛晨？

“我有喜欢你的自由，你有拒绝我的自由。”薛晨看到她依然不为所动，得意洋洋地说，“不过我知道，总有一天，你会点头。”

那一天到底在何时，常笑不知道。如今，她实在没有多余的心思用于其他地方，她像一只蜗牛，有温暖的居所便已满足，能够顺利完结学业便是她的愿望。

可即使这样简单的想法，也会被生活中一些突如其来的状况打破。

谷穗的继父史蒂芬想来看她，没想到在下楼梯时滑倒在地，骨折加上中风住院了。史蒂芬的儿女们本来就不同意父亲的婚事，这次在旧恨之余又添新仇。他们一致要求必须让宋女士回去照料史蒂芬，不然便将两母女从这幢房子里赶出去。常笑回家时正好赶上他们争执得最为激烈之时。

见常笑回来宋女士将她拉到一旁，指指谷穗的房间，她会意地点点头。谷穗脸色惨白地坐在床上，粒粒在她怀里瑟瑟发抖，这样的狂风暴雨是她从来没有见过的。宋女士不是吵架的好手，况且以一敌三，宋女士渐渐处于下风，常笑听到宋女士说：“我女儿这样，我怎么能够离开?”

“你要不想离开也行，”史蒂芬的子女威胁道，“那就从这里搬走，这也是我爸吩咐的。”

“不可能，你爸不会那么做!”宋女士厉声制止了继子女的胡说八道。

“你看看，这是爸爸当初签署的文件，这是我们同意他再婚的条件，就是转出这幢房子的产权。”史蒂芬的大儿子扬扬手里的文件。

宋女士慌乱地打开，抬头时已经是欲哭无泪。条款写得清清楚楚，上面还签有史蒂芬的大名，白底黑字看得她眼前一阵昏花。

怪不得当初他们要结婚之时，他的子女开始竭力阻止到后来却不了了之，原来这就是条件之一。

“现在我爸都这样了，让你回去照顾他，不算过分吧？给你们十五天时间，要么回去，要么走人。”

话音传至楼上，谷穗闭上眼，睫毛颤抖。

常笑握握她的手：“谷穗，你还好吧？”谷穗勉强笑一下，却如同一朵即将凋谢的花。常笑也是愁肠百结。每个人，好像都有自己的无奈，每个人，都想让别人理解自己的难处。

“有时候，我真想自己就这样死了，可是又好像舍不得。”谷穗黯然地说，“舍不得粒粒，舍不得妈妈，舍不得你们，也舍不得……”她望向天空中的某一处，这个时候，她在思念着谷粒的父亲。他还不知道地球的某一处，他有一个女儿。

史蒂芬儿女的到来刺激了谷穗，她支撑到第三天，便晕倒在了起床的那一刻，宋女士见状吓得魂飞魄散，忙不迭地和常笑一起扶起谷穗，她醒来第一句话便是：“天黑了吗？你们怎么把灯关了？”

常笑用手蒙住嘴，努力压抑着不让自己哭出声来。癌细胞扩散得太快，肿瘤已经压迫住了谷穗的视觉神经。她失明了。

谷穗愣了一下，但旋即明白了一切。对自己的身体状况，她早已经坦然，说道：“你们也别太为我难过，我早知道会有这么一天，只是没想到这么快。”她早已经看淡生死，唯一放不下的便是两个亲人。再次入院之时，她的嘴角有平静而凄楚的笑，像做最后的告别。

谷穗的病，来势凶猛，又反复无常。宋女士去看了一下史蒂芬，老头子状况也确实不太好。她两头照顾，疲于奔命，心力交瘁。史蒂芬的子女去医院看过谷穗一次，宋女士生怕他们说出什么难听的话出来，幸好他们只是单纯地探望，临走时丢下一句话："老头子那边，我们几个请假轮流照顾，你有时间就去，没时间就算了。"语气依然硬邦邦，却不再咄咄逼人，宋女士对此感激不尽。

一年的末尾很快到来，伦敦冬天也在不知不觉中到来，推开窗便看到外面白茫茫一片，原来是下雪了。在医院住了几个月的谷穗回家了，常笑、唐柯围在一起看国内芒果台经典的快乐组合，欢笑声洒满整个房间。谷穗不能看，只能听，也是笑得前仰后合。

谷穗精神很好，絮絮叨叨地说了很多话，有好几次唐柯和常笑都满脸担忧地想要叫她进去休息，她却执意将话题继续。壁炉的火烧得旺旺的，热得窗玻璃上的碎冰融化流淌下来，好像一行行的眼泪。

不知从何时开始，三个人的话题引向了各自的感情。

"唐柯，你和丹尼斯现在怎么样了?"

"还能怎么样，过两天把各自的东西清理干净，就算是画上句号了。"唐柯说。

"常笑，你呢？听说你那高富帅可是穷追不舍……"

"他是想拿钱买爱情，可我还不想卖。"常笑淡然地说。

"如果你们有一天回去，帮我把粒粒交给她的父亲。"谷穗淡淡地，笑容里也罩上一层死亡的阴影，她如此平静，平静地交代身后事，"告诉他，我离开的真正原因，不是为了逃避，而是为了不拖累他。"

这就是谷穗的爱，深沉如海、炽热如火。章凡只是看到她决然的背影，却不知道谷穗在离开他时眼里不舍的泪。

没想到几年之后，在谷穗的爱情故事里，在她拿出来的照片上，常笑看到了那个熟悉的身影，命运是多么奇特的事，即使在离开他几年之后，也会和他扯上联系。

三个女孩哭着、笑着分享了她们的爱情故事，这是常笑在异国他乡，第一次和别人分享她的往事，那些对她来说，全是不好的回忆，她恨不得遗忘得干干净净。

谷穗说："来，我们一起许个愿吧！让我们都能够找到幸福。"

幸福到底是什么？对于谷穗来说，她能够每天微笑，每天呼吸着新鲜空气，就是一种幸福。只是这种幸福对于别人来说是如此平淡，对谷穗却太过于奢侈。

那天之后，谷穗陷入了深度昏迷中，在再次入院的第十六天，她永远地闭上了双眼，告别了这个世界。

虽然宋女士早已经有了心理准备，但是白发人送黑发人的悲哀让她整个人猝然老了十岁，对一个女人来说，伤心才是最大的杀手。常笑和唐柯都失去了哭泣的力气，只有粒粒，睁着懵懂的眼睛问妈妈怎么睡着了，无论怎么叫也叫不醒，让人不忍回答。

来伦敦快有五年了，和谷穗相依为命走过的日子还在眼前，转眼音容笑貌就只能在回忆里遇见，常笑每每想起，便觉得心痛不已，她的天空布满阴霾，很久都不能从悲伤的情绪中走出。

菲亚太太也感受到了她的这份低迷。人的生命，脆弱如烟花，转瞬即逝，她、谷穗、唐柯又何尝不是红尘中的蜉蝣，身不由己又如何，身世堪怜又如何？终有一天，大家都有着共同的命运，属于自己的那颗星黯然坠落于世间的某一处。

"笑，你还在为你去世的朋友担心？"菲亚太太问道。

常笑没有否认。

"你们太年轻，"太太感叹，"年轻得经受不起命运的风雨，而我已经老了，见得太多，经历太多生离死别，如果不开心那就哭吧，痛快地哭一场，哭完生活还是继续。”

生活的磨难已经让常笑流了太多太多眼泪，如今，她反而哭不出来。

说完之后，菲亚太太的手里递过来一个信封。

“这是什么？这个月的薪水早就付了。”常笑疑惑地问。

“你打开看看。”

是一张新年舞会的邀请卡。常笑本能地拒绝，她已经很久没有参加这种聚会，况且她也没有合适的衣服。菲亚太太好像是知道她的心思，从屋里给她取出来一套已经熨烫好的白色礼服，像为常笑量身定做似的，舒适妥帖，如月华般的光彩笼罩着她。

菲亚太太目不转睛地看着她：“笑，你可真是一个漂亮的女孩子。去吧，好好享受你的美丽，享受你的青春。”

菲亚太太的好意常笑没办法拒绝，长久被悲伤的空气包围，她也想换个环境透透气，于是到了这一天，她依着邀请卡上的地址前去参加那个化装舞会。在雾气迷茫中她闻到一股清香，原来是院里的花开了，她顺手摘了两朵放在手心，殷红的花朵映得她的手心更加苍白。

她推开门，这是一个灯光暧昧、光怪陆离的世界，里面所有人都戴着各种各样的面具。她对这样的环境觉得无所适从，转身就想离开，一个吸血鬼打扮的男人眼疾手快地拉住她：“既然来都来了，又何必急着要走？”

一间屋里密密麻麻挤满了人，音乐声起，大家拍着手跳踢踏舞，边笑边跳，场面好不热闹，他一直拉着她的手，跳了一支又一支，跳着常笑汗如雨下，呼吸急促。她突然想起《泰坦尼克号》里，杰克就是这样带着露丝跳舞，肆意张扬着快乐。她想伸手摘下面前这个人的面具，看他有没有杰克一样年轻英俊的脸。

“吸血鬼”左右滑动着舞步，两个人慢慢来到阳台。常笑也跳得累了，支起手臂看着天空。月亮出来了，银盘似的，衬托着周围的云。如今她在这里，戴着面具和一个“吸血鬼”跳着舞，李哲又在哪里？分别那么久，他们所看到的天空，早已经变得不一样了。

她放弃摘除他面具的想法，隔着面具又有什么不好，世间所有的“吸血鬼”都是英俊的王子，从阿汤哥到布拉德·皮特，他们都有着令人魅惑的眼，挺拔的身躯，令女人们如痴如醉。

音乐声起，舞池又开始热闹起来，他伸出手牵着她的手走进去，仿佛英武的吸血鬼和高贵脱俗的雅典娜，相当养眼的一对，获得无数艳羡的目光。

灯光暗下来，不知从哪里传出来的声响：“Everybody，It's kiss time。”

话音刚落，男伴搂着身边的女伴，纷纷亲吻起来。常笑大吃一惊，踉跄着退后几步，“吸血鬼”揽住她的腰，霸道的吻就这样落在她唇上，她几度挣扎，他有力的胳膊紧紧地箍着她。

风度翩翩的“吸血鬼”先生，眼神里还带着一点不羁，所有的一切都令人目眩神迷。突然之间他伸手揭下自己脸上的面具，似笑非笑地望着她：“原来也不是圣女嘛，我的雅典娜小姐。”

是他，竟然是他，薛晨。

她的一张脸窘得快要滴下水来，人必自侮然后人侮之。她早已经该想到的，菲亚太太怎么可能会想得这么周密，连舞会的服饰都已经打点周到。原来，这一切都是他的安排。她急急地撇下他，此刻她只想从这里逃离。

“站住！”薛晨拦住她，递给她一把钥匙，“支票你不想填数字，这个能中你的意吗?”

“怎么，想金屋藏娇?”常笑拿着钥匙问，她作势要扔，薛晨作了一个阻拦的手势。

“别太绝对。”薛晨将她的手心合拢，“留着它，只会对你有好处。我听说你的房东太太在和她的家人闹纠纷，想必不久的将来你会需要到这个住所。”

“你调查我?”常笑气得浑身发抖，在他面前，她有何隐私?她像一枚被他掌控的棋子，一步步走入他安排的棋局之中。

“我说你这人怎么老是把我想得那么坏。”薛晨不急不缓地说，“你怎么不从另外一个方面去想，那是因为我在乎你，所以才想要更多地了解你。”

常笑不为所动，他只是一个典型的纨绔子弟，遇到一个不驯服的女孩，于是千方百计想讨她的欢心，说穿了不过是他的不甘心而已。

刚才，她也曾经有过快乐的瞬间，冷风一吹才知道刚才的一切只是浮生梦影而已，她并不是童话里的灰姑娘，南瓜马车也只是别人的计谋而已。

翌日，菲亚太太对她参加舞会的情况很是好奇，多次向她打听，常笑随便说说搪塞过去。菲亚太太当她是不好意思，薛晨叫她帮忙之时她欣然应允，觉得自己办了一件好事。

菲亚太太自顾自地回忆:“想当年他追求我时，玫瑰花可是铺满了我的整间屋，女孩子的青春没有几年，一定要好好抓住。”相处久了，她就像常笑的长辈一样，唠叨着，期望着。

常笑也只是笑笑，没有反驳。

她回到家中，却发现屋里一片狼藉，原来是宋女士收拾完东西准备搬家。她一个劲地对唐柯和常笑表示："非常不好意思，我和粒粒准备搬走。"她的女儿已经离开这个世界，照顾丈夫才是她目前应尽的责任和义务，她没有什么对不起她们。

唐柯悄无声息地站在常笑身后，扶住她的肩。常笑在发抖，她害怕那种居无定所的日子，难道她的生活注定颠沛流离？

"不，不如我们……"她的指尖触摸到那把钥匙。

"不，笑笑。"唐柯说，"也许我们还有其他的办法。"

唐柯的办法也无非是找前男友丹尼斯帮忙，丹尼斯听了唐柯的求助，没有应允也没有拒绝，他只是将手覆盖在唐柯手上，轻轻地磨蹭："你这个周末有没有空？"

唐柯眼睛有瞬间的光亮："你和她分手了？"

"咳。"丹尼斯用假咳声掩饰了自己的尴尬，唐柯恍然明白了，他要的不是她的情，而只是她的人。以前怎么没有看清楚他的嘴脸？

"如果是这样。"唐柯轻吁出一口气，"当我没有来找过你。"

丹尼斯拽住她的手，将她拉进怀里，狠狠地吻她。他对她倒有几分真心，不然也不会千里万里带着她，只是现实是副总的女儿可以让他少奋斗二十年，感情在这时就变得廉价起来。

螳螂和蝉纠结之际，黄雀悄无声息地出现在他们身后。副总女儿偷看了丹尼斯的手机，跟踪而来，尖厉的叫声刺破他们的耳膜："丹尼斯，原来你真的在这里。"不待两人有反应，她扑过去朝着唐柯脸上就是一巴掌，一扬手将桌上的杯盘碗盏扫在地下，玻璃的脆响引得客人纷纷注目。

"Vivian，住手！"丹尼斯伸手想要拦住她。

他对唐柯的维护更是激起 Vivian 的怒火，她趁唐柯分神之际，将她往地上狠狠地推，唐柯的一张脸径直倒在碎玻璃上，血流如注。

一场打斗平息下来。

丹尼斯在医院里守到唐柯醒来，他不敢看她的眼睛，只是递给她一张卡。

“这是你给我的赔偿吗？那我收下了。”唐柯淡淡地说。

等丹尼斯再来时，唐柯已经离开了。她渴望爱情，但要的不是同情，不是犹豫不决之后的选择。她的脸上细小的疤痕痊愈得很快，只是下巴深处从此就有了一道伤疤，肉痕纠结，蜿蜒扭曲，提醒着她曾经有过一场伤心的爱情。

唐柯进医院这几天，常笑一边照顾着唐柯，一边四处找着住所，均无所获，不是位置过于偏僻便是价格太贵。此时，她看到以前的房东招租的信息，于是放下自尊，怪老头房东趁机把她给骂了一顿，并提出涨房租的要求。常笑只有无奈应允。不然又怎么样，如果连这个地方都不能住，那就只有露宿街头。

在残酷的现实面前，她唯唯诺诺，逆来顺受，完全像变了另外一个人。生活打你一拳，还得擦干眼泪朝前走。

没想到屋漏偏逢连夜雨，在她们搬进去一个星期之后，某天常笑回家时，发现屋里已经被洗劫一空。只有她们的房屋遭此劫难。所有的留学生都用同情的眼光望着她们，却又暗自庆幸自己没有遭殃。

常笑看着满地狼藉的房间，惊恐地张大嘴巴，一时间无法适应。在得知事实之后，她全身僵硬，悲伤和无助将她完全击倒。

“你们两个，给我滚！”房东骂骂咧咧，“滚出去！滚出去！”

“我们走。”常笑气得满脸通红，浑身抖得厉害，被洗劫一空的悲愤和羞辱让她热血冲至头顶，常笑和唐柯收拾了简单的行装，匆匆逃离了那个让她们倍感窒息之地。

走在空荡荡的大街上，行人渐稀，寒风扑面，仿佛天地之大，竟然没有两个可怜女孩的容身之处。这时常笑的手摸到了那枚钥匙。

“你看，最后我还是逃不掉这样的结局，还不如开始就早点接受。”

她决定接受这未知。把自己出卖给一个人，总比出卖给很多人要好。

饿肚子远比自尊重要，她捂住脸，浑身瑟瑟发抖。

第二十五章　恋慕与忘却，便是人生

常笑将钥匙插进锁孔里，轻轻一旋，如同打开一个潘多拉的魔盒，里面到底是幻灭多一点还是希望多一点，她不知道。

这是一个简单的两居室，基本的生活设备倒是一应俱全，地上、桌上积了一层厚厚的灰，显然已经很久没有人住过。常笑巡视完房间，没有看到薛晨的人影，紧张的一颗心暂时松弛下来。

墙角放着一个大包，唐柯打开一看，禁不住一声尖叫。里面竟然是她们失窃的东西，两个女孩感到一种啼笑皆非的命运安排。

“看来，他还真的……挺喜欢你呢。”唐柯吞吞吐吐地说，“连偷盗这种事情都干出来了。”

原来，一开始他就设了一场瓮中捉鳖的局，只待她钻入网中，便可以收紧绳索。他说过，他想要东西不会得不到，于是处心积虑安排这样的局。既然逃不过，不如好好享受。常笑反而平静下来，好好地把房间收拾一番，打扫得纤尘不染，最后感到累了，放了一大缸热水，将自己完全浸泡在里面。

“怎么样，还满意我给你安排的家吗?”仿佛是断定她今晚会找上门来，常笑的电话响了。

“你想干什么?”

“我想干什么，难道你还不知道。我又不是慈善机构。放心，我还不至于现在就找上门来，明天我在酒店等你。”薛晨暧昧地笑，话里的意思却不言而喻。

常笑闭上眼睛，要来的，终究还是躲不过。也许是她前世欠薛晨的，所以如今对她如此纠缠不休。

站在薛晨指定的酒店门口，常笑深呼吸几下，几乎带着赴死的决心敲门。真是好笑，在她贵为公主的时候，曾经设想过千百次爱情的场面，或惊心动魄，或平淡如水，但这种人为刀俎我为鱼肉的场面是她怎么也想不到的。她无声地咧咧嘴角，在生活这个最伟大的编剧前，她一直所做的事情，只有甘心接受，底线一退再退。

敲了几下，屋里没有回应，门却应声而开，原来并没有锁门。她一脚踏进去。房间里拉着厚厚的窗帘，光线极暗，触目可及是一张凌乱的大床，传达出来的暧昧信息令她脸红心跳，薛晨不在屋里，她听到从浴室传来哗哗的流水声。

常笑独自坐了一会儿，仍不见薛晨从浴室里走出来，只好径直推开浴室大门。

里面的场景让她不知说什么好，薛晨和衣躺在浴缸里，昏昏欲睡，浴缸里还飘浮着十几个空酒瓶，想必是喝醉了。她蹲下身，闭上眼的薛晨没有清醒着的飞扬跋扈，安静中透露着一丝疲惫。

“喂，你醒醒。”常笑推推他。

薛晨睁开眼睛，对于她的出现他一点也不吃惊，从身后捞出一瓶酒递给她。常笑顺从地接过，仰头喝下一大口，酒又辣又苦，刺激得她的喉咙发痛，她却强忍住没有咳出声来，再苦再辣又如何，苦不过她现在的处境。

薛晨也顺手捞起一瓶，瓶口对嘴，一口气喝下，放下空瓶的他喘着气，眼睛飘忽不定，像是带着赌气一般地逞能。

“喂，你干什么?”常笑急了，抢过他的瓶子。

薛晨永远没正形，醉眼迷蒙地望着她：“怎么，你关心我？我以为他妈的都没人关心我了!”

“要不是你那么关心我，恐怕我现在也不能站在这里。”常笑冷笑。

“够伶牙俐齿啊，”薛晨揽过她的头，看着她的眼睛，“不过，我喜欢。”

“谢谢你，喜欢我。”带着一点藐视，一点恨意，常笑一字一句地说。

薛晨哈哈大笑：“你是不是也想到浴缸里来和我一起洗鸳鸯浴?”

“我呸!”常笑啐了一口，“谁跟你?”

“那你不觉得这样看着我感觉很怪吗？要不我脱衣服了……”薛晨坏笑着说。

斗嘴，常笑好像一直都不是薛晨的对手，她涨红着一张脸啐道：“别，我出去等你。”

没过多久，薛晨从浴室里出来，滴着水的头发，白色的裕袍，带着一贯玩世不恭的笑。细细地察看他的眉眼，其实他真归得上高富帅的行列。不是说男人不坏女人不爱么，可这些女人的爱已经宠坏了薛晨，让他不能承受一丁点的拒绝，他喜欢的，必须要完全顺从于他。

“喂，你看着我干什么?”薛晨故意裹紧自己的衣服，“我告诉你，你可别来扯我的衣服。”

不好笑，一点也不好笑，常笑不想笑。

常笑故作镇定：“说吧，要怎么样你才满意?”说完，她的手开始解衣服上的纽扣。

他阻止了她："别啊，反正都来了，咱们先聊聊。别把我想得那么饥不择食，想和我上床的女人多得是，不差你这一个。"他点燃一支烟，脸上有着不易察觉的落寞。

猫抓住老鼠，一般都不会一口吃掉，它会慢慢地玩弄，看着它窘态出尽之后才结束它的生命。在薛晨的纠缠面前，常笑已经放弃了无谓的抵抗，除了接受，只有接受。

"好吧，你想聊就聊，聊什么？"常笑坐直身体看着他。

薛晨张口欲言，却在脱口而出的那一刻化为一声叹息，他已经封闭自己的心太久了，以至于忘记如何启口，向别人倾吐心事到底是怎样一种感觉。

常笑问："如果听到了，是不是会杀人灭口？"

"也许。"

不管是不是，常笑都不想听，她自己的心事都已经太沉重，已经分不出任何空间顾及薛晨。她在房间里望了一下，从果盘里捡出一只橙子递给他："那你就说给它听吧，然后又把它给吃下去，这样秘密带着维生素C，最后还是会回到你的肚子里。"

薛晨抛抛橙子："很有趣啊，我可以试一试。"

正在这时，薛晨的电话响了，他到外面接听，电话里他好像跟人发生了争执，说话很大声。他一走屋里的空气一下子就变得静寂起来，常笑打开电视，调到当地的新闻频道：暴风雨致使当地居民外出困难，某地发生轻微地震导致民间倒塌多少间伤及多少人，某著名华裔女企业家与全球五百强强强联手再婚的消息……这世界好像每天都在上演着悲欢离合，但与她又与什么相关？

"给我关掉。"不知什么时候，薛晨已经站在她的身旁，恶狠狠地说。

常笑即刻按了关闭键，她不想惹恼这个脾气阴晴不定的主儿。

“三婚，有什么值得宣传的?”薛晨鄙夷地撇撇嘴说。

常笑脑海里，一晃而过那个华裔女企业家的面容，和眼前这张脸重叠在一起了，相似的眉眼和神态，她有些明白电话里薛晨和谁发生了争执。她静静地看着他，各人有各人的烦恼，即使是表面风光无限的薛晨，也有他的烦恼。

那天晚上，薛晨喝了很多很多酒，举起那只橙子，他絮絮叨叨说了很多话。外表风光的背后，是他父母早就离异的现实，父亲早已经组织新的家庭不再管他，母亲的事业越做越大，一个月和他说的话不会超过十句，他们之间基本都是靠金钱维持着亲情。

他不知是说给橙子听还是说给常笑听，他有那么不为人知的孤独是常笑没有想到的。只是了解一个人，实在太累了，她不想再花时间走进一个人的心里，更不愿意花时间去忘记一个人。

“其实，有个人陪我说说话，我真的挺高兴的。”

她不知什么时候在薛晨的诉说中睡着了，在黑暗里躺下来的那一刻，他感觉到她发丝温柔地触碰着他的脸。半夜她在寒冷中醒过来，抱抱双肩，身上有薛晨为她披的衣服。她睡着的时候，他醒着；她醒着，他又睡着了。

有个人在身边睡着的感觉好像也不赖。看到他已经沉沉睡去的侧影，她长久疲惫的心好像在此刻得到一种安宁。她和他，好像总会在黑暗的夜色掩盖之中才会卸下防备，如同，曾经他躲在吸血鬼面具的背后，而她则戴上雅典娜的面纱。

常笑不知睡了多久才醒过来，厚重的窗帘遮住阳光，让她分不清时辰。她掀开窗帘，明媚阳光透过缝隙钻进去，明晃晃耀着她的眼，看看时间已经是早晨十点半了，她又气又急地推醒薛晨：“你关了我的闹钟?”

“有什么要紧的，不就是少上一次课吗?”薛晨慵懒地说。

“我今天有重要考试，怎么能错过呢?”常笑气得抓狂，现在回去也已经晚了。

“不就是一次考试吗？有什么要紧的，我养你。”薛晨轻描淡写地说。

“我不稀罕。”常笑抓起一个枕头丢在他身上，他接过枕头坏笑着看她。

“你看什么?”她被他看得心里发紧。

他揽过她的头，深深地吻她，那么用力让她几乎窒息。经过一夜，酒精已经挥发殆尽，情欲喷涌而出，他只想深深地吞噬她。他技巧娴熟，吻像雨点一般落下，手指的力度刚柔适中，缓慢打开她的身体。

“常笑，你算是答应做我女朋友了吗?”情欲退却之时，他附在她耳边轻轻地问一句。

被折腾良久的她不想回答，他却不放过她，手又开始不安分地乱动，她只有含糊答应：“嗯。”

后来常笑才知道当时不加考虑的答应给了她未来的生活带来了多少麻烦和困扰。薛晨从小娇生惯养，父母对他管教甚少，周围的人对他众星捧月，以至于养成他如今霸道蛮横、唯我独尊的性格，在他和常笑的交往里，他永远是掌控的那一方。

他所有的东西都要最好的。常笑曾经见他为了换一颗袖扣而在面前摆放了三十种样品，比一个女人更挑剔。他带她出入高级场所，吃星级酒店的自助餐，参加上流人士的酒会，穿着他给她买的美衣华服频频亮相。

精美的瓷器，精致的食物，时刻保持着完美的笑容，常笑深觉压抑。他不准她不去，不准她迟到，不准她衣着随意，他以为自己是王子，在改变着一个灰姑娘的命运。但他从来没有问过她，是否喜欢这种生活。

和薛晨在一起，常笑已经习惯被控制，很少与他起争执，总是淡淡的表情。和他一群朋友聚会，她永远是最沉默的那一个，眼神飘离，神情却是顺从。即使在最热闹的喧嚣中，她也感受着孤寂。

折到了他心心念念的玫瑰，但这朵玫瑰已经少了刺，薛晨在满足里，又感觉少了什么。他的性格不会为任何一个人而改变，和常笑在一起，薛晨也不避讳对其他女人的欣赏，送给常笑的鲜花和礼物，还会出现名字写错的乌龙。开始为他而产生的种种感动，此刻变成了笑话。常笑接到他送的花，都会习惯地送进垃圾桶里，这种蜻蜓点水般的爱，不要也罢。

冬天来临之后，春天的脚步就近了，看到学校的柳树在风中舒展着新绿之时，常笑突然惊觉，她来伦敦已经五年了，她即将离开学校踏上新的征程。此时，她被告知由于缺课太多，如果继续下去则不能顺利毕业。心烦意乱之时，薛晨却打来电话，邀请她同去爬山观览春色。

“我不想去。”常笑第一次拒绝他，“我得复习，不然就毕不了业。”

“不是说了我养你吗？”薛晨提高声音。

常笑不想与他硬碰硬，柔和地问：“下次行不行？”

“你试试。”薛晨一语不发地挂断电话。

下了课，薛晨的车停在校园门口，一声又一声的喇叭鸣声震耳欲聋，常笑不胜其烦，上帝观世音天使姐姐怎么不收了这种妖孽？在她身边他如同附骨之蛆，挥之不去。

“你去还是不去?”薛晨得意地挑挑下巴。

“你说什么，就是什么。”常笑不耐地说，扭头就走，再多待一分钟她真有将耳光扇在他脸上的冲动。

说是爬山，一群男男女女全然没有走路的意思，径直将车开到伦敦郊外的一个山顶公园里，从这里望向整个城市，倒别有一派风光，只是常笑忧心着未完成的考试，提不起任何兴致。

“喂，你的魂又飞到哪里去了?”薛晨不满地说。

“他老妈的生日都不参加来陪你，给个面子吧。”薛晨的朋友们起哄道。

常笑无奈地摇摇头，这个任性的薛晨，原来他是故意的，他只是为了逃避母亲的生日，所以邀请一大群朋友，在喧闹中掩盖着自己的真心。

“你应该回去。”常笑说。

好像有人讲了一个黄色笑话，薛晨笑得前仰后合，没有听清楚常笑的话，他转过脸问她“你说什么?”

“你回去。”常笑固执地说。

场面安静下来，众人带着看好戏的心理看着他们。

“我不回去，你以为你是谁啊，给你几分颜色还管起我来了!”薛晨的脸，开始变了颜色。

常笑固执地继续说道:“总有一天，你会后悔的，后悔这样对你的母亲。”

“你这女人真不识好歹!”薛晨怒道。

“我们走!”薛晨振臂一呼，一群人纷纷上车，从常笑身边擦身而过。来者多是薛晨的酒肉朋友，多是附和之声。果真是忠言逆耳，常笑冷眼看着他们离开，在她耳际呼啸出一阵冷风。

反正此地也难有车经过，不如索性坐下来看一下风景。她到伦敦五年来，从来没有欣赏过它的美。一个人行走在路上，感受着天与地的空旷，心中升腾起从未有过的平静。她运气不错，走了半个小时便遇到一辆车，说明意图之后好心的大叔载着她回了市区。

薛晨脸色阴沉地望向前方，他的朋友们早已经习惯他阴晴难定的脾气，没有一个人敢出言规劝，他们很快忘记刚才的事，嬉笑着打开车上的音乐。

“给我关掉!”薛晨大喝一声。

一群人大气都不敢出，眼睁睁地看着他掉转车头往山上开去。到了原地，哪里还有她的身影?

没有人会在原地等谁。有时候，一个转身，一个错过，便是一生。

回去之后，常笑很久都没有薛晨的消息。也许是她那天的举动惹恼了他，也许是他已经对她失去了兴致，就像那个金发女郎一样，再漂亮也只是他身边的陪衬而已。雨过无痕，她带给他的新鲜感已经消失殆尽。

和他在一起的第一天，常笑便知道有这样的结局，少了面对面分手的难堪，少了付出真心的痛彻入骨，这样的收场，常笑谈不上多满意，接受起来也不算困难。

她把空出来的时间专心对付落下很久的学业，时间过得充裕。唐柯依然在宋女士的超市里工作，她原本可以回国，可她说即使回去也是孤独一人，天涯海角，处处为家，她倒宁愿待在熟悉的环境里，和常笑相依为命，偶尔去看看粒粒可爱的笑脸。

在她们第三次拜访之时，宋女士说近段时间粒粒偶尔会出现眩晕，眼睛看到的事物偶尔会忽大忽小，眼前模糊一片，她忧心忡忡，常笑和唐柯却爱莫能助。

常笑终于毕业了，回想这几年挣扎着、努力着，只为完成学业，走完这一段路之后却又开始迷茫，她该何去何从。离开，还是留下？她好像一直回避着这个话题，狱中的父亲她无法面对，离她而去的李哲，她同样不知如何面对。

“毕业之后有什么打算？”菲亚太太问她。

“我也不知道。”常笑茫然地说。即使有文凭，华人在当地也不是那么好找工作。回国？不知五年之后，她熟悉的一切又有着怎样的变化？

“我倒是有一个熟悉的公司，你投一下简历试试。”

毕业之后的常笑，找工作顺利得超乎所想，经菲亚太太牵线，常笑顺利通过面试笔试，正式开始上班工作。常笑很快适应这一切，专业对口，工作环境舒适，穿上套装的她从容、优雅，日子过得波澜不惊。她想，她终究会习惯在这里的生活吧，在伦敦她已经熟悉的环境中，慢慢地老去，结婚、生子，延续着生命。

她拿到第一个月薪水的第一件事情，便是带上菲亚太太最喜欢吃的栗子蛋糕前去感谢她。

菲亚太太很高兴，正好这天她的儿子也在。常笑说了一些感谢的话语，她从菲亚太太身上好像感受到了缺失的母爱。

“唉，孩子，其实……”菲亚太太但笑不语。菲亚太太的儿子和她交换一个心照不宣的眼神，说：“其实，你的工作是薛晨给你安排的。”

常笑大吃一惊，原来直到现在，她依然活在他的安排里。听菲亚太太的儿子说，薛晨被他母亲安排到日本出差，起码半年才回来。而他的不联系，只是为了赌常笑会不会主动给他打电话。

他的手段和细心体贴让她在感动之时，也有着深深的压迫感。

这么久以来，常笑第一次主动拨打了薛晨的电话，电话即将接通的那一刻，她切断了通话。薛晨不在这段时间里，她从来没有想过跟他复合，此时此刻，她也没有整理好心情面对，要说什么呢？谢谢吗？这两个字显得多么矫情。说想念吗？她又何必虚伪地言不由衷。还是，就这样吧，保持着沉默，保持着距离。

短暂的动摇之后，心回归平静。

宋女士很快带来粒粒的检查结果：视微症。这是神经学上的一种高度迷惑现象，以致影响到人类的视觉感知，令医生都感到头痛和束手无策。常笑和唐柯扼腕长叹，粒粒真是一个可怜的孩子，失去母亲不久，又得面对动手术的风险。

宋女士像下定决心，对常笑说道："笑笑，我想请求你一件事情。"

"什么事？"

宋女士递了一张卡给她："带上粒粒回去吧，我不想她在失明之前都不知道她亲生父亲的模样，这也是谷穗的心愿。"

"这……"常笑踌躇不已。

"回去吧，其实这也是一直在你心里的念头，不是吗？"宋女士一语说中常笑内心最真实的想法。

是的，她想念那片土地和那里的人，即使她对父亲千般怨恨，但也无法抹灭午夜梦回时分梦见父亲越来越苍老的模样。还有那个人，那个如同石头一般稳固的人。

几个月后，常笑和唐柯一起，回到了她阔别六年之久的故乡。

于是在薛晨兴冲冲地从日本归来之后，却只看到人去楼空的屋子。

一把钥匙、一张空白的支票，便是她留给他的全部。

连“对不起”三个字，她都吝啬于说出口。

她以为，他们之间只是游戏一场，谁也不必当真。较真那个人，就输了。

她怎么可以，怎么可以就这样离去？薛晨紧握拳头，谁都以为他不会付出真情，连她也这样以为。连他自己也以为如此。直到看到她离开他仿佛才看到自己的心。

他要让她为这次不告而别付出代价。

第二十六章　假装像昨日正相爱时

常笑在这个熟悉的城市已经待了半年时光。拥有海归的学历，要找到一份工作并不算太难，安顿好自己和唐柯、粒粒的生活之后，她开始寻找谷穗爱人章凡的踪影。

依循谷穗留下的资料和线索，她很快找到了他。如今的他，和谷穗说的那个人有着天翻地覆的变化，他不再是那个专情痴心的男子，游走周旋于众多女人之中，换得最多的不是衣服而是女人，这样的一个人，将粒粒将到他手里，着实让人放心不下。

但她没想到的是，章凡和李哲如今生活在一个城市，两人依然保持着密切的交往，章凡微博里还晒出了李哲的结婚请柬。和她承诺着莫失莫忘的人，如今也可以坦然牵起别人的手，他结婚的信息，刺痛着她的心。

当她在国外生活困苦的时候，他在哪里？连电话都是传递着别人的声音。她从来不曾忘记，倒在血泊里的母亲，惊惶的父亲和手执尖刀的方文静。她不应该回来，回来之后，夜夜被噩梦所扰，惊出一身冷汗。

她去牢里探视了父亲。这几年常万峰在牢里可谓度日如年，憔悴的身形、花白的头发，每一天都活在对冷清萍的愧疚中，他曾经自杀过，如果不是因为对女儿的牵挂，他根本不想再次睁开眼睛。如今，延续他生命的动力，也只有常笑。

“孩子……”常万峰颤颤巍巍地开口。

常笑故作冷漠地别过头，却在瞬间红了眼眶。

好一会儿，她才转过头来：“我回来了。”

“你这几年过得怎么样？你伯父有没有照顾你？”

“你的哥哥，你会不清楚他的性格？”常笑讽刺地说，“我能够毕业，恐怕没能让他如愿吧？”

“你伯父对你不好？”常万峰急急地问。

“好不好又怎么样，反正都已经过来了。”

“当初我和他曾经有过协议，我名下的产业虽然由他打理，如果这几年他全权资助你顺利毕业。60%留给你，40%给他。”

“你有这么多钱，当初为什么不肯直接给我？”想起这几年在外困苦无助的生活，常笑唯有苦笑。

“如果当时我给你，你会要吗？”常万峰同样无奈，“没有你伯父的帮助，你一个人也根本支撑不了公司。”

如果不是这几年的生活，她从来都不知道金钱的重要。她一直生活在父母为她打造的象牙塔里，怎知外面的世界是如何充满险恶。是谁毁掉了她曾经的一切？是谁让她的生活风雨飘摇？

“你在想什么？”唐柯问，“你找到粒粒父亲没有？”

“找到了，可是，我想……”她掐灭手中的香烟。

他母子的出现让她的家庭支离破碎，凭什么他们能够享受此刻的安宁？那一刻她打定主意。

她辞去工作，开始有意识地接近章凡。她清楚地知道了他喜欢去哪家咖啡厅和酒吧，那她自然有吸引他的方法。她的风情和纯洁，是任何一个男人都不能抵抗的蛊毒。

她有条不紊地执行着自己的计划：挑起和章凡的事端之后甩掉他，出其不意地出现在李哲面前，以病弱之躯博得同情，连粒粒也成为她蒙骗的手段。

于是李哲看到阳光下，常笑微笑着仰向他的脸，恍如隔世，带着记忆中的痛，带着他不能理解的迷惘。

她好像也在一点点地接近想要达到的目标，李哲对她的话深信不疑，而且为之烦恼。他家里一贯的平静，由于她的出现变得波涛暗涌。

这样的结局，真的是她想要的吗？这样的谎言，总有被拆穿的一天。如今薛晨的意外出现更是让她心生不安，她太知道他霸道的性格，如果不能得到，那他宁愿毁灭。

即使李哲已经答应江微他会忘记，可语言这东西，说过即逝。公事上的接触是无法避免的，常笑起诉常万山的诉讼流程已经启动，李哲想象不出来对簿公堂的那一天会是什么样的状况。

他的亲情世界贫瘠得可怜，他不想常笑在天伦乐园塌陷之后，还要连最后几个亲人都失去。所以在常万山提出想与常笑庭外和解之时，他相当赞成。

此前，常万山接到了李哲的律师信，心里再是不快，也不动声色。权衡利弊之后，他发现此事闹大对自己一点好处都没有，当年的承诺，白纸黑字，虽然他已经销毁了当年那份合同，但那始终是压在他心上的一块石头。

清静幽雅的茶室，行云流水一般的音乐，常笑推开茶室大门便看到伯父常万山和李哲正坐着静静地品茶。

“笑笑，坐。”常万山递给她一杯茶。

晶莹剔透的茶水，她一口气喝下，上好的大红袍，她如同牛饮，入口苦涩。

“笑笑，你这样喝茶可不对，要慢慢品才能品出其中的那股甘香。”常万山缓缓地说。

她只品到了那股涩，多像她的人生，不知能否有机会尝到后面的甘。

她放下茶杯，直入主题：“伯父今天找我来，是为什么事？不光是为了喝茶吧？难道是为了叙旧，你是否想问问我在伦敦后面那两年，是怎么过来的？”

“这是我拟的一份文件，你看看。”常万山递过来一份文件。

常笑浏览的当口，他继续说道：“如果没有异议，今日就当着李律师的面签署了这份文件，你到法院撤诉，怎么样？我们始终都是一家人，对不对？”

“哦，伯父还记得我们是一家人，我以为早就忘了呢！”

“怎么会呢？”常万山干笑两声。

那份文件上的款项李哲已经看过，不止答应将常笑淮山路上的锦绣庄园别墅归还，另外赠送她峰华实业的20%股份，条件之优厚，令李哲都有点吃惊。这样一来，常笑完全有条件过上舒适的生活，不用再这么劳苦奔波。

常笑拿着那几张薄薄的纸，突然之间觉得啼笑皆非。她想象不到未来美好的生活，她只记得以前她的岁月，伦敦的日子、穷苦的岁月，逝去的曾经，时光温柔而无情，留下的只有心灵的痕迹。

如果当时她依伯父之言改变专业，后面的日子她不用那么辛苦。如果她放弃自己，也许如今的她不会站在这里。今天，她只是想要回所应得的。

看着常笑默不作声，常万山忍不住出言问道：“笑笑，你是怎么考虑的?”

常笑将合约往桌上一推，笑了：“20%？伯父，你以为还是我在英国跟你要生活费呢?”

常万山窘然地笑：“笑笑，我当时不也是没办法吗?”

“那我们就不谈当时，谈现在，该我的，一分不能少。”

常万山的笑脸终于变了颜色：“你想要多少?”

“你当日和我父亲是怎么签署的，就怎么还我!”

“异想天开!”常万山勃然大怒。

“我到底是不是异想天开，法庭上见。”

“你有什么证据?”常万山咄咄逼问。

“你以为放在家里的，便是父亲留下的合同。”常笑轻笑道，“你有没有想过，那到底是不是原件?”

“你……”常万山手指着常笑，震惊得手指一个劲地颤抖。如今，在他费尽心力稳固峰华实业江山之时，却要拿出大部分的利益给侄女，无异于拿把刀剜他的心。

“这是您和伯母、常心教我的。”常笑眯起眼，毫不留情。

常万峰在生意场是摸爬滚打几十年，曾经从巅峰处坠落之后千辛万苦地东山再起，他将合同放在显眼位置让常万山找到，只是为了让常万山能够心无旁骛地为公司卖命，他一直隐忍着不说，是因为手里掌握着最后的底牌。

这几年，是对他的信任也是考验。常万山握紧拳头，如果时光能够倒流……他在后悔，后悔当日听取了常心之言，为了一点私心纵容了常心和妻子的行为，彻底伤了常笑的心。常万山始终没能赢过弟弟，常万峰永远棋高一着，牵制着他。常万山突然觉得深深的疲惫。

“我考虑考虑吧。”那一刻，常万山像被拔了牙的猛虎，失去锐气和斗志。

常万山离开之后，茶室里只剩下李哲和常笑。常笑若无其事地斟茶给李哲："喝茶。"仿佛她只是为了喝茶而来，刚才的一幕，没给她带来任何影响。

"他毕竟是你的长辈。"李哲本不想管，可还是说出口。

"我的事，不用你管。"常笑生硬地抵触。

"你这又是何苦，何必呢？和全世界作战，只剩下你一个人，胜利了又如何？"

"李哲，你知不知道什么样的感觉最令人绝望？"

她并不需要他的回答，"饥饿的感觉最令人绝望，你有过吗？你没有。如今，只有饥饿才会让我流眼泪。是谁让我尝到了这些滋味？"

六年前的分别，让他和她生活在了不同地方。六年的时光，在他们之间划上一道沟渠，也给她的心蒙上尘埃，他看不真切也看不明白。

不欢而散的见面影响了李哲此后的心情，归来的常笑远比他想象中复杂和冷酷，很多事她都瞒着他，他突然有点意兴阑珊，如今的他，在她的生活中充当了一个什么样的角色？呼之即来，挥之即去的追随者？

于是，当他再次看到常笑的电话号码在自己手机上闪烁之时，第一次犹豫着该不该接听。

电话铃声不断，他只有按了接听键。话筒里传来她焦急的声音："粒粒不见了。"

"怎么回事？"李哲也跟着着急起来。

"放了学，她没等唐柯便走了，说是去找她的爸爸。我不知道她去了哪里……”她的语音里带着哭腔。

“你现在在哪里?”

“粒粒幼儿园旁边的派出所里。”

李哲匆匆赶到，常笑和唐柯已经急得六神无主。粒粒性格孤僻，平日里素不与人交往，她能去的地方她们都找了一个遍，均不见踪影，不得已只有跑到派出所报案。

粒粒失踪还不到二十四小时，警察也只有记下她的身体和服饰特征，以待二十四小时之后刊发寻人启事。

“你们谁是孩子的家长?”警察问道。

“我。”常笑和李哲都急急站出来，李哲讪讪地看了一眼常笑，缓缓坐下。

“家长写上你们的电话号码和联系方式。”警察递过来一支笔。

常笑在纸上留下自己的联系方式，写完之后她将那纸递过去，开口请求:“请你们……一定帮帮忙。”颤抖的音调，流露出她心里的害怕。

是的，她在害怕，联想到街上流浪的孩子拖着残疾的身体祈求的可怜眼神，那些丢失孩子会碰到的危险，都让她的心疼得颤抖。她越想越后悔，如果早一点将粒粒交到她的亲生父亲手上，也许今日粒粒今天就不会走丢。

常笑跌跌撞撞地走出派出所，发疯般地寻觅着粒粒的身影。无法抑制的泪，从她脸上滑落，她不仅焦急害怕，更是自责。谷穗和宋女士是那么地信任着她，如果事情真的朝无法想象的地步发展……她真不知有什么颜面去面对她们。

她不知自己走了多久，问了多少人都得到否定的回答，她不甘心地继续走，继续问……天一点一点地黑下来，黑夜如同一头猛兽，蚕食着她，激发着她心里某处更深的恐惧。

她的粒粒，可怜的女孩，由于她的私心，走失在了黑暗里。

后来，常笑的嗓子已经问哑了，每遇到一个人，便拿出粒粒的照片，悲哀而无助地打着手势。

那是她一生中最为漫长的夜，黑暗得看不到尽头。粒粒失踪的时间越来越长，她的一颗心像掉进了油锅里，煎熬着，满满当当地全是悔恨。

她想过，只要粒粒平安归来，她一定带粒粒找到她的亲生父亲，所有仇恨都可以在粒粒归来的那一刻释然。

天公不作美，黑暗来临之时，乌云也慢慢聚拢，下起了小雨，并且有着愈下愈大的趋势。她的眼前一阵昏黑，这才回忆起从中午开始便没有吃饭，这样可不行，得先吃点东西才有力气继续寻找，她找到路边的一间面店，刚点了餐便直直地栽了下去。

等她醒来之后，发现在一间陌生的屋里：白色的珠帘低垂、明亮的墙壁、透明的落地窗玻璃、暖黄色的灯光。她想开口，发现自己嗓子已经暗哑得发不出声音，她打着手势，李哲却懂了。

"你是问粒粒吧？"

她点头，泪又开始从眼里滚落。

"别哭。"她的泪好像是砸在了他的心上，让他的心又烫又痛。

这一刻他才知道，他所有压抑着的情绪都是因为她，他所有的关注都是为了她，他的一颗心早已经在很久很久之前给了面前这个女孩，再也收不回来。

他到厨房里给她端出来一碗面，还有一杯热牛奶。

"对不起，我吃不下。"

"你随便吃点吧。"他把牛奶硬塞在她手里。

李哲在牛奶里加了半片安眠药。喝过牛奶之后，常笑终于沉沉睡去。

她的嘴紧紧地抿着，连做梦也没有放松。她与多年前他看到的那个天真无邪的女孩相去甚远，这是岁月的公平，也是人在岁月面前的悲哀。

他好像什么都能够接受，不管是以前天真的她，还是现在复杂的她。在她面前，他好像就变成了那个傻小子，永远痴守着她的身影。

李哲在迷迷糊糊之间也睡着了，守候着她，像昨日正相爱的时候那样看着她，梦里他来到他们一起待过的岁月，一起走过的地方……电光石火间，李哲突然想起粒粒有可能去的地方。他没有通知常笑，一个人独自起身前往。

常笑很早就醒了，她挂念着粒粒，有安眠药的帮助也睡不了多久，她遍寻不到李哲的身影，拿着他买的洗漱用具决定洗脸、刷牙之后出门。

李哲一夜未归，他偶尔也有这种情况，如果加班太晚就到新房里住下。江微以为李哲昨晚未归也是这个原因，于是一大早，江微便提着热腾腾的早饭过来看他。打开门，她却看见常笑一嘴的牙膏沫子。

江微愣在门口，不知是该冲进去捉奸在床还是拔腿就走，无论哪一种方式，好像都不是她愿意选择的。她不想如同泼妇一般哭闹，脸上却有着不能抑制的怒气。

常笑深知她的误会深刻，小心翼翼地开口："你别误会，其实我们……"

她不知道该如何解释，如果不是因为她的刻意，粒粒不会和李哲扯上关系；如果不扯上关系，粒粒不会因为寻找父亲失踪；如果不失踪，她就不会住进他们的新房。

江微带着洞悉一切的目光，等待着常笑编造的理由。她说的是真是假都不重要，事实就是她最珍贵的领地，竟然在她未知的情况之下，被其他女人登临，这让她心绪难平。

常笑也意识到解释无用，只有尴尬住口。两个人都不说话，空气里就只剩下沉寂。

第二十七章　回不到从前

是李哲的来电铃声打破两个女人之间尴尬的气流，常笑正要接听，却被江微一把抢过，在她面前按了接听键。

“我找到粒粒了。”李哲抑制不住自己的激动，“不过她淋了雨已经被送往医院，你赶紧过来。”

“李哲。”江微轻轻地呼喊。

“微……微微，怎么是你？”李哲吃惊地问，他暗暗叫了一声“不好”，定是江微早晨去屋里看到了常笑。

“李哲，你到底想怎么样？”任江微再好的脾气，此刻也压抑不住满腔怒火。

“微微，我以后跟你解释，好吗？”李哲知道在电话里也解释不明白。

常笑稍作梳洗便匆匆出门，临出门前她看到江微一直保持她刚到的姿势，如同一座大理石雕像等待着李哲的回来，愧意和内疚，再一次狠狠抽打着常笑的心脏。

李哲是在游乐场里找到粒粒的。在游乐场的那天是她来到C城之后玩得最开心的一天，他对她的呵护，多像她的爸爸，可是幼儿园的小朋友老是嘲笑她没有爸爸，嘲笑次数多了，粒粒气不过便跟小朋友打起架来，她气呼呼地说一定要找到爸爸让他们看看！

走出幼儿园大门她才发现外面这么大，她上哪里去找爸爸呢？问了周围的几个人，所有人都对她的问题感到莫名其妙，更有热心者说愿意送她回家。她才不愿意回去，她出来就是想要找到爸爸的。粒粒逃跑了，上了一辆公交车，漫无目的地游走在这个城市，经过游乐园时，游乐园激起了她快乐的回忆，也许在这里，能够等到爸爸的到来吧。

游乐园里到处都是欢声笑语，到处都是喜笑颜开的一家人，可是没有她的爸爸。她等啊等，都等不来她想见的那个人。粒粒用身上仅有的几块钱买了一块面包和一瓶水，吃下去之后坐在小凳上继续等待。

后来，游乐场的人都散了。她也不知道什么时候睡着了，雨滴在脸上的感觉，冰冷刺人，浇醒了她等待父亲的美梦，于是她哭了，脸上分不清是雨水还是泪水。

她的哭声引来了工作人员的注意，他们将她带回值班室，给她换了干净衣服，拿来食物和水。她受了惊吓，冷着脸什么也不愿意说。游乐场工作人员一早正准备给报社和电视台打电话，不想女孩的家人已经找上门来了。

粒粒和李哲就两面之缘而已，她所寻找的，也许不只是他，更多的是对父亲的渴望。粒粒因为淋雨，有伤风感冒的症状，李哲将她带到医院里，在填写孩子病历表的时候，粒粒对着医院工作人员纠正着上面的错误：“阿姨，你写错了，我还没有六岁呢！”

李哲心里咯噔了一下，心里开始有了疑惑。一直以来他都毫无理由地相信着常笑，为了她，他跟母亲争执，他拖延婚期，他拿出所有积蓄，他陪同她找常万山摊牌，帮她打官司……他从来没有怀疑过她话里的真假，此刻他只想证实自己的疑惑，真或假，黑或白，也许会在之后的检测中得到证实。

常笑和唐柯匆匆赶到，粒粒羞愧地别过脸，手指抓着床单，害怕她们的责骂，唐姑姑脾气很好，常姑姑很严厉，除了母亲谷穗之外粒粒最怕的就是她。

奇怪的是，不管是常笑还是唐柯，都没舍得骂她一个字。常笑的眼睛一眨不眨地看着她，手指紧紧地抓着她，似乎怕一眨眼，她便会从眼前消失。

幸好上天给了她这个机会，她之前做的错误决定，还有弥补的机会。

“姑姑，我是不是做错事了？”粒粒瑟缩一下。

“没有。”常笑和唐柯一起摇头。

“那，你怎么哭了？”粒粒指着常笑的脸，问道。

“我是高兴，高兴粒粒回来了。”常笑哽咽了一下，“还有，粒粒就要看到自己的爸爸了。”

“我爸爸，真的是那个叔叔？”粒粒指指门外的李哲，她还没有习惯叫他爸爸。

常笑再也不想对她撒谎了，她让唐柯陪着她，然后准备找到李哲和章凡坦白。

在她未开口之前，李哲已经拿到谷粒的血型检测结果，根据报告，粒粒根本不会是他的小孩。但事实到底是什么，他心中已经有了一个大概的轮廓，只需要找到她一问便知道究竟。

越靠近真相，他的脚步越迟疑，他的心里翻滚着沸水，煎熬得他坐立不安，如果可以，他宁愿就当一个乌龟缩在壳里，不知道真相，就这样一直傻傻地守护着她。

李哲紧紧地捏着血型检测结果，直到捏得手指发白。常笑走到他身边。

“李哲。”

“常笑。”

他们同时开口。

犹记得第一次相遇，也是同样的呼喊碰撞。此去经年，很多东西都在时光长河中悄然改变。莫失莫忘，不离不弃，它只是一个很美好的愿望而已。归来的她，像一只孤独的刺猬。

“我想跟你讲讲粒粒的事情……”常笑说。

“讲什么？”李哲将血型检测结果扔到常笑面前，那张纸轻飘飘地从常笑手中滑在地上。

常笑从地上捡起那张检测结果看了看：“我本来也是想告诉你这件事，没想到你提前知道了。”

“她到底是谁，是谁的孩子？你为什么要骗我？”李哲一连声地问，欺骗令人愤怒，欺骗后的真相令他痛心。

“她是谷穗的女儿，也是章凡的女儿。”常笑平静而缓慢地道出事实真相，“患视微症的也不是我，而是粒粒。我所说的一切，都只是为了骗你。钱也好，情也罢，能骗多少是多少。”

“常笑，我不认识你。”李哲倒退几步，望着她，“为什么？”

“我忘不了那把刀是握在你母亲手上的。你可以忘掉一切平静生活，可是我不能。”

“那你这次回来，是因为爱，还是因为恨？”

常笑没有回答他这个问题，她说：“对不起，我欺骗了你。你有你自己的生活，再见。”

她不愿承认，当她这样做的时候，是爱多一点，还是恨更多？她转身朝前走去，李哲只听到她话里的决绝，他没有看到，转身的瞬间，从她眼里滑落的眼泪，无声地滑过脸。

一直以来，恨意根植在她的心底深处，渐渐长成一株缠绕的藤蔓，让她窒息而绝望。如今，她终于亲手砍断这条藤，放开，是对别人的宽恕，也是对自己的救赎。

他转过身的时候，听见自己心里所有关于她的影像都再一次封闭，他告诉自己不要回头，他要一直朝前走。如今一切真相昭然若揭，他的生活里彻底没有了她。

在李哲离开的这段日子里，家里已经乱成了一锅粥。

首先是江微带着满肚子的委屈和红红的眼眶回了娘家。这事实在瞒不住了，在哥嫂的追问之下她哭哭啼啼地说了事情的始末，听得兄嫂两个瞠目结舌。表面老实的李哲竟然如此大胆！江微的大嫂更是抖出不久之前看到李哲和一女人一小女孩出现在游乐园的事情，更是火上浇油。

眼见妹妹受人欺负，江淮摩拳擦掌誓要为妹妹出头。他气冲冲地冲进李哲家里，等了几个钟头才见他出现，二话不说冲上去就是一拳。

李哲自知理亏，任江淮的拳头落在他身上。打斗声惊动了李哲家里人，方文静和李哲的外公外婆出来拉开两人："你们这是干什么？"

"你们认识一个叫常笑的吧？"江淮问。

方文静低下头，江淮已经从她表情上看到了难堪和尴尬。

"你也知道她，很好，你自己问问李哲现在有没有心思跟我妹妹结婚？"江淮狠狠地说道，从事情真相揭开至今，他没有多想便站在了妹妹一边，这是血缘亲情的本能。

李哲和常笑，曾经有过身不由己的选择，亦是如此。

在听到常笑回来的那一刻，方文静就开始担心这一天的到来，李哲遮遮掩掩、说谎欺骗、推迟婚期，拿出积蓄……她都当他是意气用事。可如今，纸包不住火，事情的发展已经不能控制。

“快认错，向江微保证。”方文静催促着李哲。

可李哲不愿意，如今他的心事已经袒露，继续欺骗又有什么意义？

江淮将他的沉默当成抗议，鄙夷地哼了一声，重重地摔门而去。

李哲的外公外婆从方文静处得知事情的大概经过，两个人围着李哲，你一言我一语，苦口婆心地劝着。方文静没有参与到喋喋不休的规劝中，她清楚自己的儿子，他的执拗不是靠三言两语便能够改变的。

在这样的左右夹击中，李哲头昏脑涨，忍无可忍地站起身来。

“你去哪里？”三人齐齐问道。

“出去透透气。”说完他逃也似地离开。

他能够去哪里呢？平日里忙于工作，和同事来往疏淡，能够聆听他心事的好友，也就仅章凡一人而已。谁知章凡同样也在找他，他无法接受常笑带来的这个事实，震惊得眼珠子都快掉出来，说什么也不肯接受事实，正坐在酒吧里喝酒。

李哲赶到时他面前已经摆了几个空瓶。章凡醉眼迷蒙地看着李哲：“我告诉你，我他妈的遇到一个世界上最好笑的笑话，我有个女儿你知道吗？”

“知道。”李哲声音低沉地说。

“那个女人说，那个女孩是我和谷穗的孩子，谁他妈信呢？谷穗，我早就忘记她了！哈哈哈——”章凡不可抑制地大笑起来。

“还说我可以去做DNA鉴定，这骗局高明吧，可笑啊可笑。”章凡讽刺地说。

“她们应该不会编这样一个谎话来骗你吧。”李哲小心翼翼地说，带着他自己都无法理解的酸味。如果可以，他宁愿谷粒是他的女儿，他和常笑的女儿。这样，章凡和他都不会烦恼。

“谷穗。”章凡喊出了这个深藏在心底已久的名字，“我一直以为她是因为看不上我才抛弃我，现在才知道她是因为太看得上我才离开。敢情伟大都让他们女人做了，我就是一负心汉！”章凡滔滔不绝地说。

李哲有些后悔应章凡之邀来这里，一晚上就听他的喋喋不休，完全成了章凡的情感宣泄桶。他自己也是满腹心事，于是兴味索然地喝着白开水。《东邪西毒》里欧阳峰说：“水会让人越喝越冷，而酒会越喝越暖。”因为过敏的缘故，他不能拿酒精麻痹自己，连这种温暖都感受不到。

一个妩媚的女人经过章凡身边，手里的酒不小心洒落在他身上，立刻欠身跟他说对不起，有意无意地露出深深的乳沟。章凡说没关系，目送着女人回到自己的座位上。

“你看，这样的女人随处可见。”章凡坐在吧台边，解开衬衣上的领带，端起酒杯向女人致意。如果在平日，他兴许有心邀请她共饮一杯，今日他提不起兴致。

李哲有些明白为什么常笑回来之后不愿意告诉章凡真相了。

自谷穗走后，章凡把自己变成了另外一个人，这样的生活，不用负责，潇洒自在。现在常笑却来告诉他当年的真相，让他如何面对这些年的自己，他不要接受那个从天而降莫名其妙的女儿！

主意一定，第二天章凡便去了医院等在门口。看到常笑三人出来，他拼命按喇叭示意。下车之后，他走到她们身边，问常笑：“你到底想怎么样？”

常笑啼笑皆非地望着他：“这句话应该我问你才对吧，章先生。”

“你不是就想要钱吗？给你，别来纠缠我！带上这个丫头离我远远的，越远越好。”

常笑皱眉：“你能不能别在孩子面前说这些？”

“有没有人问过我的感受？谷穗凭什么自己就决定生孩子，这是她的事！”

“她为什么要离开你，是因为知道自己得了不治之症，不想拖累你。她又为什么想生下粒粒，是因为她爱你。太爱一个人才不会想要连累他，好好想想吧，章先生。”

“我不管，反正你们带着这丫头走！”

常笑气呼呼地拉着粒粒离开，章凡也同样生气地坐上车，发动汽车。突然之间，粒粒挣脱常笑牵住她的手，跑到章凡的车面前，亮晶晶的眼神望着他，清脆地叫了一声：“爸爸！”

童音清脆响亮，轻轻了拨动章凡的心弦。

她一直都是叫李哲叔叔，却叫他爸爸。也许父女之间有着这种天然的缘分，是外界所不能阻挡的。这声呼喊如同划破黑夜的光亮，照进了章凡的心里。遗传真是一件奇妙的事情，在和粒粒对视的瞬间，他在另一张脸上看到他和谷穗共同的神韵。可又能怎么样？他还是说服不了自己接受这突如其来的孩子。于是章凡脚踩油门，从她们身边滑过。

“姑姑，为什么没人要我？”粒粒仰着一张脸问。

唐柯双目酸涩，只有紧紧地搂紧她。

常笑朝前追了几步，想要追上前去理论。唐柯拦住她：“你让他消化消化吧，换谁都需要一点时间来接受。”

常笑一愣，没有反驳。她接受了唐柯的意见。之后，她有点放任的意思，不管李哲，不管江微，不管章凡。就这样吧，她和唐柯带着粒粒也可以生活。

可有些事，不是她缩着触角便能够避免得了。江微约她见面，只有她们两个人。她赶到时，看到江微落寞地坐在窗边，阳光也照不亮她脸上的黯然。

“对不起，以前是我接的你的电话，李哲不知道。”江微首先示弱，“你能不能，原谅我？”

“你找我，只是为了道歉？一个已经过去几年的对不起，现在说出来又有什么意义？”常笑反问。

“我知道，可是我……我怀孕了。”江微将检查报告递给常笑，“你以后能不能，不来打扰我们的生活。”

“不用给我看。”常笑将检查报告推还给江微。

阳光真是刺眼啊，她微微笑着，笑出了两滴眼泪。在笑中她对江微说：“我答应你。”

也许，此时另外的选择，才能让她和他之间的关系彻底结束。

她用薛晨给她拿的钥匙打开门，屋里拉着厚重的窗帘，充溢着暧昧的味道。床上纠缠的两个人听到声响，立马停止动作。她坐在沙发上，倾听着屋里窸窸窣窣穿衣服的声音。她以为自己可以在阳光下重新开始，可是又不得不走进阴暗里。

她和薛晨，到底有没有付出真心？也许他们之间，更多的是一场交易。他需要她来衬托他的骄傲，她需要他来掩饰她的真心。

好一会儿，薛晨从屋里走出来，白色毛巾裹住重要部分，看到坐在沙发上的她，问道：“怎么，你想通了？”

“薛晨，这是谁啊？”伴随着娇滴滴的声音，一个女孩也从屋里走出来。是薛晨在酒吧里认识的她，倪欢。

“如果我想通了，你会怎么做？”常笑斜眼看他。

“你走。”薛晨毫不客气地下了逐客令。

“听见没有，叫你走！”倪欢骄傲地抬抬胸脯，“真是不要脸，还追上门来了……”

薛晨转个身面对着倪欢说：“我是说，让你走。”

“喂，你怎么回事啊？”倪欢骂道，“你刚才还跟我在床上，现在就……”

“我说让你走你就走，哪来这么多废话！”

“薛晨，你他妈的不是人，你等着！”倪欢骂骂咧咧地摔门而出。

屋里瞬间安静下来，薛晨不以为意，坐到常笑身边，手搭在她的肩上想要吻她，她努力抑制内心反胃的感觉：“先去洗洗吧！”

“装什么装？”薛晨一把抓着她的头发，按到沙发亲吻，她拼命挣扎脚不小心踢到薛晨的裆部，一个耳光重重地扇到她的脸上。常笑捂着脸，不喊痛，不示弱，眼光锐利。不管他对她有多好，她的眼神一样顽固，他恨她的固执，恨她的冷漠，只对他一个人的冷漠，即使对他笑着，眼神也是冰冷的刀，一刀刀地将他的热情粉碎。

他捏住她的下巴，眼光挑衅地看着她：“你以为我回来，是追求你的？”

常笑幽然地开口：“你想怎么样？”

“我要你待在我的身边，直到我让你走的那一天，你才可以离开。”

他阴郁地看着她，一字一句地说，在他面前，她一直都这样尖锐，从来不知收敛，她不爱他吧，只有不爱一个人，才会不在意他的感受。

他曾经有过短暂的真心，她却不辞而别，如今他的爱里掺杂着太多不甘和报复。

第二十八章　曲终人散的悲剧

秘密的挑破只是一瞬间的事情，如何去承担、承认事实却需要漫长的时间。把一切全忘记，就当自己什么也没听见，是章凡最想要做的一件事。

可他发现，越努力，越枉然。

和谷穗在一起的往事章凡怎么可能忘记？那是他最纯真的一段岁月，深情的付出，憧憬着未来，和现在颠覆的三观完全不一样。时隔多年之后，他才想起谷穗当年欲说还休的神情，间发性的头痛。她知道，说出她的病情来除了让章凡添上更多烦恼，于事无补，钱财散尽最后也会成为一场空。当时的他一贫如洗，谷穗是为了不拖累他才选择不告而别，今日却被他用来当作放纵的借口。

很多个夜晚，往事如潮，一波又一波将他淹没，谷穗的所有东西他都已经丢弃了，他认为今生都不可能和她再有任何交集，她却以自己的执拗留下他和她的血脉。他以为无情离弃的那个人，实际用情最深。这些年，在他生命里来来去去的女子很多，能够留在他身边的，却一个也没有。

往事的温情触碰了他心里的柔软，他开始偷偷地躲在暗处注视着这个从天而降的女儿。他忍不住将车停在粒粒的幼儿园门口，看着一群小朋友活蹦乱跳地扑进父母或者爷爷奶奶的怀抱，兴致勃勃地诉说着学校趣事，和家人走在回家的路上。

在很多的孩子中，他总能一眼看见粒粒，除了那天然的血脉相连，还有她与其他孩子不同的表现，她总是独来独往，好像没有什么好朋友，偶尔有一两个同学过来搭讪，粒粒要不说不到两句便会和他们发生争执，要不就是爱理不理。

章凡有些失笑，此等性格可不像他和谷穗的孩子。情到深处时，他们也曾经畅谈过孩子这个话题，带着天马行空的臆想和对未来的期望，延续了他的眼她的鼻所有美好的孩子，随便想到哪个细节心里便是一阵暖流，如今，他和她的孩子就在眼前，他却不敢伸出手触碰真实。

他躲在路边的车里，静静地凝望着他们。有时候接送粒粒的是常笑，有时候是她和唐柯，但更多的是唐柯。

粒粒一出校门口便东张西望，潜意识里，她渴望着爸爸能够突然出现，可每次都只看到常笑或者唐柯，她眼里希望火苗就这样慢慢熄灭。

回家路上，粒粒同样喜欢观察路边的车辆。章凡以为她在看他，在她目光扫过来的瞬间心虚地伏低身体。粒粒的目光扫过他，也扫过很多疾驰的车辆。孩子的记忆牢固而模糊，她下意识地搜寻着那辆曾经带给她亲生父亲的车，却对那一长串车牌号记得并不真切。

有时候是常笑和另一个男人，他们并肩而行，粒粒好像不是很喜欢他，自顾自地吃自己的零食。他为好友愤愤不平，这才多久，她的手就挽上了其他男人的胳膊，女人真是不可信。

他以为躲在阴暗的角落里很安全，可常笑早就发现了他。她故意叫来薛晨在他面前开怀地笑，暧昧不已。他一定会告诉李哲，既然已经不可能，何不斩断联系。唐柯说得对，他有一天会走出来跟粒粒拥抱，但之前，容许他的犹豫和软弱吧。

粒粒吵着要吃冰淇淋，薛晨好脾气地买来三个。常笑嘴角沾上白色的汁液，薛晨拿出一张纸为她擦拭。

“你干什么?”常笑后退一步。

“你脸上有脏东西。”薛晨温柔地擦拭她的脸，擦完之后顺势在她脸上亲了一下。

“你……”常笑看着他。

薛晨一副理直气壮的模样：“我亲我女朋友。”

粒粒会被他们带坏的，章凡愤愤地想。他如同一个父亲抱怨着女儿的陪伴者，却不曾想过真正失职的是自己。

薛晨啃着冰淇淋，随意地说：“对了，我妈想要见你一面。”

“我?”常笑吃惊。

“我妈主要是想要看看，是谁有这么大的魅力，让我丢下伦敦的一切跑回中国来。”

“可不可以不去啊?”常笑小声地说。

“我妈都专门从伦敦过来了，你说呢?再说她又不是洪水猛兽，这点面子不会不给吧?”薛晨有点不高兴了。

话都说到这份上了，不答应好像就显得过于矫情，常笑只有顺势而为了。

薛晨定的是C城一间五星级酒店的西餐厅，他们到的时候餐厅没有几个人，只听见静静流淌的钢琴曲，偶有杯盘刀叉的磕碰声，交头接耳的窃窃私语。薛晨收起平时的没正形。常笑百无聊赖地玩弄着流苏，静静地等待着薛母的到来。

有片阴影悄无声息地罩在餐桌上，常笑抬起头。在财经杂志上，她已经见过这张脸，她没有感到陌生。五十许的年纪，保养得很好的脸部有稍微松弛的迹象，犀利的眼神，没有温和，只有质疑。那是她习惯的高高在上的姿态。

“妈，我已经给你点了菜，黑椒牛排七分熟，对吧。”薛晨调皮地说，尽量想缓和这肃穆的气氛。

薛母点点头，即使在儿子面前，她同样有着居高临下的威严：“怎么样都行，这位是常小姐吧。”

常笑慌张站起来想要打招呼，衣袂带动压住餐布的杯子滑在地上，虽然没有砸坏，却给薛母留下一个不好的印象。果然，薛母皱皱眉头看了看弯腰拾起杯子的常笑。

坐定之后，薛母问道：“常小姐哪个学校毕业的？在做什么工作？你父母是本地人吧，做什么的？”

“妈，你又不是调查户口，先吃饭吧。”薛晨打着圆场。

薛母瞪了他一眼：“你有时间磨叽，我没有。”她将调查好的资料一一放在她面前：“你曾经就读于C城的××大学，后去伦敦商业学院学商贸管理专业。你父亲是峰华实业的前董事长，不过现在在服刑中，至于是什么原因，我想不用说得太明吧。”

不靠着这份精明，一个女人如何打理自己的商业王国？她儿子可以谈无数个女朋友，但只要他认真了，她便会带上显微镜将她查得一清二楚。

常笑突然觉得芒刺在背，犹如光天化日之下被人剥光衣服般的屈辱。她并没有想要跟薛晨有过结果，更没有想过他们的财产与她有半毛钱关系。一入豪门深似海，且不说真心的付出，光是这份算计都让人觉得不寒而栗。

“妈，你这是干什么？”薛晨不满地说。

“妈只是跟你女朋友先把话说清楚而已，如果她对你的财产没有觊觎之心，先签署一份保证书也行。”

常笑实在忍无可忍，她不是他们母子谈判的筹码，也不想继续待在这里看人脸色。她起身向薛家母子说句“我还有事，先离开一下”，然后匆匆离开。

“没有教养，难登大雅之堂。”这是薛母对常笑的评价，充满了鄙夷。

薛晨想要跟着追出去，薛母喊道：“站住！”

薛晨回过头：“站住又如何，从小我喜欢的东西你就要破坏。”

“从小让你喜欢的，你也要抗拒。给你介绍的林小姐有什么不好，和我们是世家。”

“你喜欢，你自己娶她吧。”薛晨昂昂头。

母子两人的吵架引来餐厅客人的围观，好像有人认出了薛母的身份，小声地指指点点，有人拿起手机准备拍照。薛晨冲上去拿起拍照的手机便砸在地上，拍照的人急红了眼：“喂，你怎么可以乱砸别人的东西？”

“找那位女士赔偿！”薛晨丢下一句话便挣脱他的手，急速冲下去找常笑。茫茫人海，哪里还有她的人影？

薛母的不待见早在常笑的意料之中，他那种家庭怎么会接受一个命运如此波折的女孩子呢？她从来没有想过和薛晨携手走完一生，也没有想过会如此受辱。在某段特定的人生旅途，他拥有她，她陪伴他，这就够了，然后在某一天，平淡着说声再见，生活继续向前。她早已经设想过和薛晨分手的场面，坚持到他厌倦的那一天，他主动说再见。

他母亲的竭力反对正中她意，薛晨如果就此切断跟她的联系，她反倒还乐得清静。

常笑去见薛母之时，唐柯去接粒粒放学，章凡照例如同往常一样，将车停在一堆接小朋友放学的车里，看着粒粒把手递给唐柯。

章凡摇下的车窗来不及关闭，与粒粒东张西望的目光相撞。

“爸……叔叔。”粒粒怯生生地叫了一声，她渴望的父亲就在眼前。章凡却心生胆怯，他没有认可也没有摇头，不知所措的他突然问：“要不我送你们回去?”他不知道自己为什么要冒出这样的话语，他突然害怕粒粒会同意，害怕他一时的心软成为自己的桎梏和习惯。

粒粒用期望的眼光看着唐柯，唐柯像是看出了章凡的心思，嘴角微微一翘：“不用了，你走吧。”

明天吧，也许明天他会开着车送他们回家，可是今天，他还是鼓不起勇气。章凡叹一口气，他的车，从他们身边滑过。

看着章凡的车越行越远，粒粒撇撇嘴要哭，唐柯握握她的手：“走吧。”

“爸爸——”粒粒突然挣脱唐柯的手，爆发出一声大叫，扑入疾驰的车流里追赶着章凡的车，唐柯大惊失色，眼明手快地从车流中拉回了粒粒。她太过于紧张，以至到了安全地带才发现左脚疼得钻心，许是刚才崴到脚了。

章凡在后视镜里看到这一幕，急忙刹车差点引起后面汽车追尾。他奔下车查看着粒粒有没有受伤，对唐柯愧疚地说：“对不起。”

“只要粒粒没事就好。”唐柯抚摸着粒粒的头发说。

“要不，我送你们回家吧。”章凡提议。

幸好今日他所遇到的是唐柯而不是常笑，唐柯看到粒粒满怀期待和兴奋的眼神，拒绝无论如何也说不出口，她浅浅一笑：“好啊，你就送我们回家吧!”

恋爱这回事，父母的极力干涉，一般会出现两种情况：一种是棒打鸳鸯，执手相看泪眼；一种是绝地反弹，恋人破釜沉舟。对于薛晨来说，是后一种。薛母越是反对，他反而越不想放手。

常笑这几天的生活都颇为平静，每天都是由唐柯接送粒粒，她知道章凡也参与其中，只不过碍于以前和她的冲突，不曾与她正面接触罢了。粒粒高兴，唐柯高兴，大家都沉浸在自己的快乐里，她何必管那么多？

这天，她又是早早地感受被窝的温暖，打开电脑看上两集韩剧，哭完笑完花痴完又可以睡去。门外有人敲门，她以为是唐柯回来了，打开门一看，却是薛晨。

“你来干什么？”

“走，跟我去一个地方。”薛晨不由分说，抓起她的手。

薛晨开车一路带着她到市中心的广场，这是C城夜晚人群聚集最多之处，常笑印象最为深刻的是广场中心的银杏树，一到秋天便给地上铺上一层厚厚的金色。时隔多年，树在成长，而她也在时光中从公主变成了一个灰姑娘。广场的步行街，晚上比白天更为热闹，霓虹闪烁下是人群欢笑的面孔。

常笑甩开薛晨抓住她的手，问：“你带我来干什么？”

“待会儿你就知道了。”他拉她到广场最大的电子屏幕下站住。

广场上的时钟整整敲了九下，开启着城市的夜幕，电子屏幕的内容突然播放结婚进行曲，吸引着所有人的目光。随之而来的，是屏幕上她的照片，一张张地闪现，天知道薛晨怎么找到那么多她的照片，大笑开怀的、忧郁皱眉的……人群一片哗然，羡慕地看着屏幕上的女主角。最后出现的，是薛晨在鲜花丛中的脸，说道：“你愿意嫁给我吗？”

不出所料明日的社会新闻肯定又会出现“富二代为求婚不惜

重金租用广场中心巨型屏幕”等报道，一切都是偶像剧的情节，铺天盖地的关注与她又有什么相干？她深深地低着头，不愿意旁人认出她的模样。听着别人的议论，常笑心里五味杂陈。只有她知道，这是他赌气对抗家庭的手段，他们越是阻止，他越是想要奋起反抗。

薛晨拿出预先准备好的一大束玫瑰和戒指，在常笑面前单膝跪下：“你愿意嫁给我吗？”

人群发出沸腾的声音，生活太平淡，总要有些戏剧化的情节才能够点缀生活。在人群的注视之下，常笑收下了他的玫瑰花，却在与他手掌接触的瞬间，往他手心里退还那枚戒指。

他们之间最近的距离是负数，彼此的灵魂却相隔千里。这样的安排，常笑感受不到感动的滋味，只有重负和窒息。

薛晨声势浩大的一场求婚，第二天就登上了C城报纸的版面，赫然醒目。常笑知道薛晨的用意必不在此，他只是用这种形势向母亲对抗向李哲示威罢了。她也从来没有想过会和薛晨携手共度一生，如果两个人的结合充斥着较劲、猜测，这样的生活又有什么意义？

报纸上还配着她接受那束玫瑰的照片，花束太大，看不清楚她脸上的表情到底是欣喜还是拒绝。一篇报道，一张照片，足以让人断章取义。可谁也不知道，在她和薛晨牵手的瞬间，已将那枚戒指放在了他的手心，带着不动声色的冰冷。

常笑想象不到，薛晨的求婚不光是震撼到了薛母，另一个女人看到这篇报道，也是暗暗捏紧了拳头。这件事好像西伯利亚的蝴蝶，翅膀轻轻一扇，引起的效应足以摧毁他和她的一生。

睡至半夜，薛晨突然听到一阵敲门声，在这寂静的夜，如此突兀的声音。此刻还会有谁光临？平日里常笑是不愿留宿于此的，薛晨带着一点疑惑和诧异地打开门。

门外站着已经许久不见的倪欢，一头俏丽的短发，艳丽的红唇，紫色的眼影。她眯着狭长的双眼，靠着门，轻启红唇："怎么，不请我进去？"

薛晨靠近她，闻到一股酒气，他侧过身体，她闪身而进。

"你要结婚了是吗？"倪欢开门见山，直入主题。

薛晨没有承认也没有否认。

她和薛晨于酒吧里认识，他的深情、多金令姐妹们艳羡，他们之间身体的碰撞如此完美，她几乎以薛晨女友自居，谁知道半路杀出来一个常笑，但她看起来是如此的漫不经心。倪欢从来不知道薛晨身边还有这样一个女孩的存在。但就是常笑的出现，让她溃不成军，薛晨身边就再也没有她的一席之地。

好吧，她独自咽下这杯苦酒，他们于轻佻的环境认识，就不要妄想有童话般的结尾。可薛晨铺天盖地的求婚新闻令姐妹们对她一阵嘲笑，在每个人善意或嘲讽的玩笑里，她压抑许久的平静被挑拨成不甘，不甘心就这样退出。

有时候，一个女人的回头，也许不是因为她的感情，只是因为她的嫉妒和她的不甘。

"你想怎么样？"薛晨慵懒地说。

"你说我想怎么样？"倪欢双手攀在他身上，呵气如兰，轻柔无比，令他心痒难忍。她的手，蛇一般游离在他身上。薛晨正为常笑还他戒指而失意，顺势地将手放在倪欢的腰上，没有一个男人能够拒绝向他盛开的花朵。她于黑暗中现出笑容。

薛晨不拒绝她，和她上床，和她软语温存，却总是喜欢在欢愉逝去的时候给她钱，也许就是想告诉她，他们的关系仅限于此。

不要紧，倪欢将他的钱塞进口袋，手里握着已拍下艳照的手机，嘴角显出一丝笑容。

没想到常笑对她所带来的信息一点也不惊讶，甚至没有表情波动。不是她，便是另一个她，薛晨不会为了任何一个女人而停留，这些照片只是更加印证了那天求婚行动的可笑。他有钱，长得不赖，出手阔绰，女人们已经把他给宠坏了。

“你说完了？”常笑看着她。

“你……”倪欢不确定眼前这个人到底是不是薛晨心心念念想要结婚的对象，因为她看到照片却一点表情都没有，但她云淡风轻的样子又不像假装。

男人可以动身不动心，但女人动情了，心也跟着动了。

倪欢也不知道自己想要干什么，既然激怒不了常笑，她示威般地将照片展示于薛晨面前。薛晨勃然大怒，他将倪欢的手机从窗口扔下去，然后阴沉着一张脸说道：“我们的关系仅限于此，你走吧。”

倪欢以为是常笑的意思，撇撇嘴角，越是不叫的狗越咬人，她偏不让，又能奈她如何？

薛晨态度却极为固执，一改之前的暧昧，也许是他觉得长此以往必有收不住场的时候，也许是因为更深层的原因，他一直不愿承认的原因。

“你那么在意她干什么？人家根本不甩你。”倪欢一字一句地说。

“那是我的事，你滚！”薛晨恶狠狠地说。

和一个浪子恋爱，最大的错误便是动情，她本来有抽身而退的机会，却把自己再次置身于旋涡。嫉妒燃烧着倪欢的理智，爱的反面是恨，得不到的恨，被轻贱的恨。她不甘心，她真的不甘心。

于是她站在薛晨的楼下等他，在房门口砸门，薛晨从开始的虚与委蛇到后来的避之不及，索性闭门不见。

终于有一天，薛晨的房间打开了，倪欢惊喜地朝里面探望，她看到了常笑。

常笑眼神复杂地扫过倪欢，没有说一句话，然后默默走开。她的任务已经完成，剩下的场面，自然由薛晨自己收拾。

“你怎么在这里?”倪欢追上常笑。

“我倒是想离开，他肯吗?”常笑说。只有付出了真心才会这样的气急败坏，她同情倪欢，傻得把真心奉给不珍惜的人，受人践踏。

“薛晨，你怎么可以这样!”

“我喜欢，你能怎么样!”

常欢不喜欢他，却还要霸占着他，倪欢心里的恨意堆了一层又一层，却不知常笑如果能够摆脱，早就不会和薛晨有任何纠葛。感情这回事对于不同的人来讲，还真是甲之砒霜，乙之熊掌。倪欢的眼睛瞟到水果盘上的一把尖刀。

她的心里只有恨意，她从桌上拿起那把刀，不管不顾地捅了过去。不曾防备倪欢有如此疯狂的举动，这一刀深深划过常笑的手，温热的血液汹涌而出。

倪欢拿起刀再次扑向受惊的常笑。只有她不在了，薛晨才会接受她吧。薛晨已经反应过来，扭住她的肩，她双手吃痛，刀咣当一声掉在地上。

“报警。”薛晨喊道。

常笑惊慌地四处寻找着手机。

倪欢在薛晨手上咬了一口，在他放开的瞬间扑上去掐住常笑的脖子。她的恨意那么深，手指用力得发白。薛晨拉住她的头发，狠狠地摔向一边。

因为恐惧，因为愤怒，他都不知道自己用了多少力气。倪欢的身体如同麻袋一般，失重般地往地上滑去，她好强的双手再也抓不住这虚浮的爱。她此刻已经不再叫嚣，不再疯狂，安静地躺在那里，像一朵枯萎的花朵。

薛晨和常笑惊恐万状。他喘着粗气，额上冷汗密布。他过去拍拍倪欢的脸，倪欢毫无反应。他吓得后退几步，终于知道了什么叫做恐惧，终于感到了什么叫害怕。

“咱们……报警吧。”常笑颤抖着说。

“不——你让我想一想。”他暴怒地扯下她的电话扔到一旁。

他闯的祸，用金钱还不了，用感情还不了，是命，他手上欠了一条命。

“我出去找人帮忙，我不想坐牢。”

“你会回来吗?”在他出门之前，常笑问了一句。

他打开门，身影消失在黑暗中，他没有回头看一眼，也没有说再见。

第二十九章　莫失莫忘，不离不弃

薛晨走出门外，头顶是黯淡的星光和清冷的街道，他感到一股蚀骨的寒冷，他看着自己的影子，落魄、孤独而狼狈。

大街上空荡荡的，偶尔有几片树叶掉落下来。哪里找得到人帮忙？可他不想回去，那曾经香艳之地已经变成溅满鲜血的阴暗之所。也许明天，他依然逃脱不了法律的制裁，不过现在他只想逃离和遗忘。

他就这样一直走一直走，离住所越来越远，离家越来越远，他想找个地方把自己藏起来。

这个时候他想到了母亲，不管他犯多大的错，只有母亲能够包容他吧？他找到了母亲，在母亲面前大哭，犹如婴孩。哭完之后开始瑟瑟发抖，流露出心底的恐惧。薛母抱住他的头，哭过之后，薛晨跪在地上向母亲磕了一个头，然后向她告别。

“你去干什么？”薛母拉住他。

“我要回去，常笑还在等我回去。”薛晨说。

“你等一等，跟我进来。”

薛母把他带到另一间屋，趁他不注意时，快速出门把门锁上，隔着门，她对薛晨保证：“放心儿子，有妈一日，就不会让你坐牢。”

薛晨走了，常笑只有自己报了警并打了 120，警方很快封锁了现场，带走了常笑，救护车也带走了重伤的倪欢。

从进公安局到现在，常笑一直沉默着。

常笑在等待，等待薛晨的出现，等待他的承担，她好像总是逃不开等待的宿命，她永远都在等待一个人的到来。

不是他，便是他。

结果在最后一刻，谁都没有来。

薛母带着律师匆匆赶到，以常笑家人的身份和她见面。

听到律师的呼喊，常笑木然地抬起眼睑，不是他，只是他母亲派来的律师。按照规定，嫌疑人的亲属不能与之见面，只有律师可以。

“薛晨呢？”常笑问。

“我告诉你，你不能供出薛晨。”薛母的代表律师压低声音说道。倪欢经过抢救，保住了性命。薛母为了不让薛晨的人生留下污点，挖空心思，想方设法。

玻璃窗外，她看到薛母憔悴的脸。薛晨真是幸运，可又有谁会为她而奔走？常笑禁不住想要失控地大笑，等待那么久，她就等来这一句。她等不到她的救赎，她永远只有她自己。

“我给你补偿，多少都给，只要你不供出他。”薛母的代表律师拿出一张空白支票，“钱，你想要多少就要多少。”

常笑拦住律师的手，“他们不愧为两母子，都想用同一种方式来解决问题。”

“我的当事人说，不能让她儿子的前程断送在监狱里，如果可以，她愿意为他顶罪。可是只有你，只有你才行。”

“如果我不答应会怎么样？”

“他们有的是钱，有钱可以让黑变成白，白变成黑。”

“麻烦你转告她，钱买不来真相。”常笑冷冷地回应。

“薛晨昨晚和他母亲在一起，如果你认了，薛家会为你请最好的律师，如果你不认，”律师眼里闪过一道莫测光芒，“他承受什么煎熬，都必定让你承受。”

常笑轻蔑地笑了：“你们威胁不了我，你告诉她，是薛晨伤的人，不是我。”

“你父亲在监狱吧，我们会让人好好关照他。”律师抛出最后一招杀手锏，“监狱里有太多的意外事故，你想一想，他能够承受多少？”

“你——”常笑终于变了脸色。

“好好考虑考虑吧。”律师松了一口气，总算有件事情，能够击中她的心坎，是威逼是利诱，他也管不了那么多了。薛母如今只想保护儿子的安危，其他的事，她也管不了那么多了。

“不用考虑了，我答应你。”常笑盯着他，缓缓地说，“你告诉薛晨，我不再欠他，我们不再有任何关系。”

她好像延续了父亲的路，如果说父亲是为了情，那她又是为了什么？她以为自己对父亲只有恨意，如今在他受到威胁之时，她却只想护得他周全，原来爱不需要学习，也隐瞒不了，它融在她身体血液的每一处，是她生命中本能的事，抹不开，丢不掉。

如果全部人都放弃她，她又怎能不放弃自己？

如果这是偿还薛晨的唯一方式，常笑唯有无奈接受。她一直在想，应该如何摆脱他，摆脱他的桎梏，没想到是以这种方式。

她眼里是一片认命的冷漠，对自己，对亲情，对爱情，唯有在苦难中脱胎换骨。

心灰意冷的常笑承担了本该薛晨承担的罪责。

而薛晨把所有责任撇清了。

一想到未来的时光要在牢里度过，他感到不寒而栗。对自由的渴望超过一切，他选择了躲避责任。

唐柯给李哲打电话，李哲才知道此事。唐柯一筹莫展，李哲听到之后也是心急如焚，放下电话他便赶到公安局里，此刻他多么感激自己律师的身份，可以在她最需要关怀时见她一面。

自从上次医院一别之后，他们已经很久没有见过彼此，看到她的时候，他只想展开双臂将她紧紧搂在怀里，也只有他，才会在这时给她拥抱。

可是他们不能，他们之间还隔着冰冷的审讯桌。

李哲问道："告诉我，这是怎么一回事?"

"我伤了人，就这么简单。"常笑轻描淡写地说。

"你不会这么做。"李哲摇头，肯定地说。

"你怎么知道?"她平静地反问。

她越是平静，他越觉得自己连心都抽紧了。

"常笑，我相信你。如果当年你都没有如此疯狂，那么现在更不会为了一个你不爱的人铤而走险。"

"父女俩的命运，如出一辙，又有什么关系?"常笑冷笑道。

李哲却从其中听出端倪，他向她保证："常笑，你相信我，我一定要还你清白。"

"连我都不相信我自己，你凭什么相信我?"

如果不是因为她，薛晨不会失手重伤倪欢，最终应该承担过错的人，是她。常笑已经认命。

六年前，当她独自踏上远方的征程，她一直以为他已经放弃了她，从此之后唯有她一人对抗岁月的风雨。

六年之后，当她带着重重心机归来，只要她说的，他都信；而当她被牵扯到命案之时，她才发现他的心从来没有远离过自己。

常笑的消极，薛晨的逃避，让李哲无计可施。李哲曾找到薛晨藏身的住所，却进不去，只能在外面大吼：“薛晨，你的良心呢，常笑是在为你顶罪，你知不知道?”

薛晨躲在家中，每每想起倪欢的惨状总是凉透衣背，夜不能寐。

想要摆脱，也许只有一条路可走。可当他最终为自己的人生作出决定时，却发现已经身不由己。薛母担心他意气用事做出傻事，为他的出行设置了重重障碍，衣食住行皆有专人照顾，自由对他来说成了奢侈。薛晨犹如笼中困兽，过度的保护使他感到窒息。

“妈，你这是干什么?”薛晨无奈地问母亲。

“我只是想要保护你。”薛母淡淡地说。

薛晨大声地说：“你放我出去。”

“你要去哪里?”薛母问。

“不要管我好不好? 再继续待下去，我真的要疯掉。”薛晨说着，顺势朝外冲去，薛母紧紧地拦住他，“你哪也不许去!”

“你放开我，你让我出去，人是我伤的。”薛晨已经濒临崩溃边缘，挣扎不休。

薛母一个耳光打过去，薛晨嘴角立刻火辣辣地疼痛起来。

“我说不是你，就不是你。直到下次开庭之前，都别想出这个门。”

外面的世界在他面前轰然关闭，薛晨犹如笼中困兽，发出绝望的呼号。

李哲回到家中，江微已经收拾好自己的东西，江淮和他的妻子正大包小包地往外扛着，母亲和外公外婆束手无策地站着，劝不住留不住。李哲这几天不要命地为常笑奔忙，让江微彻底看透了他的心，下定决心离开他。

一见李哲回来，江淮凶狠地瞪瞪眼，不自觉地捏紧拳头。别人的事他不想掺和，是不是冤案好像也与他无关，可关系到他妹妹的幸福，江淮内心那股火气无论如何也压抑不住。

“哥，”江微喊道，拉拉他的袖子，“算啦。”

一直以为，她看中的就是李哲的稳妥，容易让人心生安定，让人有所依靠。她以为他像石头般牢靠稳固，想不到他也有如此疯狂的一面，却不是为了她。除了离开，她还能怎么样？

方文静把李哲拉到一旁：“看看你都干了些什么！”

“妈，我现在顾不了那么多，只有我能够帮她。”

“她根本不需要你帮，她已经认罪了。”

“她是替别人顶罪的。”

“你怎么知道？”

“我信她。”李哲看着母亲。

“好，好，你信她就是。”方文静首先软化下来，不想在此时与他发生争执。“可你现在总得先收拾眼前的一切吧！”她拉着李哲走到江微面前：“跟微微说说你只是一时忙昏了头，婚礼还会如期举行。”

李哲被推到江微面前，江家人停止了手中的忙碌，屋里有种奇异的寂静，众人都等待着李哲的解释与决定。在李哲和江微视线接触的瞬间，李哲说出来的只有三个字：“对不起。”

他只说对不起，而没有任何承诺，她的心，就在那一刻陷进低谷里。爱到底是什么？她没有放太多的激情在他身上，她只想要一个家，一个婚姻，仅此而已。连这个，他也不能给她。

江微有些黯然，随即释怀：“这三个字，也是我想跟你说的。”

她按住哥哥江淮因激动而跃跃欲动的手指，也许从一开始，他们勉强在一起便是一种错误，他们的交往初衷不是因为爱情，她只想要一种安定的生活，经历无数次的相亲，她也许会和A交往，也许会和B交往，和李哲在一起，仅仅是因为觉得他条件合适而已。

“妹妹，你就这么算了？”江淮不甘心地问。

“哥，不然还能怎么样？”江微淡然地说，“人心由不得自己。”

江家兄妹整理完行装之后，在李家人愧疚的目光中离开，方文静唯有感叹儿大不由娘，她六年前已经阻止过儿子一次，如今，她也无计可施。

等车的间隙，江淮突然像想到什么，气冲冲地丢下她们往回走，江微一把拉住他：“哥，你想干什么？”

“我就咽不下这口气，你肚子里还怀着李家的种呢，以后怎么办？”

“这件事……”江微尴尬地看着哥哥，“嫂子，你跟我哥说吧。”

江微的大嫂附在江淮的耳边细语了几声，他不敢置信地看着妹妹，责备的话语终究化为一声叹息：“走吧。”

江微带走了她所有的东西，只留了一样放在李哲的书桌上，那是她真正的检测报告，她只是潜意识里以为自己怀孕了，因为紧张过度造成的妊娠假象，其实她一直都没有怀孕。她一直以为可以瞒住李哲，如果用怀孕作为筹码，这样的婚姻是不是太可悲？幸好她醒悟得并不算太晚。

江氏兄妹走后，方文静问道：“你到底想怎么样？连她自己都承认了，你为什么要替她扛罪。李哲，你的理智呢？你难道不为周围的人考虑？”

“妈，我考虑得太久，理智得太久，久得我都不认识我自己了。”李哲苦恼地说。

“这么说，你现在是一定要弃这个家不顾了？”方文静问道。

“我顾不了那么多了，我只要常笑的清白。”

一生中至少应该有一次，为了某个人而忘记自己。他所有的一切，他都置之脑后，名誉、地位、工作、金钱、前途，甚至他自己。他只愿跟她一起共苦。

看到儿子这样痴心不悔，方文静唯有放弃对他的说教：“如果你真的那么想帮她，我想兴许还有一个人可以说动她，你去找常万峰吧。”

李哲眼光一亮，对，常万峰，也许只有他，才可以打开她的心结。

“谢谢你，妈。”李哲真心诚意地说。

常万峰已经知道了女儿的事情，心中是百般震惊和焦急，不过他除了托哥哥常万山想办法，也是无能为力。同李哲一样，他本能地相信女儿不会杀人，可她为什么要承认呢？

“李哲，笑笑到底是出了什么事？”常万峰对前来探望的李哲沉痛问道。

李哲将所知的一切全盘托出，并特别指出常笑说的“父女俩的命运，如出一辙”。

常万峰沉默了，他知道女儿一直对那件事耿耿于怀，却不曾想到，会影响到她如今的命运。常万峰叹息着，将最后的秘密托付给了李哲。

“李哲，我有些东西放在你妈妈那里，你拿给笑笑吧，她会明白一切的。”

第三十章　如果时光能够倒流

站在温暖的阳光里，常笑突然哭了起来，有双手轻轻将她从地上扶起来，温热的掌心、宽厚的胸膛是一直支持她的力量，即使她已经放弃自己，可他说："我相信你。"

他抹去她的眼泪，她说："我没有犯法。"

李哲点点头："我知道，你是我的笑笑，一直都是。"

常笑拿到了父亲放在方文静那里的秘密：那份常万峰和常万山签署的合同原件；一张光碟——当年常万峰不信任冷清萍，于是在每间屋里装了监控，清晰地记录了冷清萍出事当天的情形……

常笑的突然翻供，案情又有了新的进展。而薛晨，也作为案件的嫌疑人，再次被带到公安局。

呼吸着外面自在而畅快的空气，薛晨仰天笑出了眼泪，早知终究不能逃脱这一天的到来，之前又何必躲藏那么久。这些天他的日子并不好过，一闭上眼他总是能够看到倪欢血溅墙面的画面，缓慢的镜头一次次地回放。他无法摆脱那种深入骨髓的恐惧感。他闯的祸不计其数，每次都能够用钱打发，可这次，再多的钱也拯救不了他。

被禁闭这段日子，他被内心的孤独感折磨得几近崩溃。他一直以为自己是个男人，在真正大事来临之时，他才发现内心深处的软弱和逃避。他愿意用自己的一切去换得重新自由的机会，哪怕这样的自由很短暂。比起承受内心的煎熬，他宁愿选择承认错误。他逃避过、退缩过，如今，他终于可以直面自己犯下的错误。

连日来的折磨，使他的眼底布满红红的血丝，下巴上全是青色的胡楂，头发油腻脏乱，每日都被禁锢在方寸之间的他，犹如掉进无尽的深渊。他在黑暗里挣扎却看不到光明的所在，暴躁地砸烂了触手可及的物品，薛母又会添置新的送进去。

她只想用这种方式保护儿子周全。哪怕儿子对她只有怨恨，她也在所不惜。她不知道这样做是不是错误，即使错也要永远错下去。

被警察带走的瞬间，薛晨对着母亲，嘴角浮起一丝微笑："这下，我看你怎么拦得住我。"

薛晨一五一十地对警察描述了那天夜里所发生的一切事情，承认了他的逃走。

当常笑与薛晨在公安局里见到对方，他唤出她的名字："笑笑。"

她停住朝前走的脚步，望着他，她好像从来都没有真正地看过薛晨，在她以为他们之间只是一场游戏之时，他从遥远的伦敦赶来纠缠不休；当她回头之时，他揪住她的头发告诉她，只有他才有放手的权利；当她再一次选择相信时，他只身逃离没有回头；而当她放弃自己之时，他却站出来承担所有，还她自由。

他们从相识开始就好像注定了纠缠不清，他令她感到窒息，也令她有了依靠。曾经有那么短暂一刻，他们也曾经付出过真心吧，只是很快都消逝在了现实的纷扰中。如今对望的眼神里，已没有爱恨，只有淡然。

“如果，我说即使他们不来，我也会来自首，你会不会相信？”薛晨开口问道。

“我信。”她点头，倒不是为了安慰薛晨，而是真的相信。没有哪个人是纯粹的黑白，中间总有些深深浅浅的灰色。人心如此，人性亦如此。她相信之前薛晨的逃避，也相信他此刻的承担出于真心。

“从现在开始，我和你没有任何关系了，你自由了。”薛晨说。他说过，除非他先开口，否则别想逃离他的手掌心。常笑一直幻想着有一天，他能够厌倦自己，放开自己，没想到是在此情此景之下。

“保重。”她说。

“笑笑，为什么无论我做什么，你都不会喜欢我？”终于，薛晨问出了这句话。

常笑没有直接回答他的话，问他：“你有没有听说过一个五十二赫兹鲸鱼的故事？”

薛晨摇头。

“有一只鲸鱼，在其他鲸鱼眼里，她就像一个哑巴。她这么多年来没有一个亲属或朋友，唱歌的时候没有人听见，难过的时候也没有人理睬。原因是这只孤独的鲸声音的频率是五十二赫兹，而正常鲸的频率只有十五到二十五赫兹，没有鲸鱼能够对得上她的频率。我和你，也许都可能是这头鲸鱼，也许都不是。但是我们之间的频率，从一开始就不对。”

薛晨苦笑，他和她爱情最初的样子，空气里就有着算计的味道。他以为此生他都不会承认，从伦敦归来，是他无法摆脱对她的记忆，她若即若离的清高，斜睨着他的眼尖锐而深刻，也许开始的追逐带着猎奇与不甘，后来却在不知不觉中沉沦。

一切往事最终都会消逝吧，能留下的只有记忆。而记忆是实在还是虚幻？它摸不着看不到，但它却又是那样沉重的铭刻在心。

他永远都不会让她知道，他曾经付出过，他的真情和心。

只有不知道，她才会完全地把他当成生命中的过客吧。

外面的阳光，温暖得有些刺眼，常笑眯起眼睛，在这光亮之中看到和她相关的人，齐聚在公安局外面等她。她和他们之间的爱恨纠葛在命运倾巢之时变得微不足道，时光在这一刻停住。

她走向了伯父一家，常万山开口说："笑笑，你出来就好。咱们回家吧！"

常笑说："伯父，我只是想告诉你，我同意庭外和解，也同意了你的条件。"

常万山颇感意外："为什么？"

"不为什么，你就当我偷懒，坐享其成吧。"常笑微微一笑，"什么时候把那份合同准备好，我签字。"

常万山和余丽对望一眼，心里五味杂陈，常心站在他们身后，有心想站出来和姐姐和解又踌躇着不敢向前。常万山夫妻的一生，好像总在计较，算计着得，算计着失，最后真正失去的却是那份真情。

常笑知道，要修复残破的亲情，一刹那太短，一生又太长，如果必须有人首先放低姿态，那么，常笑愿意试着去做。善良其实比聪明更难，聪明是一种天赋，善良是一种选择。她选择了善良，选择了宽恕，也选择了让内心平静的方式。

"姑姑，咱们回家吧！"粒粒拉着常笑的手说。

"走吧，我送你们回去。"李哲说。

一路上，粒粒叽叽喳喳地和常笑说着她不在这段时间的趣事，常笑抚摸着她的头发。有些日子不见，粒粒似乎活泼开朗了许多，眉宇间一直有着的那股郁结之气也消散不少，这是她和唐柯一直想要做到却又没办法做到的事。

“这段时间，章凡有没有来看过粒粒？”常笑问唐柯。

唐柯点头，欲言又止。自从她上次崴到脚章凡将她们送回家之后，之后的几天，他都开车送她们回家。章凡似乎已经不抗拒和粒粒的过多接触，他只是需要时间让自己敞开心扉而已。章凡已经在联系医院准备带粒粒去做手术，彻底治好眼睛。

孩子还是需要父爱的，有章凡的陪伴，唐柯欣喜地看见粒粒的变化一天比一天显著，谈笑风生间，唐柯偶尔会产生错觉，如果这是她的孩子，如果这是她的家庭……当然，一切只是她的遐想而已。

当她在镜中看到自己的脸，她会由衷感到自卑，即使做手术将疤痕去掉，她依然只是一个相貌普通的女人。她渴望属于自己的幸福却又害怕与人争奇斗艳。她见过谷穗的痴情，也耳闻过章凡的风流，在他身边的女子，无一不是有着妩媚的脸妖娆的身。

有些事，埋藏在心里就好，如果她对章凡爱情的表达就像烟花一样，只能换来一刹那的光华，之后在章凡的寡情下消失，那她宁愿选择一种温和的生活，守得闲庭看落花的从容。

李哲的车很快就开至楼下，常笑说：“就到这里吧。你还得回去呢。”很明显的逐客令，李哲挠挠头，想跟她聊一聊又不知如何开口。幸好唐柯过来解了围：“为庆祝你回来，我做了一桌子好菜，反正也吃不完，不如上去吃了饭再走？”

唐柯倒也不是为李哲专程撒这个谎，为了庆祝常笑的平安归来，她确实弄了一桌很丰盛的饭菜，正要开饭之时响起了敲门声，打开一看原来是章凡，手里还抱着一个大大的绒布狗熊，看到常笑和李哲都在，他讪讪地举着狗熊："送给粒粒的。"

桌上的饭菜，有两样是章凡喜欢的菜式，红烧带鱼里连他不喜欢吃的葱都细心地挑拣出来。习惯了外面油腻的菜，他已经好久没有品尝过家常菜的味道。原来，最好的烹饪是以爱为佐料的。章凡的心，在不经意间被温暖了，这难道不是他想过的生活吗？

简单的生活，普通的一辈子，却享有一辈子温馨动人的回忆。在老的时候躺在摇椅上，数着走过的日子，每一个镜头都是幸福，就连脸上纵横的每一道皱纹都写着幸福。这是他和谷穗曾经梦想过的生活，他在另一个女人身上，看到了这种生活的可能。

将玩具送到粒粒房间的时候，章凡出其不意地从狗熊身上取出一枝红玫瑰给唐柯："送给你的。"

"你这是干什么？"唐柯接过玫瑰，玫瑰的娇艳映得她的脸颊绯红。

吃完饭之后，粒粒拉着章凡陪她看《喜羊羊与灰太狼》，最近，她对章凡的依赖越来越明显，也许，这就是父女天性。不需要刻意，不需要教导，一切自然而然发自内心。

常笑将李哲送至楼底，向他挥挥手："你回去吧。"

李哲反握住她的手，握得那么用力，她情不自禁地"嗞"一声，李哲稍微松开她的手："笑笑，我们可不可以，重新开始？"

"李哲，这件事，我很感谢你，可是我们之间已经回不到从前了。"

"你是说江微吗？"

常笑沉默，也许是吧，也许不是，有没有江微有什么重要呢？他们已经回不到从前。

"她已经走了，这辈子我只有亏欠她。"李哲不无愧疚地说。

江微，是他曾经想要有的生活，平实稳定，没有波澜起伏和大起大落的悲喜交加。常笑是他的疼痛，只有爱一个人，他才会痛。

时间是折磨人的东西，它让熟悉的人变得陌生，也能让陌生的人变得熟悉，他们爱过，很用力地爱过彼此，耗尽青春年华里的守望和痴缠，她忘不了他怀抱温暖的感觉，手心的安定。于豆蔻年华里遇见心悦相知的人是一件最美好的往事，可是如今，世事已改变，人事已全非。不是，我不再爱你，而是，我不能再爱你。

“对不起，真的……真的对不起。”常笑推开李哲的手，说。

常笑生活在李哲的时光里，李哲又何尝不是生活在她的回忆里，他们都是生活在彼此回忆里的人。没有现在，也没有未来。她终于可以卸尽伤和凉，头也不回地朝前走去。

就这样相忘于江湖吧……李哲一边安慰着自己，一边怅然地看着常笑低头疾走的身影缓缓消失在城市的霓虹灯里。他睁大眼睛，努力想要看得更清楚些，而那背影终是越来越模糊，恍若泛黄的旧玻璃里反射出的影像，依稀迷离。

有很多事，当时只道迷惘，失去后才知珍贵。

他频频回头，然后不顾一切地飞奔上前，将她重重地拥入怀中：“我已经放手过一次，这次，我不想后悔。”

常笑推开他：“除非你能够让时光倒流，我们就重新开始。”

逝去的时间不可再倒流，就如同他们之间经历的爱恨情仇，都已经留在了时光中。

自李哲和常笑走后，屋里的空气变得异常暧昧。两父女在客厅里悠闲地看着电视之时，唐柯将杯盘收拾进厨房，哗啦啦地冲洗着碗筷。不知什么时候，章凡悄无声息地出现在她身后，拿起一张帕子擦拭着碗上的水珠。以前他从来不屑于做这种小事，就像他从来不曾在意唐柯这样的女子，平凡、朴实而温暖。

章凡捉起唐柯的手，唐柯挣扎一下，只有让他握着，章凡开口问道："唐柯，你愿不愿意做粒粒的妈妈?"

也许在他的心里，粒粒的妈妈可以跟章凡的爱人画上等号，可是在唐柯心里不是。她咬咬嘴唇："不，我不愿意。"

章凡意想中的场面一个也没有出现，她就算不欣喜若狂至少也该含泪而笑，可她拒绝了他，大大出乎他的意料。唐柯再抬头看他之时，眼里已经有了盈盈泪光："如果，你只是为粒粒找一个妈妈，我不答应。章凡，其实每个女人都有灵魂，只是你没有去深究罢了。"

章凡有些惊异地发现，这个相貌平平的女孩笑容里给人安定的同时，泪光里有一种动人心魄的力量。他一直以为，他掌握了爱情全部的主动，如今他已经不再需要爱情的激情，有谁能够对粒粒视如己出，能够和他共同承担生活中的琐碎和平淡，他就会和她携手。

唐柯的话让他汗颜，但也让他正视他们之间的关系，未来还很长，甘苦与共的决心，不弃不离的柔情，也只有依靠时间来证明了。

当李哲再次出现在常笑面前时，他手里拿着两张去北海的机票："你会不会跟我同去?"

"你为什么要这么做?"

"我不能让时光倒流，不知道这样做算不算自欺欺人?"他把机票放在她手里，看着她的眼眸，"可我永远都是那个士兵，守候公主的士兵。"

她没有点头，也没有摇头；没有说好，也没有说不好。

透过候机厅大幅的玻璃窗，外面广阔的蔚蓝天空似乎触手可及，李哲坐在机场里等待着常笑。整个机场有过潮水般的喧闹，已经荡然无存，呈现出空荡荡的寂寞。

犹记得，在北海涠洲岛那里他们度过了三天神仙眷侣般的生活。茂密的树林、碧蓝的大海、湛蓝的天空，她穿上比基尼收获了很多艳羡的目光，光着脚丫在海水里奔跑，踩在绵软的沙上，有海蟹爬到她的足底，痒痒的让她笑个不停。

他和她一起出海，太阳很大，晒得她有些发昏，她靠在他的肩头，海风吹乱她的发，他给她拍了很多照片，双足纠缠并在一起，印满天涯海角的誓言。

晚上吃了很多便宜的海鲜，然后一起去看潮汐，他买了两个铃铛，拿了一个送给她，上面刻着“莫失莫忘，不离不弃”。

走很远的路去寺庙里求签，出来时她的一张脸灿烂而明媚：“佛说我们有缘。”

他坐在窗边的位置，手里握着一杯已经冷却的咖啡，凝望着天际里深蓝的暮色。迎着夕阳的方向，夕阳余晖最后的光让他几乎睁不开眼直视，只是这光华未免太过于短暂。

只是此刻，常笑没有出现。

当喧嚣散去，只剩茫然之时。记忆如潮水一般向他涌来，他终于明白六年前她等他的心情，那种期盼、失望和绝望。等待是那么漫长，仿佛他一生最初的苍老，他细数着每分每秒。这一路，他陪她一起长大，也会陪她一起老去，直到韶华不再。

他会一直等，等到她来，或者，不来。

后 记

2013年12月末，寒风凛冽的严冬里难得一见的晴好天气，参加了初中同学组织的同学会，从毕业至今已经十五年，在这十五年里，多数同学都未曾见过。仔细地辨认着眼前的一张张面孔，有的影像与记忆中的重合，有的却是模糊剪影。

我在其他同学的记忆里，恐怕亦是如此吧。在时光的长河里，被很多人记得，也会被很多人遗忘。你对某个人来说很重要或者并不是那么重要。你会在某些人的记忆里永远鲜活如初，或者日渐模糊。这就是人生，这就是时光。

旧时同学相会，总少不了追忆。十五年之前，当我们身处学校的时候，总会觉得学校的一切是那么枯燥乏味，总幻想着外面世界的斑斓精彩，而当真正离开之后，再也回不去的时光却成为心底珍藏的美好，怀念远去岁月的那份青涩单纯，追忆着年轻得闪烁着光泽的肌肤，充沛的活力，阳光下挥洒的汗水和晶莹的眼泪。

如今的我们，大部分悄然已过了而立之年，拥有稳定的家庭、可爱的孩子和稳步向上的事业，而当风霜终有一天染上白头，浮华烟消云散一去难回之时，我们追忆的是什么呢？时间会帮助我们剔除记忆中所有的杂质，只留下看上去幸福美好的部分，留在时光里的记忆，永远是完美无瑕的。

在这些追忆中，我仿佛看到了那个当年的自己，永远开心开怀地笑、内心却有着异常执拗的坚持，不管身在何时、不管身在何方，总是喜欢在纸上涂抹着，用文字来记录生活中的一切，好的、坏的、高兴的、心酸的、平凡的、悸动的……记忆是倒在掌心中的水，不论你是摊开还是紧握，终究还是会从指缝中，一滴又一滴，流淌干净。而我当年提笔的想法简单得纯白，只为是了记录时光让老年生活有个丰盛的回忆，这个想法一直延续至今。

笔一旦拿起便无法停下，每晚在灯下孤独地延伸着文字的长度和深度，孤独枯燥却又乐在其中。这些年，断断续续发表过百余篇短篇，长篇也在陆续出版。虽谈不上什么成就，却是对我所拥有过的、逝去的时光完整的记录。如果用两个字来概括我写过的小说内容，第一本《爱琴海火焰》，我用的词语是：独立。第二本《爱情在前，遗忘在后》：执著。而这一本《致时光中的你》，我为它选定的词语是：守护。

我们都曾经有过这样的时光吧，在学校里为了心仪的那个她能多看自己一眼拼命努力只为独占鳌头博得她的欣赏，在运动场上朝前奔跑只为得到她的专注。在你最美好的年华里，你遇见了谁？在你最青春的时光里，你守护了谁？

很多时候不知道过爱情这东西从何而来，也许骤然的心动只是因为她的回眸一笑，只是因为你们互相交换了自己的名字，你的名字从她的嘴里念出来，带着温暖的笑意。她的名字仿佛有着明媚的阳光，轻轻一唤，舌尖发出的音符也是欢乐的。

十年修得王小贱，百年修得柯景腾，千年修得李大仁。他不是王小贱，不是柯景腾，也不是李大仁。他是李哲，《致时光中的你》中的男主角，他只一个普通的男生，像所有青春期的男孩子一样，面对喜欢的女孩不敢去大胆追求，却一直默默地守护着她，守护着她的成长，陪伴着她的人生。

常笑之于李哲、李哲之于常笑，都是彼此在时光里刻骨铭心的恋人。他们曾经那么竭尽全力地爱过对方，爱得纯粹而热烈。然而命运的转折来得如此之快，幸福如同星尘急速坠落，他和她最快乐的夏天，终究在记忆中消散。

命运是一条颠沛流离的河，而他们被命运的河流不知带向何处，只知道，她和他，都是对方心底永远的守护。也许当她归来时，脸上带着神秘莫测的笑，而他也是被俗世牵绊无法真正自由。彼此对望的眼神才知道，她经过的，不止是他鲜衣怒马的年华，还有他的一生。

谨以此书纪念每个人生命中都会出现的那个人，带给我们爱，与被爱。他让我们懂得成长、眼泪、理解、包容，这是相爱的使命。

谨以此书，献给时光中的你、我、他。

一个人的一生中总有一段雕刻在时光里的爱情，一个人的一生中总有一个令你刻骨铭心的恋人。感谢带给我故事的人，愿意倾谈心事娓娓道来的你，也感谢每一个期待看我写故事的人，你们的微笑和等待是我永远的动力。

如果可以，我愿望当时光一辈子的倾听者和记录者。

因为，你一直在那里。